बिमलादादीको सपना

प्रेम बलिदान र विजयको यात्रा

Translated to Nepali from the English version of

Bimladadi's Dream

Aurobindo Ghosh

Ukiyoto Publishing

सबै विश्वव्यापी प्रकाशन अधिकार द्वारा आयोजित छन्
Ukiyoto Publishing

2024 मा प्रकाशित

सामग्री प्रतिलिपि अधिकार © Aurobindo Ghosh

ISBN 9789364949057

सबै अधिकार सुरक्षित।
यस प्रकाशनको कुनै पनि अंश प्रकाशकको पूर्व अनुमति बिना कुनै
पनि माध्यमबाट, इलेक्ट्रोनिक, मेकानिकल, फोटोकपी, रेकर्डिङ वा
अन्यथा पुन: उत्पादन, प्रसारण, वा पुन: प्राप्ति प्रणालीमा भण्डारण
गर्न सकिँदैन।

लेखकको नैतिक अधिकारलाई जोड दिइएको छ।

यो काल्पनिक काम हो। नामहरू, पात्रहरू, व्यवसायहरू,
ठाउँहरू, घटनाहरू, स्थानहरू, र घटनाहरू लेखकको कल्पनाको
उत्पादन हुन् वा काल्पनिक रूपमा प्रयोग गरिन्छ। कुनै पनि
वास्तविक व्यक्ति, जीवित वा मृत, वा वास्तविक घटनाहरूसँग
मिल्दोजुल्दो संयोग मात्र हुनेछ।

यो पुस्तक व्यापार वा अन्यथा, प्रकाशकको पूर्व स्वीकृति बिना,
बाइन्डिङ वा कभरको कुनै पनि रूपमा यो जसमा छ त्यो बाहेक,
उधारो, पुन: बिक्री, भाडामा वा अन्यथा वितरण गरिने छैन भनी
सर्तमा यो पुस्तक बेचिन्छ। प्रकाशित।

www.ukiyoto.com

स्वीकृति

पुस्तक लेख्नु प्रायः एकल प्रयासको रूपमा हेरिन्छ, तर वास्तवमा, यो एक सहयोगी प्रयास हो, जुन धेरै व्यक्तिहरूको समर्थन, मार्गदर्शन र प्रोत्साहन बिना अपूर्ण हुनेछ। यो यात्राको समापन गर्दा, यो पुस्तकलाई जीवन्त बनाउनमा निर्णायक भूमिका निर्वाह गर्नेहरूलाई हृदयदेखि नै कृतज्ञता व्यक्त गर्दछु। सर्वप्रथम, म मेरी पत्नी डा. शारदा घोषप्रति गहिरो ऋणी छु जसको समीक्षक र सम्पादक दुवैको भूमिका अमूल्य रह्यो। विवरणको लागि उनको गहिरो नजर, पूर्णताको लागि उनको अथक प्रयास, र उनको अटल इमानदारी एक ओछ्यान चट्टान भएको छ जसमा यो पुस्तक निर्माण गरिएको छ। उनका अन्तर्दृष्टिपूर्ण आलोचनाहरूले मलाई मेरा विचारहरू परिमार्जन गर्न र मेरो लेखनलाई उचाल्न चुनौती दिएको छ, सुनिश्चित गर्दै कि प्रत्येक पृष्ठ स्पष्टता र उद्देश्यको साथ प्रतिध्वनित छ। उनको सम्पादकीय क्षमताभन्दा बाहिर, उनको भावनात्मक समर्थन र समझ बलको निरन्तर स्रोत भएको छ, विशेष गरी यस परियोजनाको ती कठिन चरणहरूमा।

मेरा छोराछोरी डा. डोरोथी, डा. गार्गी र आलापप्रति, उहाँहरूको अतुलनीय प्रोत्साहन र असीम उत्साहको लागि म गहिरो कृतज्ञ छु। मैले लिएको जुनसुकै परियोजना पूरा गर्ने मेरो क्षमतामा उहाँहरूको विश्वास, एक प्रेरक शक्ति भएको छ, बाटो सबैभन्दा कठिन देखिए पनि मलाई अगाडि बढाएको छ। प्रत्येक माइलस्टोनमा उनीहरूले व्यक्त गरेको

खुशी र गर्व, जस्तै मेरो पुस्तकले पुरस्कृत गरेको, मेरो कामलाई जोड दिने प्रेम र प्रेरणाको सम्झना थियो।

म मेरो प्रकाशक 'उकियोटो पब्लिशर्स' लाई हृदयदेखि नै धन्यवाद दिन चाहन्छु, जसको यस परियोजनामा प्रेरणा र विश्वासले महत्वपूर्ण भूमिका खेलेको छ। तिनीहरूको विशेषज्ञता र समर्थनले मेरो विचारहरू फस्टाउन सक्ने ढाँचा प्रदान गरेको छ। उत्कृष्टताप्रतिको तिनीहरूको प्रतिबद्धता र तिनीहरूको व्यावसायिक मार्गदर्शनले यो पुस्तक गुणस्तरको उच्चतम मापदण्ड पूरा गरेको सुनिश्चित गरेको छ।

प्रक्कथन

डा. अरविन्दो घोष एक प्रमुख कथाकार भएकाले मलाई उहाँका उत्कृष्ट कथाहरूले सधैं आश्चर्यचकित तुल्याउँछन्। यसपटक मैले केही फरक भेटेको छु। दृढ संकल्प र लगनशीलताले चमत्कारहरू हासिल गर्न सक्छ र आफ्नै सपना पूरा गर्न मद्दत गर्दछ भन्ने विश्वासलाई उनले प्रक्षेपण गर्ने प्रयास गरेका छन्। कथामा डा. घोषको पराक्रम साँच्चै उल्लेखनीय छ। जटिल विवरणहरूलाई सम्मोहक कथाहरूमा बुन्ने आफ्नो अद्वितीय क्षमताको साथ उनले पात्रहरू र तिनीहरूको संघर्षलाई पाठकहरूसँग गहिरो रूपमा प्रतिध्वनित गर्ने तरिकामा जीवनमा ल्याउँछन्। उनको कथा सुनाउने घटनाहरू मात्र होइन तर भावनाहरू जगाउने र लचिलोपन र आशाको जीवन्त चित्रहरू चित्रण गर्ने बारे हो। "बिमलादादीको सपना" मा, उहाँले कठिनाइ, प्रेम र विजयका विषयवस्तुहरूलाई निपुणताका साथ जोडेर जीवनको एउटा टेपेस्ट्री सिर्जना गर्नुहुन्छ जुन प्रेरणादायी र गहिरो रूपमा चलिरहेको छ। यस कथामा गहिरिएर तपाईं मानव आत्माको सार र सपनाको असाधारण शक्तिलाई कैद गर्ने उहाँको प्रतिभाबाट मोहित हुनुहुनेछ।

निलेश मजुमदार
08/06/2024
सिल्भासा, DNH

सामग्री

प्रस्तावना	1
बिमलादादी र उनको संघर्ष	5
तुलसीभाभीको पहल	10
बन्नो को लागि चुनौती	13
टर्निङ प्वाइन्ट	17
पहिलो भेट	23
स्वीकृति	30
नयाँ सुरुवात	36
धार्मिक यात्रा	47
खुशीको आश्चर्य	56
नयाँ आगमन	61
शहर मा जीवन	64
बन्नोको जीवन परिवर्तन	73
विद्यार्थीलाई बन्नो	80
पहिलो असाइनमेन्ट	85
मुम्बई कलिङ	88
टोलीको नेता बन्नो	97
चुट्की चम्किन्छ	107
संयुक्त राज्य अमेरिका मा छुट्टी	111
बनोको अन्तरदृष्टि	118

महाप्रबन्धक बन्नो	123
शान्तिलाल आईआईटी गए	126
छुट्कीको प्रतिभा खुल्यो	130
शान्तिलालको करियरको सुरुवात	139
शान्तिलालले अञ्जनालाई भेटे	141
बन्नोले छुट्कीको सामना गरिन्	156
चुट्कीको जीवन परिवर्तन	159
संयुक्त राज्य अमेरिका मा घटनाहरू	169
छुट्की नासा जान्छिन्	171
अञ्जनाको दुविधा	175
उत्तम षड्यन्त्र रचियो	179
मिशन पूरा भयो	186
कबुली	191
निर्णायक कार्य	194
भारतमा	196
सुखद अन्त्य	204
उपसंहार	209
लेखक को बारेमा	210

प्रस्तावना

एउटा सानो, नजिकको गुजराती समुदायको मुटुमा, बिमलादादी र उनको परिवारको कथाले लचिलोपन, लगनशीलता र अन्तिम विजयको कथा प्रकट गर्दछ। यस पुस्तकमा अटल दृढ संकल्प र अनुग्रहका साथ जीवनका परीक्षाहरूको सामना गर्ने उल्लेखनीय शक्तिकी महिला बिमलादादीको यात्राको वर्णन गरिएको छ। विमलादीको जीवनको बनावट अपरिवर्तनीय रूपमा परिवर्तन भयो जब उनले आफ्नो पति, बल र समर्थनको स्तम्भ गुमाए, जबकि उनीहरूको छोरा कान्तिलाल अझै आठौं कक्षामा थिए। तिनीहरूको मामूली किराना पसल, तिनीहरूको समुदाय भित्र एक विनम्र तर आवश्यक स्थापना, अचानक तिनीहरूको निर्वाहको प्राथमिक स्रोत बन्यो। यो त्रासदीको आकस्मिकताले बिमलादादीलाई ठूलो शोक मात्र नभई आफ्नो अस्तित्व सुनिश्चित गर्ने डरलाग्दो जिम्मेवारी पनि बोकेको छ। सीमित साधन र औपचारिक शिक्षा नभएका कारण बिमलादादीले पसल र घर एक्लैले सम्हाल्न नसक्ने हृदयविदारक यथार्थको सामना गरिन्। आवश्यकताको कारणले गर्दा, उनले आफ्नो जवान छोरालाई स्कूल छोड्न र किराना पसल चलाउन उनीसँग जोडिने कठिन निर्णय गरे। यो बलिदान अपार थियो, किनकि उनी कान्तिलालको

भविष्यको लागि शिक्षाको महत्त्वलाई पीडादायी रूपमा सचेत थिइन्। तैपनि, तिनीहरूको डरलाग्दो परिस्थितिको सामना गर्दा, बाँच्नको लागि प्राथमिकता थियो। सँगै, तिनीहरूले लामो घण्टा र ब्याकब्रेकिङ काम सहे, पसललाई चलाउन र तिनीहरूको आधारभूत आवश्यकताहरू प्रदान गर्न कोसिस गरे। कान्तिलालले अवसरहरू गुमाएको थाहा पाएर बिमलादादीको हृदय दुख्यो, तर तिनीहरूको साझा लचिलोपन र दृढ संकल्पले एक अटूट बन्धन बनाइदियो, उनीहरूको सानो परिवारलाई कठिनाइ र अनिश्चितताको अशान्तिपूर्ण समुद्रहरू पार गर्दै। घर र व्यवसाय दुवैको हेरचाहमा व्यस्त हुँदा छोरा कान्तिलालको चाँडो विवाह गर्ने सोचिन् । कान्तिलालको बीस वर्ष पुग्दा उनको विवाह एउटी सुन्दर केटी प्रमिलासँग भयो। बिमलादादी अब किराना पसललाई अधिकतम ध्यान दिएर हेरचाह गर्न स्वतन्त्र थिए। समयको अन्तरालमा प्रमिलाले छोरालाई जन्म दिइन् । बिमलादादी र सबैले उनलाई शान्तिलाल भनेर बोलाउने निर्णय गरे।

अचानक सबै चिल्लो लाग्थ्यो; विमलादीको जीवनमा अर्को दुःखद मोड आयो जब उनको प्यारो छोरा कान्तिलालले आफ्नी श्रीमती प्रमिलालाई आफ्नो साढे दुई वर्षको छोरा शान्तिलाल छोडेर गुमाए। घाटा गहिरो थियो, र कान्तिलालसँगै बिमलादादीले धेरै कठिनाइहरूको बीचमा परिवार पाल्ने भार बोक्यो। तिनीहरूको जीवन दैनिक संघर्षले भरिएको थियो, तर तिनीहरूको अटल भावना र

आपसी सहयोगले तिनीहरूलाई निरन्तरता दियो। यी चुनौतीपूर्ण समयहरूमा, आशाले उनीहरूको दयालु छिमेकी तुलसीभाभीको रूपमा उनीहरूको ढोका ढकढक्यायो, जसले कान्तिलालको लागि अप्रत्याशित तर आशाजनक गठबन्धन ल्यायो। तुलसीभाभीकी भान्जी बन्नोले आफ्नो हुने पतिको अस्वीकृतिको सामना गर्नुपरेको पीडाको आफ्नै अंश थियो। यो साझा पीडा नयाँ सुरुवातको जग बन्यो। कान्तिलालसँग बन्नोको विवाहले एउटा नयाँ मोड लियो। उनले शान्तिलालसँग आफ्नो नयाँ जीवन अँगाले र आफ्ना चकनाचुर सपनाहरू पुनर्निर्माण गर्ने साहस पाए। उल्लेखनीय लचिलोपनको साथ, बन्नो एक उद्योगको सफल व्यवस्थापन प्रमुख बन्न पुगिन्, उनको अदम्य भावनाको प्रमाण। उनीहरुको मिलनबाट छोरी छुट्की जन्मिएको थियो । शान्तिलाल र छुट्की दुबैले आफ्ना ठूलाहरूको दृढता र बुद्धिको उत्तराधिकारी भएर अकादमिक उत्कृष्टताको पछि लागे र आईआईटीबाट स्नातक गरे। उनीहरूको आकांक्षाले उनीहरूलाई संयुक्त राज्य अमेरिका लग्यो, जहाँ उनीहरूले आईटी र उड्डयन क्षेत्रमा प्रतिष्ठित पदहरू हासिल गरे। तिनीहरूको व्यावसायिक सफलता व्यक्तिगत पूर्तिसँग समानान्तर थियो किनभने तिनीहरूले जीवन साथीहरू भेट्टाए र आफ्नो नयाँ जीवनमा बसे। महाद्वीपमा आफ्नो परिवारको समृद्धिको साक्षी बिमलादादीको लामो समयदेखिको सपना साकार भयो। विमलादी, कान्तिलाल, बन्नो, शान्तिलाल र छुट्कीको

कथा एकतामा पाइने बल, लगनशीलता र सपना देख्ने हिम्मत गर्दा उत्पन्न हुने असीम सम्भावनाहरूको मार्मिक सम्झना हो। यो पुस्तक ती सबैलाई समर्पित छ जसले सबैभन्दा अन्धकारमा आशा पाउँछन्, जो आफ्नो परिस्थितिबाट माथि उठ्छन्, र जसले आफ्नो यात्रामा अरूलाई प्रेरित गर्छन्। बिमलादादी र उनको परिवारको विरासतले आगामी पुस्ताका लागि आशा र लचिलोपनको चिरस्थायी ज्योतिको रूपमा काम गर्न सक्छ?

अरविन्द घोष, सिल्वासा

07/06/2024

बिमलादादी र उनको संघर्ष

आमा प्रमिलाको मृत्यु हुँदा कान्तिलालका छोरा शान्तिलाल सानै थिए । कान्तिलालकी आमा बिमलादादीलाई यो अवस्था सम्हाल्न निकै गाह्रो भयो । कान्तिलाल बिहान साढे ६ बजे किराना पसल खोल्न जान्थे । पसल धेरै टाढा भएकाले दिउँसो घर आउन नसक्ने भएकाले श्रीमती जिउँदै चियासँगै खाजा खान र खाजाको लागि टिफिन बक्स बोक्ने गर्थे । उनी प्रायः राति ९ बजेतिर घर फर्किन्थ्यो जब घरका सबैजना सँगै खाना खानको लागि पर्खिरहेका हुन्छन् । तर, अहिले अवस्था अर्कै थियो । शान्तिलाल आफ्नी हजुरआमा बिमलादादीसँग धेरै लगाव राख्थे। नातिको स्याहारसुसार गर्दा छोरा कान्तिलालको बिहानको खाजा र दिउँसोको खानाको टिफिनको हेरचाह गर्न सकेन । शान्तिलाल जम्मा साढे दुई वर्षको हुँदा आमाको निधन भयो । सानो बच्चाले मृत्यु के हो बुझेन। बिमलादादीले उनलाई आमा तारा भेट्न टाढा गएको बताइन् । उनलाई फर्किन धेरै समय लाग्ने थियो । सानो केटाले सधैं सोच्छ कि उसको आमा किन एक्लै जानुभयो र उसलाई आफ्नो साथ नलिनुभयो। अक्सर बिमलादादीलाई आमाको बारेमा सोध्ने गर्थे र आमाकहाँ जान आग्रह गर्थे । प्रमिलाको निधनपछि उत्पन्न भएका सबै समस्याको समाधान नपाएपछि विमलादीले एक आइतवार आफ्ना छोरा कान्तिलाललाई भेटिन् ।

"हेर छोरा, यो सत्य हो कि मेरी बुहारी प्रमिला धेरै राम्री केटी थिइन् । उनी त्यहाँ हुँदा म मेरो नाति शान्तिलालको हेरचाह गर्न स्वतन्त्र थिएँ। तब प्रमिलाले तिम्रो हेरचाह गर्न सक्नुभयो। हामी सबै खुसी भयौं । तर अहिले प्रमिला हामीसँग नभएकाले मलाई मेरो प्यारो नाति शान्तिलाललाई हुर्काउन निकै गाह्रो भइरहेको छ किनभने मैले घरका अन्य काममा बढी समय दिनु परेको छ ।"

कान्तिलाललाई कठिनाइ थाहा थियो। तर उनीसँग पनि कुनै उपाय थिएन । उसले आफ्नी आमालाई मात्र भन्यो, "आमा, मलाई थाहा छ यो टुटेको परिवार चलाउन तिमीले कति पिडा सहिरहनुभएको छ। तर म के गर्न सक्छु, आमा? म पनि असहाय छु।"

बिमलादादी आफ्नो छोरासँग आफ्ना विचार बाँड्ने मौकाको पर्खाइमा थिइन्। उनले कान्तिलाललाई भनिन्, "ध्यान दिएर सुन, मेरो एउटा सुझाव छ । प्रमिलाले हामीलाई छोडेको झन्डै छ महिना भयो । म अब शान्तिलालको सामना गर्न सक्दिन। उनी आमाकहाँ जाने जिद्दी गर्छन् । मसँग कुनै जवाफ छैन। तसर्थ, मेरो सुझाव तपाईलाई छ कि तपाईले पुन: विवाह गर्नु पर्छ। यसले सबै समस्याहरू समाधान गर्नेछ। शान्तिलालले नयाँ आमा पाउनेछन्, नयाँ श्रीमती पाउनेछन् र यो परिवारले नयाँ केयरटेकर पाउनेछन् । त्यो अवस्थामा शान्तिलाललाई अहिलेको भन्दा राम्रोसँग हेरचाह गर्न सक्छु । छिट्टै उनी

स्कुल पनि भर्ना हुनेछन् । उसलाई उसको स्कूलमा पनि छोड्न कोही चाहिन्छ। त्यसैले मेरो सुझावलाई गम्भीरतापूर्वक सोच्नुहोस्। यदि हो भने म छिमेकी तुलसीभाभीलाई खबर गर्छु । तिम्रो बारेमा सोधिरहेकी थिइन् । उनको एक राम्रो देखिने भान्जी छ। उनीहरु नजिकैको गाउँका हुन् । त्यो केटीलाई देख्दा कुनै हानि छैन। शान्तिलाल लगायत हाम्रो बारेमा सबै थाहा छ । वास्तवमा, त्यो केटी धेरै दुर्भाग्यपूर्ण छ। पाँच वर्षअघि उनको विवाह तय भएको थियो । तर समयमै केटीको परिवारले केटाको प्रेमिका रहेको थाहा पाए । डरका कारण उनले लुकाएर राखेका थिए । बिहेअघि नै प्रेमिकाको परिवार पुगेर सबै कुरा खुलासा गरेको थियो । केटाले पनि आफ्नी प्रेमिकालाई माया गरेको स्वीकार गरेका छन् । बिहे तुरुन्तै टुट्यो । दुर्भाग्यवश, सबैले यो केटीलाई 'खराब शगुन' भन्न थाले। विगत पाँच वर्षदेखि उक्त परिवारले छोरीको बिहे गराउन धेरै प्रयास गरिरहे पनि बेहुलाको परिवार ती केटीसँग विवाह गर्न तयार भएन । सायद उनीसँग कसैले बिहे नगर्ने होला । त्यो गरिब केटीले सायद आफ्नो कुनै गल्ती बिना बिहे गर्दैन। यदि तपाईंले उनीसँग विवाह गर्नुभयो भने, उनी तपाईंप्रति कृतज्ञ रहनेछन् र उनले यस परिवारलाई हृदयदेखि नै माया गर्नेछिन्। तुलसीभाभीले तपाईका सबै माग राख्छु भन्नुभयो । तर मैले पहिले नै भनेको थिएँ, हाम्रो एउटै माग छ र त्यो हो शान्तिलालले आमाको माया फिर्ता पाउनुपर्छ । हामीले चाहेको यही हो।"

यो साँच्चै ठूलो कथा थियो। कान्तिलाल अलमलमा परे । उसलाई थाहा थियो कि उनको परिवारलाई यो परिवारको हेरचाह गर्ने महिला सदस्य चाहिन्छ। तर यो अवस्थाका लागि उनी तयार थिएनन् । नजिकै एउटी केटी छिन्, जसलाई बिना दोष 'अशुभ' भनिन्छ। अज्ञात कारणले उनीसँग विवाह गर्न कोही तयार छैनन्। कान्तिलाल साँच्चै तथाकथित सामाजिक मान्यताहरूबाट चिन्तित थिए। बरु रिस उठ्यो ।

"ठीक छ आमा, म त्यो केटीलाई हेर्न तयार छु। तर मेरो एउटा सर्त छ । तिम्रा नाति शान्तिलालको हेरचाह गर्न सक्छिन् भनी प्रमाणित गर, तब मात्र म तिम्रो सुझावमा अघि बढ्छु । तर त्यो भन्दा अगाडि मैले केही सुनिनँ । के यो तपाइँ संग ठीक छ?" कान्तिलालले निष्कर्ष निकाले ।

बिमलादादी निकै खुसी भइन् । उसले भर्खर सोध्यो, "यसको लागि, मैले के गर्नुपर्छ र त्यो केटीले के गर्नुपर्छ?"

कान्तिलालले भने, "सरल। तुलसीभाभीलाई भतिजीलाई आफूकहाँ ल्याउन भन्नुहोस्, शान्तिलाललाई उनीहरूको घरमा लैजानुहोस्, उनीहरूलाई चिनजानको लागि समय दिनुहोस्, केटीलाई बच्चासँग मित्रता गर्न दिनुहोस्। हतार नगर्नुहोस्। तिनीहरूलाई पर्याप्त समय दिनुहोस्। सम्झनुहोस् आमा, यदि मैले तपाईंको सुझाव सुनें भने, म शान्तिलालको भलाइको लागि मात्र विवाह गर्नेछु, मेरो

होइन। यदि शान्तिलाल छोरीलाई नयाँ आमाको रूपमा स्वीकार गर्न तयार छन् भने, म जे भन्छु म गर्नेछु। तर यदि मैले शान्तिलाललाई त्यो केटीलाई नयाँ आमाको रूपमा स्वीकार गर्ने कुरामा आपत्ति छ भनी पाएँ भने, तपाईंले मलाई पुनः विवाह गर्न दबाब दिनुहुन्न।"

तुलसीभाभीको पहल

बिमलादादी एकदमै खुसी भइन् । कम्तिमा उनको छोराले उनको पुनर्विवाहको बारेमा सोच्ने उनको प्रस्तावमा सहमत भएको थियो जुन उसले आफ्नो एजेन्डाबाट हटाएको थियो। भोलिपल्ट बिहान सबेरै छिमेकी तुलसीभाभीकहाँ गइन् र आफ्नी भान्जीलाई जतिसक्दो चाँडो ल्याउन भनिन् । तुलसीभाभीले आफ्नो असामयिक उपस्थितिमा प्रतिक्रिया दिनु अघि, उनले आफ्नो र उनको छोरा कान्तिलाल बीच भएको कुराकानी सुनाइन्। सुसमाचार सुनेर तुलसीभाभी उत्साहित भइन् । तुलसीभाभीले भान्जीलाई घरमा ल्याउने आश्वासन दिइन् । अभिवादन गरिसकेपछि बिमलादादी बिदा भइन् र तुलसीभाभी भाइलाई शुभ समाचार दिन तयार भएर भित्र पसिन् । तुलसीभाभीले आफ्नो एकमात्र छोरा कृष्णलाई आफ्नो प्रस्थानको तयारी गर्न भनिन्। कृष्ण र कान्तिलाल एउटै किराना व्यवसायमा छन् । उनीहरु एक अर्कालाई राम्ररी चिन्छन् । तुलसीभाभीले कान्तिलालका लागि बन्नोको कुरा गर्दा उनले आपत्ति गरेनन् । धेरै अभागी भाइले असल श्रीमान पाएकोमा उनी खुसी थिए ।

तुलसीभाभी त्यही दिउँसो भाइको घर पुगिन् । घर भित्र पस्नुअघि नै चिच्याइन्, “बन्नो बेटा, तिमी कहाँ छौ ? हेर्नुस को आयो।"

उनकी भान्जी बन्नो परिवारको खानापछि भेला भएका भाँडाकुँडा सफा गर्न भान्सामा व्यस्त थिइन् । एक्कासी तुलसीभाभीको नाम बोलाएको आवाज सुनिन् । उनले तुरुन्तै हात धुइन्, बाँकी रहेका भाँडाकुँडाहरू जस्ताको तस्तै छाडेर मुख्य गेटतिर दौडिन थालिन् । मुख्य गेटमा पुग्दा उनका बुबाआमा दुबैजना त्यहाँ पुगिसकेका थिए र तुलसीभाभीलाई स्वागत गरिरहेका थिए । परिवारमा जेठी भएकी तुलसीभाभी र बन्नोका बुवा कान्छो भाइ भएकाले सबैजना तुलसीभाभीको खुट्टा छुनमा व्यस्त थिए । अनि उनले बन्नोलाई उनीतिर दौडिरहेको देखे। तुलसीभाभी पनि आफ्नी सबैभन्दा मन पर्ने भान्जी बन्नो तर्फ हिंड्न थालिन् । दुबैले एकअर्कालाई एकछिन देखे र अँगालो हाले । तुलसीभाभीले बन्नोको निधारमा चुम्बन गरिन् र गनगन गरिन्, "सायद भगवानले आफ्नो मन परिवर्तन गर्नुभएको छ र तिम्रो जीवन परिवर्तन गर्न तयार हुनुहुन्छ।"

बन्नोले तुलसीभाभीको एक शब्द पनि नबुझेर जिज्ञासापूर्वक हेरिन् । तुलसीभाभीले ममी राखिन् र हातको इशाराले सबैलाई कोठाभित्र बोलाइन् । बन्नो, उनका बुबाआमा, हजुरबा हजुरआमा र तुलसीभाभी आ-आफ्नो सिटमा बसे, र सबैजना तुलसीभाभीको लागि पर्खिरहेका थिए। उसले हात जोडेर छतमा हेरी र सुरु गरि,

"हेर्नुहोस्, केही समय अघि, मेरो पछिल्लो भ्रमणको क्रममा, मेरो बच्चा बन्नो बाहेक यहाँका सबै बुढापाकासँग

मैले छलफल गरेको थिएँ। मैले तिमीलाई भनेको थिएँ कि किराना पसल चलाउने एक केटा छ, जसले भर्खरै आफ्नो श्रीमतीलाई एक्लो सन्तान छोडेर गुमाएको छ। बच्चा भर्खर तीन वर्षको केटा हो। उसले सधैं आमाको खोजी गर्छ। ऊ बेचैन छ। तिनीहरूको परिवारलाई कोही कोही चाहिन्छ जसले त्यो केटालाई उसको साँचो साथीको रूपमा हेरचाह गर्न सक्छ। गत महिनादेखि म ती व्यक्तिकी आमा विमलाददीलाई छोरा कान्तिलालको पुनर्विवाहबारे मनाउन खोज्दै थिएँ । धेरै मनाउदै केटा एक शर्त राखेर फेरि बिहे गर्न तयार भयो ।"

बन्नो को लागि चुनौती

तुलसीभाभीले अकस्मात् आफ्नो बयान बन्द गरिन् । बन्नोले पहिलो पटक सुनिरहेकी थिइन्, उनले आंशिक रूपमा अनुमान गर्न सकेकी थिइन् कि उनीहरू सबै उनको बारेमा केही छलफल गरिरहेका थिए। तर उनीहरुले उनको विवाहको बारेमा छलफल गर्न नसक्ने कुरामा उनी विश्वस्त थिइन्, जसलाई उनीहरुले समाजमा "खराब शगुन केटी" भनेर चिनाउन छोडेका थिए। उनलाई थाहा थियो कि उनको भाग्य पहिले नै छापिएको छ र यो पृथ्वीमा कुनै पनि व्यक्तिले सामाजिक मान्यतालाई चुनौती दिएर आफ्नो जीवनको जोखिम लिने छैन। तसर्थ, तुलसीभाभीले अन्ततः जब बच्चाले कसैलाई आफ्नो नयाँ आमाको रूपमा स्वीकार गरे, तब मात्र बच्चाको बुबा त्यो केटीसँग विवाह गर्न तयार हुनेछन् भन्ने शर्त प्रकट गरिन्। बनो भित्रैबाट मुस्कुराउन र रुन थाल्यो । तीन वर्षको सन्तान भएको पुरुषसँग पुनः विवाह गर्न बाध्य भएको र विवाहअघि नै अरू कसैको सन्तानकी असल आमा बन्न बाध्य भएको आफ्नो भाग्यले उनी मुस्कुराउँदै थिइन् । परिवारका सबै सदस्यहरू उनको लागि यति चिन्तित भएकाले उनी रोइरहेकी थिइन्, जीवनमा सुखी देख्नका लागि कुनै पनि शर्त स्वीकार गर्न तयार थिए। उनले असाध्यै असहाय

महसुस गरिन्। एउटी केटीले किन यति धेरै दुःख सहनु पर्छ ? तर उनले चुनौती स्वीकार गर्ने निर्णय गरिन् । रुमालले आँखा पुछिन् र मनमनै छलफलमा भाग लिने निर्णय गरिन् ।

बन्नोले हजुरबा हजुरआमालाई हेरेर भनिन्, "दादाजी र दादीजी सुन्नुहोस्, मलाई थाहा छ तपाईं हो वा होइन भन्न सक्ने अवस्थामा हुनुहुन्न। आन्टीले ल्याएको प्रस्ताव पुनर्विवाहको भएकोले स्वभाविक रूपमा तपाईं अन्योलमा हुनुहुन्छ । मलाई सजिलो बनाउन दिनुहोस्। तपाईंहरू सबैले मेरो विवाह पाँच वर्षअघि नै तय गर्नुभएको थियो । तर कतिपय कारणले त्यो कार्यान्वियन हुन सकेन । अब मानौं कि केटाले बिहेपछि अर्की केटीसँग सम्बन्ध राखेको थाहा पाइन्थ्यो । त्यतिबेला सम्बन्धविच्छेद नै एकमात्र समाधान हुन्थ्यो । त्यसको मतलब आज म सम्बन्धविच्छेद भएकी महिलाको रूपमा रहिरहने थिएँ । अब औचित्य र संवेदनशीलताका साथ परिस्थितिको विश्लेषण गर्नुहोस्। तपाईं सबै मसँग सहमत हुनुहुन्छ कि मेरो हालको अवस्था सम्बन्ध विच्छेदित महिलाको ब्रान्ड भन्दा हजार गुणा राम्रो छ। त्यसैले सबैलाई केही भन्न दिनुहोस्। हामीलाई यो मौका दिनुहोस्। मेरो औचित्य के हो भने, यदि मैले सानोसँग साँचो मित्रता कायम गर्न प्रयास गरें र सफल भएँ भने, तब सम्म, म सम्पूर्ण परिवारलाई थाहा हुनेछ। त्यसपछि यो प्रस्तावलाई अघि बढाउने वा नगर्ने निर्णय गर्ने पालो हुनेछ।

कुनै समय सीमा नभएकोले मलाई लाग्छ कि मैले तपाईंको आशीर्वादले चुनौती स्वीकार गर्नुपर्छ र अगाडि बढ्नुपर्छ।

बन्नोको कुरा सुनेर सबै छक्क परे । उनीहरूले सोचे कि हाम्रो परिवारमा कती साहसी केटी छ! कसैले एक शब्द पनि बोल्न सकेनन् । सबै 'बन्नो द ब्राभो' तिर हेरिरहेका थिए। बन्नोले आफूले नै पहल गर्नुपर्ने महसुस गरिन् । उनी आफ्ना परिवारका सदस्यहरूलाई निरन्तर पीडाबाट केही राहत दिन चाहन्थिन्। उनीहरूले पहिले नै धेरै दुःख पाएका थिए। समाधान खोज्न कटिबद्ध भइन् । उनले सबैभन्दा खराब सम्भावनाको बारेमा सोचिन्। उनी सानो केटासँग मित्रता गर्न असफल हुन सक्छ र विवाहको प्रस्ताव समाप्त हुनेछ। तर पनि, उनले प्रयास नगरेकोमा पछुताउनु भएन। यदि उनले सम्पूर्ण हृदय र ईमानदारीपूर्वक प्रयास गरे भने, उनको सफलताको सम्भावना धेरै उच्च हुनेछ।

"ल, यति अचम्म नमान।" बन्नोले जारी राख्यो । "हामी तर्कसंगत बनौं। मलाई काकीसँग जान दिनुहोस्। त्यो परिवारलाई भेटौं। मलाई त्यो सानो बच्चालाई उसको परिवारका सदस्यहरूसँग केही पटक भेट्न दिनुहोस्। मलाई बच्चासँग केही समय बिताउन दिनुहोस्, जुन गाह्रो हुन सक्छ। तर बच्चाले मसँग सहज नभएसम्म हामी लागिरहनुपर्छ। चिन्ता नगर्नुहोस्। यदि तपाईं सबै सहमत हुनुहुन्छ भने भोलि बिहान म काकीसँग जान्छु।

सबै धेरै खुसी थिए र बन्नोलाई उनको साहसिक यात्राको लागि आशीर्वाद दिए जसले उनको भाग्यको निर्णय गर्नेछ। सायद माथिबाट सर्वशक्तिमान मुस्कुराउँदै हुनुहुन्थ्यो।

टर्निङ प्वाइन्ट

भोलिपल्ट, बिहान सबेरै, बन्नो र उनकी काकी दुवै जान तयार थिए। दुबैलाई बिदाइ गर्न परिवारका सबै सदस्य गेटमा थिए । बन्नोकी आमा रोईरहेकी थिइन् र लगातार आफ्नी देवतालाई बोलाइरहेकी थिइन् र आफ्नी दुर्भाग्यपूर्ण छोरीलाई धेरै गाह्रो कामको जिम्मेवारी दिएर सफलता दिनुहोस्। दुबै जना आ-आफ्नो गन्तव्यतिर लागे । बाटोमा बन्नोले किन केही चकलेट किनिन्, भगवान जान्नुहुन्छ । दिउँसो घर पुगे । तुलसीभाभीले बिमलादादीलाई उनीहरुको आगमनको खबर दिन जाने भएकोले बन्नोलाई आराम गर्न भनिन् । बन्नोलाई थाहा थियो कि उनी मुस्किलले सुत्ने छन्। उसले आफ्नो धड्किएको मुटुको आवाज सुन्न सकिन। काकी गएपछि बन्नो गेट बन्द गरेर सुत्ने कोठामा आइन् । भित्तामा ऐना थियो। ऐना अगाडि उभिइन् । उसले आफ्नो अनुहार ध्यानपूर्वक हेरी। उनी आफ्नो स्कूलमा सबैभन्दा सुन्दर केटी भनेर चिनिन्थ्यो। उनले ऐनामा आफ्नो आकर्षण खोज्ने प्रयास गरे तर असफल भइन्। उसले आफूलाई त्यो अपरिचित व्यक्तिबाट लुटेको महसुस गरिरहेकी थिई, जसले विवाह तोडेर उनको शरीरभरि पीडादायी घाउ लगाएको थियो। उनले पहिलेको आकर्षक बन्नोलाई भेट्टाउन सकेनन्।

उनले भेट्टाए सबै एक विकृत, भाँचिएको र चकनाचूर बन्नो थियो जो बेकार र कुनै पनि कुराको लागि राम्रो थियो। उनी चर्को स्वरले चिच्याइन् र जोडले रुन थालिन् । उनले अगाडिको ढोकामा ढकढकको आवाज सुनिन्। हतार हतार, उनले आफूलाई नियन्त्रणमा राखे, आफ्नो आँसु पुछिन् र केहि हेर्न बाहिर आइन् जसको लागि उनी तयार थिएनन्। हँसिलो अनुहारकी एउटी वृद्धा गेट बाहिर आन्टीसँग उभिरहेकी थिइन् । तिनीहरूको बीचमा, एक प्यारा सानो केटा पनि थियो। उनका हात दुवै महिलाले समातेका थिए । उनीहरुलाई स्वागत गर्न बन्नोले केही भन्नुअघि नै त्यो सानो केटा हाम्फाल्यो, दुवै महिलाबाट आफूलाई छुटाएर दौडिएर बन्नोतिर आयो र भन्यो, "के तिमी नै परी हौ, जसलाई मेरो ड्याडीले मेरो मिल्ने साथी भन्नुभएको थियो ?" उसले उसलाई उठाउनको लागि इशारा गर्दै दुवै हात उठायो। आवेगमा बन्नोले कान्छोलाई उठायो र दुबै हातले अँगालो हालेर समात्यो ।

उनले भनिन्, "हो, म त्यो परी हुँ जो तिम्रो सबैभन्दा मिल्ने साथी हुनेछु। हामी सँगै धेरै खेल खेल्नेछौं। म तिम्रो लागि खेलौना बनाउँछु। मलाई धेरै गीतहरू थाहा छ। म तिम्रो लागि गाउनेछु। खैर, तिमीलाई चकलेट मन पर्छ?"

मनमोहक केटाले होकारमा टाउको हल्लायो। बन्नोले केटालाई नजानेर पहिले किनेको चकलेट दिनको लागि

भित्र लगे। उनले बिमलादादीसँग आफ्नो परिचय दिन पनि बिर्सिन् ।

तुलसीभाभीले बिमलादादीलाई भित्र ल्याइन् । बिमलादादीको आँखामा आँसु थियो । तिनीहरू खुशीका आँसु थिए। उनलाई तुरुन्तै थाहा भयो कि उनले आफूले सबैभन्दा बढी चाहेको कुरा पाएकी छिन्। उसले आफ्नो नातिनातिना र छोराको लागि पनि त्यो केटीमा एक सच्चा साथी भेट्टाउन सक्छ। कोठा भित्र, ओछ्यानमा एकअर्कालाई पूर्ण विश्वासले, हाँस्दै, कुरा गर्दै र चकलेटहरू खाँदै दुई व्यक्तिहरू एकअर्कालाई अपरिचित थिए। बिमलादादी कोठामा पस्दा टाउको घुमेको कुरा देखेर छक्क परिन् । बन्नो ओछ्यानमा टाउकोमुनि सिरानी राखेर पल्टिरहेकी थिई र कान्छी पेटमा बसेर चकलेट हातमा लिएर निर्दोष शब्दमा हाँस्दै थिइन् । बिमलादादी रुन थालिन् । छ महिनामा पहिलो पटक आमालाई फर्काएजस्तै बच्चा हाँसेको थियो । उसले कुनै पनि हालतमा समय बर्बाद गर्न सक्दिन। ढिलो हुनु भन्दा पहिले उसले केहि गर्नु पर्ने थियो। बिमलदादीले समय बिर्सिन् । बन्नोसँग केटाको चिनजान भएको एक घण्टा मात्रै भयो । यो पक्कै पनि चमत्कार थियो। बनोले पनि अवस्था पत्याउन सकेनन् । केटासँग नजिक हुन उनले आफूलाई केही हप्ता दिएकी थिइन्। तर भगवानको उनको लागि फरक योजना थियो जस्तो देखिन्छ। एक घण्टामा उनीहरू पुराना साथीजस्तै व्यवहार गरिरहेका थिए। आमा र छोरा जस्तै! बन्नोको मातृत्वले यो सम्भव

बनाएको थियो। जब पावन आत्मा मिल्छ, चमत्कार हुन्छ। केही बेरपछि विमलादी र तुलसीभाभी दुवै कोठाभित्र आइन् ।

बनो हतार हतार उठिन् र केटालाई काखमा लिए। उनले बिमलादिदीसँग माफी मागेर भनिन्, “केटा यति प्यारो छ कि म मात्रै छोयो । हजुरको खुट्टा छुन पनि निहुरिएन भनेर मलाई धेरै दुख छ। उसको नाम पनि थाहा छैन । मैले पहिले नै उनको नाम राखेको छु। म उसलाई चिम्पु भन्छु । के तपाईलाई ठीक छ, काकी?"

बन्नोको मिठो इशाराले बिमलादादी यति विचलित भइन् कि उनले होकारमा टाउको हल्लाइन्।

आज कान्तिलाल चाँडै आउनु पर्ने भएकाले बिमलादादीको घर जाने बेला भयो । तर शान्तिलाल जान तयार भएनन् । उनी आफ्नो परी साथी बन्नोसँग हुन चाहन्थे। शान्तिलाल उर्फ चिम्पुलाई भोलिपल्ट बिहान आफ्नो परी साथीलाई ल्याइदिने वाचामा सन्तुष्ट भएर उनी बिमलादादीसँग घर जान राजी भए। घर फर्केपछि शान्तिलालले सोफामा बसिरहेका आफ्ना बुबालाई देख्नेबित्तिकै दौडिएर कान्तिलालको छेउमा आएर काखमा हाम फालेर आफ्नो नयाँ परी साथीको पूरै प्रसंग सुनाउन थाले । कांतीलाललाई केही थाहा थिएन । त्यसैले उसले आफ्नी आमा बिमलादादीतिर हेर्यो। उनको आँखामा प्रश्नचिन्ह थियो । तुलसीभाभीले कसरी आफ्नो भान्जीलाई शान्तिलालसँग मिल्ने प्रयास गर्न तयार पार्न आफ्नो परिवारलाई

मनाउनुभएको थियो भनेर बिमलादादी आफ्नो छोराको नजिक आइन् र सबै कुरा विस्तारमा बताइन्। उनले केटी बन्नो कति चाँडै शान्तिलालको नजिकको साथी बन्न सफल भइन् भनेर पनि बताए। बन्नोले यो बच्चाको नाम पनि चिम्पु राखेका छन्। कति प्यारो!

"अब छोरा, म तिमीलाई एउटा अनुरोध गर्छु। कृपया यसलाई अस्वीकार नगर्नुहोस्। बन्नोलाई भोलि दिउँसो साँची तुलसीभाभीसँगै खाजा खान निम्तो गरौं। तपाईं र बन्नो एकअर्कासँग परिचित भए राम्रो हुनेछ। दुबै जनाले एक अर्कालाई चिन्नुस्। त्यो गरिब केटी पनि सामाजिक कलंकको शिकार छिन् जसको कुनै दोष छैन। दुबैले आ-आफ्नो जीवनमा मौका दिनुपर्छ। परमेश्वरले हामीलाई एकअर्कालाई सहयोग गर्ने मौका दिनुभएको छ। बन्नो आफ्नो छोराको सच्चा हेरचाह गर्न सक्छिन् र यो परिवारको जिम्मा लिन उनी पनि उत्तिकै सक्षम छिन् भन्ने लाग्छ भने तिमी उसैसँग विवाह गर। यदि तपाइँ अन्यथा महसुस गर्नुहुन्छ भने, हामी उनीहरूलाई सोही अनुसार सूचित गर्नेछौं। साथै बन्नोले पनि यो सम्बन्धको बारेमा निर्णय गर्न हामी सबैलाई थाहा पाउने समान अवसर पाउनु पर्छ। उसलाई पनि त्यसो गर्ने समान अधिकार छ।"
बिमलादादीले छोरालाई आफ्नो भावना व्यक्त गरिन्।

कान्तिलालले छोरालाई देखे। छ महिनामा पहिलो पटक शान्तिलाल आफ्नी हराएको आमाको लागि रोएका थिएनन्। सायद उनले बन्नोमा आमाको माया पाएका थिए,

जसलाई उनले परी साथी भनिन्। कान्तिलालले आमालाई भने, "ठीक छ । मलाई कुनै समस्या छैन यदि तपाईं सही महसुस गर्नुहुन्छ; आफ्नो योजना अगाडि बढ्नुहोस्। उसको परिवारलाई भोलि खाजाको लागि बोलाउनुहोस्।

पहिलो भेट

भोलिपल्ट बिहान बिमलादादीले आफ्नो नाति चिम्पु (उनी पनि चिम्पु भनेर बोलाउन थालेकी थिइन्) बन्नोमा लिएर गइन् । बन्नो बरामदको भुइँ सफा गरिरहेकी थिइन् । चिम्पुलाई बिमलादादीसँगै देख्नेबित्तिकै हतार हतार हात धोएर चिम्पुतिर दौडेर उसलाई काखमा लिए। उसले उसको निधारमा चुम्बन गरि, घुँडा लिएर बोल्न थाल्यो। चिम्पुसँग उसको परी साथीलाई खबर गर्ने धेरै कुरा थियो। उनका बुबाले रातो रङ्गको कार ल्याउनुभएको थियो जुन धेरै छिटो चल्न सक्छ। एकै दिनमा उनीहरु एक अर्काको धेरै नजिक आएको देखेर बिमलादादी निकै खुसी भए । उनले सबै कुराको लागि भगवानलाई धन्यवाद दिए र भान्साकोठामा गइन् जहाँ तुलसीभाभीले सबैका लागि नाश्ता तयार गरिरहेकी थिइन्।

बिमलादादीले स्टुलमा बसेर भनिन्, “तुलसीभाभी, हाम्रो पनि बिहानको खाजा बनाइदिनुहोस् । र हो, खाजा तयार नगर्नुहोस्। तपाईहरु सबै आज हाम्रो घरमा खाना खान आउदै हुनुहुन्छ । मेरो छोरा पनि हामीसँग सामेल हुनेछ। यदि भगवानले चाहानुहुन्छ भने, हाम्रो सपना साकार हुनेछ। केटा र केटीलाई भेट्न र कुरा गर्न दिनुहोस्। यदि

सबै कुरा ठीक छ भने, हामी सकेसम्म चाँडो उनीहरूको विवाहको निर्णय लिनेछौं।

धेरै महिनापछि चिम्पुले बिना मन नपरेको खाजा खायो। उनलाई खुवाउने जिम्मा बन्नोले लिएकी थिइन्। दुबै जना निकै खुसी थिए। जब बन्नोले बिमलादादीको घर जानु पर्ने थाहा भयो, उनले तुरुन्तै सोधिन्, "हाम्रो लागि खाना पकाउने को हो?" बिमलादादीले जवाफ दिइन्, "अरू को, म?" बन्नोले केही बेर मम्मी राखे र भनिन्,

"ठीक छ काकी, म अलि चाँडो तपाईंको घरमा आइपुगे र हामी सबैको लागि खाजा तयार गर्न मद्दत गरेमा के तपाईं मन पराउनुहुन्छ? यद्यपि म राम्रो कुक होइन, तर म तपाईंलाई कम्तिमा मद्दत गर्न सक्छु।

बिमलादादीले आफूलाई सम्हाल्न सकिनन्। उनी बन्नोको नजिक गइन्, दुवै हातले आफ्नो अनुहार लिएर बन्नोको निधारमा चुम्बन गरिन् र भनिन्, "मेरो छोरी तिमीलाई सबै खुसीहरू प्रदान गरून् भनी भगवानसँग प्रार्थना गर्छु।"

उनको आँखामा आँसु थियो र उनले त्यो लुकाइनन्। केही समयपछि सबैजना बिमलादादीको घरतिर लागे। कान्तिलाल पहिले नै पसल गएका थिए। चिम्पु फेरि आफ्नो नयाँ रातो कारमा व्यस्त भए। यसपटक तुलसीभाभी उनको खेलमा साथी भइन्। बन्नो र बिमलादादी भान्सामा गए। बन्नोले भान्साकोठा मिलाउन

केही समय लगाइन् र त्यसपछि खाजाको तयारीका लागि आवश्यक सबै सामग्री मिलाइदिइन् । मेनु आपसी सहमतिमा तय गरिएको थियो। Banno ले एउटा अर्को वस्तु "Kofta" मेनुमा थप्यो। उनी निकै कुशल कुक थिइन् । उनी यहाँ मद्दत गर्न आएकी भए पनि उनले प्रायः सबै कुरा आफैं पकाउने गरिन्। केही पटक उनले बिमलादादीलाई सहयोग गरिदिन आग्रह गरिन् । तीन बाधाहरू मध्ये दुई पार गरिसकेका थिए। चिम्पु र भान्सालाई जितेको थियो । अन्तिम बाधा कान्तिलाल थिए ।

लगभग खाजाको समय भैसकेको थियो । बन्नोले खाने टेबल मिलाउन पहल गरिन् । हरियो सलाद र भुटेको पापड तिनले पहिले नै थप दुई वस्तु तयार गरिसकेकी थिइन् । ढोकामा ढकढक भयो । बिमलदादीले बन्नोलाई ढोका खोल्न भनिन् । हिचकिचाउँदै, बन्नो गएर बिस्तारै ढोका खोल्यो र उ उभिरहेको थियो, एक सुन्दर सज्जन। दुबैले एक अर्कालाई देखे । दुवैलाई थाहा थियो कि उनीहरु को हुन् । बन्नोले हात जोडेर कान्तिलाललाई अभिवादन गरिन् । उसले उनको अभिवादनको जवाफ दियो। दुवै जना मुस्कुराए ।

सबैजना खाने टेबलमा जम्मा भए र कान्तिलालले आफ्नो तोकेको सिटमा बसे । चिम्पु उनको छेउमा देब्रेपट्टि बसे । दाहिने छेउमा तुलसीभाभी थिइन् । बन्नो र बिमलादादीले

दिउँसोको खाना खानुहुन्थ्यो । सबै आमा थिए । मौनता तोड्ने पहिलो व्यक्ति चिम्पु हो ।

उसले हर्षोल्लासका साथ आफ्नो बुवालाई भन्यो, "पापा, हिजो मैले मेरो परी साथी पाएको बताएको कुरा याद छ ? मलाई तिनी को हुन् भनेर देखाउन दिनुहोस्।"

चिम्पु आफ्नो सिटबाट ओर्लिए, दौडेर बन्नोतिर गए, उनको हात समातेर बाबुको नजिक ल्याए । "उनी यहाँ छ, मेरो परी साथी। दिदीले मेरो लागि ल्याउनुभयो । उनी मलाई धेरै माया गर्छिन्। म उसलाई छोड्ने छैन। मैले बाबालाई मेरो परी साथी हाम्रो घरमा बस्न आग्रह गरेको छु। बाबा, कृपया उसलाई पनि यहीँ बस्न भन्नुहोस्।

कान्तिलाल बन्नोलाई हेरिरहेका थिए । उनी निकै सुन्दर केटी थिइन् । एउटा कुरा उनले प्रमाणित गरिन् कि उनी जादूगर हुन्। केही समयमै शान्तिलाललाई मन्त्रमुग्ध गरिन् । उनले छोराको नाम चिम्पु पनि राखेकी थिइन् । कति प्यारो!

उनकी श्रीमतीको मृत्यु हुँदा शान्तिलाल मात्र साढे दुई वर्षका थिए । सानो केटाले आफ्नी आमालाई राम्ररी चिन्नु अघि, उनी गइन्। पछिल्ला ६ महिनादेखि उनी आफ्नी आमाजस्तै कसैलाई खोज्दै थिए । सर्वशक्तिमान भगवानले उनको पुकार सुन्नुभयो र यो जादूगरलाई आफ्नो परी साथीको रूपमा पठाउनुभयो। कन्तिलालले आफ्नी श्रीमतीलाई बिर्सन असम्भव भए पनि जसलाई उनले धेरै

माया गर्थे, उनले उनीहरूको जीवनलाई मौका दिए। यदि यो केटी यो घरको हिस्सा बन्न तयार भए, उसलाई कुनै आपत्ति थिएन। छोरा खुसी भए सबै खुसी हुन्थे।

खाना खाइसकेपछि तुलसीभाभीले बन्नो र कान्तिलाललाई केही समय सँगै बसेर एकअर्कालाई चिन्ने सल्लाह दिइन् । बिमलादादी र तुलसीभाभीले चिम्पुलाई साथमा लिएर दुईजना कुरा गर्नका लागि खाने ठाउँ छोडे।

कान्तिलालले कुराकानी सुरु गरे, "हेर बन्नो, मैले नभनेको भविष्यमा तिमीलाई कुनै गुनासो नहोस् भनेर म तिमीलाई मेरो अडान स्पष्ट गर्न दिनुहोस्। तिमीलाई थाहा छ मैले मेरी श्रीमती गुमाएँ। उनी म र मेरो छोराको धेरै नजिक थिइन् । हाम्रो टाउकोमा चट्याङ पर्नु अघि हामी सुखी परिवार थियौं र मेरी श्रीमतीलाई ब्लड क्यान्सर भएको पत्ता लाग्यो। हामीले यसको बारेमा थाहा पाएपछि यो पहिले नै उन्नत चरणमा थियो। डाक्टरहरूले भने कि उनले केहि गम्भीर रूपमा गल्ती भएको महसुस गरेको हुनुपर्छ, तर उनले हामीलाई केहि भनेनन्। उनले आफ्नो पीडा र पीडाको सत्यता लुकाएकी थिइन् । जब वास्तविक उपचार सुरु भयो, धेरै ढिलो भइसकेको थियो, र डाक्टरहरूले उनलाई बचाउन केही गर्न सकेनन्। अन्ततः, हामीले उसलाई गुमायौं, र मेरो छोराले आफ्नो आमा गुमायो जो उनको धेरै नजिक थियो। मैले पुनर्विवाह नगर्ने निर्णय गरेको थिएँ । तर विगत ६ महिनादेखि मेरो छोराले मानसिक र मनोवैज्ञानिक रूपमा निकै पीडा भोगेको छ । उसले तिमीमा आमालाई

भेट्टायो। सबै श्रेय तपाईलाई जान्छ, मैले भन्नु पर्छ। मलाई तिम्रो बारेमा सबै थाहा छ। तुलसीभाभीले मलाई एकपटक भेट्न आग्रह गरिन् । मेरो छोरोले यति छिट्टै कसैलाई पनि आमा नमान्ने सर्त राखेको थिएँ । तर तपाईंले एउटा चमत्कार गर्नुभयो जसलाई कसैले नकार्न सक्दैन। त्यसैले मैले निश्चय गरेको छु कि यदि तिमीलाई म पनि तिम्रो साथी बन्न सक्छु भने समय बर्बाद नगरी तिमीसँग बिहे गर्छु, ताकि तिम्रो चिम्पुले आफ्नी आमालाई यो घरमा पाओस् ।"

बन्नोले चुपचाप जवाफ दिइन्, "मलाई आफ्नो साथी र चिम्पुकी आमाको रूपमा स्वीकार गर्नुभएकोमा धन्यवाद। विगत पाँच वर्षदेखि मलाई हाम्रो समाजमा खराब शगुन महिला भनेर चिनिन्छ। यति हुँदाहुँदै पनि तिमीले मसँग बिहे गर्न राजी भयौ र मलाई मेरो स्वाभिमान फिर्ता दियौ। एक महिला भएकाले मलाई चिम्पुसँग नजिक हुन गाह्रो थिएन किनभने म मानसिक रूपमा तयार थिएँ। चिम्पुलाई साँच्चै माया गर्छु भने मात्र उसले मलाई आफ्नो परी साथीको रूपमा स्वीकार गर्छ भने मात्र म वास्तविक अर्थमा उसको आमा बन्न सक्छु भन्ने मलाई थाहा थियो । चिम्पुलाई अहिले कोही छ जसमा आफु भर पर्न सक्छ, उसलाई खेलको साथी बन्न सक्छ, ऊसँग झगडा गर्न सक्छ र माग पूरा नभएमा चिच्याउन सक्छ भन्ने विश्वास गराउनु मेरो लागि चुनौती हो । उहाँका सबै आकांक्षाहरू अरु आमाको जस्तै पूरा गर्न म सक्दो प्रयास गर्नेछु । सबैभन्दा महत्त्वपूर्ण कुरा, म देख्नेछु कि उहाँ अत्यधिक माया र स्नेहले बिगार्नु

भएको छैन। चिम्पु त्यस्तो व्यक्तिको रूपमा बद्नुपर्छ जसको लागि तिमी र म लगायत समाजले गर्व महसुस गर्नुपर्छ। मुस्कुराउँदै बन्नोले निष्कर्ष निकाली, "हामी दुवैले एक अर्कामा पूर्ण विश्वास गर्ने निर्णय गरौं र चिम्पु र काकीसँग मिलेर यो घरलाई बस्नको लागि सुन्दर ठाउँ बनाऔं।"

स्वीकृति

कान्तिलाल बन्नो नजिक आएर दुवै हात समातेर भने, “बन्नो, यो भन्न हतार भयो कि थाहा छैन । तर अब भन्नै पर्छ । पछिल्ला दुई तीन दिन अर्थात् मेरो छोरो शान्तिलाललाई भेटेको दिनदेखि तिम्रो चिम्पु धेरै परिवर्तन भएको छ । पछिल्ला ६ महिना उ हाँसेन, मसँग राम्ररी बोलिन पनि । उसका आँखाले आमालाई खोजिरहेका थिए । उसले तिमीलाई फेला पारेपछि, उसले आफ्नो जीवनमा फर्केको छ, मानौं उसले आफ्नो हराएको सबैभन्दा बहुमूल्य चीज फेला पारेको छ। म तिमीलाई वचन दिन्छु कि म कहिल्यै हाम्रो बच्चा हुर्काउने तपाईंको बाटोमा हस्तक्षेप गर्दिन। म धार्मिक मान्छे हुँ। म भगवानमा विश्वास गर्छु। भगवानले तिमीलाई मेरो परिवार बचाउन पठाउनुभएको हो। यो संयोग होइन कि मेरी आमाले आफ्नो पीडा र चिन्ता तपाईंको काकीलाई प्रकट गर्नुभयो। यो पनि संयोग होइन कि तपाइँ तपाइँको कुनै गल्ती बिना पीडा हुनु भयो। हामी प्रत्येकको लागि परमेश्वरको आफ्नै योजना छ। उहाँले तिमीलाई यो घरमा पठाउनुभएको हो। अब हजुरको काकी सहित हामी सबैको सपना पूरा गर्ने जिम्मेवारी दिनु हाम्रो काम हुनेछ। गर्नको लागि विशेष अनुरोध गर्दछु । कृपया मलाई मिलाउन केही समय दिनुहोस्। भर्खर छ महिना

अघि मैले मेरी श्रीमती गुमाए, जसलाई म धेरै माया गर्थे। तपाईंले मलाई त्यो दुर्भाग्यपूर्ण घटनाबाट बाहिर आउन मद्दत गर्नुपर्छ। केही समय लाग्नेछ। मनोवैज्ञानिक र भावनात्मक रूपमा, म तपाईंमा निर्भर हुनुपर्छ। तपाईं धैर्य श्रोता हुनुपर्छ। त्यहाँ एक समय हुनेछ जब म एक्लै हुन चाहन्छु। ती क्षणहरू तपाईंको लागि सबैभन्दा महत्त्वपूर्ण हुनेछ। मेरो गहिरो घाउ निको पार्न मलाई तपाईंको सहयोग चाहिन्छ। मलाई थाहा छ म तिमीलाई यस्तो अवस्थामा राख्दै छु जुन अन्यथा नवविवाहित जोडीका लागि सान्दर्भिक छैन। तर यो अवस्था हामी दुवैको लागि फरक छ। तपाईको आफ्नै जीवनको सपना हुन सक्छ। कुनै पनि केटीको सपना विवाहित पुरुषले बच्चा जन्माएर सुरु गर्न सक्दैन। मलाई धेरै माफ गर्नुहोस्। म विरोधाभासले भरिएको छु। के मैले मेरो हृदयको नजिक थिई र मेरो बच्चाको आमा को मेरी श्रीमतीलाई बिर्सनु पर्छ? के मैले नचिनेको केटीसँग पुनर्विवाह गर्ने सही काम गरिरहेको छु? यदि मेरो बच्चा र नयाँ केटी बीचको सम्बन्ध बलियो हुदैन भने के हुन्छ? म, तिमी, शान्तिलाल, मेरी आमा र तिम्री काकीजस्ता सबै सरोकारवालाहरूले धेरै समायोजन गर्नुपर्छ। यसले काम गर्छ? म तिमीलाई झुट बोल्न सक्दिन। मेरो भ्रमका कारण म नर्भस र निराशावादी दुवै छु। यसलाई सफल बनाउन हामी दुवैले कडा मेहनत गर्नुपर्छ। मेरो दिमागमा बारम्बार आउने अर्को एउटा कुरा

एकदमै गम्भीर छ। म निश्चित छैन कि मैले यस क्षणमा तपाईंसँग छलफल गर्नुपर्छ कि छैन।"

बन्नो एकदम ध्यान दिएर सुन्दै थियो। कान्तिलालले बोलेका हरेक शब्दको विश्लेषण गरिरहेकी थिइन्। उहाँको मान्छे अन्तर्मुखी छैन भनेर देखेर उनी निकै खुसी भइन्। सत्य बोल्ने साहस उहाँमा छ। उनी जान्न चाहन्थिन्, उनको लागि गम्भीर बिन्दुको बारेमा जुन उनी बोल्न हिचकिचाउँदैछन्। उनी कान्तिलालको सबै भ्रम हटाउन चाहन्थिन्।

उनले उनलाई भनिन्, "मलाई थाहा छ कि तपाई अहिलेको भ्रम हटाउन चाहनुहुन्छ। म तपाईलाई आश्वस्त पार्न सक्छु कि म तपाईको भ्रममा बाँच्ने मौका दिने छैन। चिन्ता नगर्नुहोस्। म त्यसको ख्याल गर्नेछु। अब तपाई मलाई भन्नुहोस् कि तपाई के भन्न हिचकिचाउनुहुन्छ।"

कान्तिलालले बन्नोका दुवै हात मुटुको नजिक लिएर भने, "बन्नो, यति बेकारको कुरा गर्ने बेला होइन। तर म असहाय छु। म भविष्यमा कुनै भ्रम नहोस् भन्ने चाहना भएकोले मेरो अन्तिम शङ्का तपाईलाई बताउन चाहन्छु। म ढुक्क छु, तिमीले मलाई गलत बुझ्ने छैनौ।"

तर कान्तिलालले केही भन्नुअघि नै बन्नोले बोल्न थाले, "ठीक छ, मलाई अनुमान लगाउनुस्। हाम्रो आफ्नै सन्तान भएर चिम्पुलाई बेवास्ता गरिहाल्ने अवस्थाको डर लाग्छ? के तिमीलाई साँच्चै डर लाग्छ कि म चिम्पु भन्दा आफ्नो

बच्चालाई धेरै माया गर्छु र म धेरै समय दिन्छु? यस्तो अवस्थामा चिम्पुलाई बेवास्ता गर्ने हो ? भन तिम्रो डर छ कि अरु केहि ? म जान्न चाहन्छु।"

बन्नोको बौद्धिक सोचबाट शान्तिलाल निकै प्रभावित भए । उसले हतार हतार बन्नोका दुवै हात थिचे । उसले भन्यो, "हे भगवान ! तिमी धेरै चलाख छौ! तिमी मेरो मन पढ्न सक्छौ। त्यो उत्कृष्ट छ! हो, म पनि त्यही बन्नो भन्न चाहन्थेँ । म हिचकिचाएँ। तर तपाईं आफैले विषय खोल्नु भयो। धेरै धेरै धन्यवाद। कृपया मलाई शंका हटाउन मद्दत गर्नुहोस्।"

अब बन्नोको पालो । उनले कान्तिलाललाई खाने टेबलमा बस्न भनिन् । पानीको गिलास ल्याई कान्तिलाललाई दिई। एकैछिनमा कान्तिलालले गिलास सिध्याए। बन्नोले उसबाट गिलास लिएर बिस्तारै भन्यो, "म के भन्न गइरहेको छु ध्यान दिएर सुन । अहिले पहिले चिम्पुमा ध्यान केन्द्रित गरौं । दुई वर्षपछि उनी पाँच वर्षको हुनेछन् । उसलाई राम्रो स्कुलमा भर्ना गराइन्छ । सायद हामीले उसलाई राम्रो शिक्षा दिन सक्ने सहरमा जानुपर्छ। दुई वर्षपछि, भगवानको कृपाले, यदि हाम्रो आफ्नै बच्चा छ भने; यो माया को डिग्री को बारे मा थाहा धेरै सानो हुनेछ। हामी सबैले त्यो बच्चा र चिम्पुलाई समान रूपमा माया गर्नेछौं। बरु हामी चिम्पुलाई आफ्नो बच्चा भन्दा बढी व्यवहार गर्छौं र उसलाई आफ्नो भाइ वा बहिनीको हेरचाह गर्न सिकाउँछौं। म पक्का छु;

भविष्यमा चिम्पु बच्चाको वास्तविक अभिभावक हुनेछ। त्यसोभए, यसको बारेमा कहिल्यै चिन्ता नगर्नुहोस्। अरु केही भन्नु छ ?"

"होइन, केही होइन, वास्तवमा, तपाईंले मेरो सबै शंकाहरू सफा गर्नुभयो। यसको लागि धेरै धेरै धन्यवाद। म तपाईप्रति धेरै कृतज्ञ छु बरु मेरो मनमा घुमिरहेका सबै पीडाहरूबाट मुक्त भएको छु। तिमी स्मार्ट केटी मात्र होइन; तपाई पनि मनको पाठक हुनुहुन्छ। मलाई थाहा छ शान्तिलाल सुरक्षित हातमा हुनेछन्। यो घर भाग्यशाली छ कि तपाईं यसको मालिक हुनुहुन्छ। उनीहरू बाहिर निस्कनुअघि बन्नोले कान्तिलाललाई कागजको टुक्रा दिए। पछि हेर्नको लागि उसले खल्तीमा राख्यो।

उनीहरुको कुराकानीबाट दुवै सन्तुष्ट भए । बिमलादादी र तुलसीभाभी दुवै बाहिर बरामदमा उत्सुकतापूर्वक पर्खिरहेका थिए। दुवैजना चिन्तित थिए । केटा र केटी बीचको छलफलको बारेमा उनीहरूलाई कुनै जानकारी थिएन। खाना टेबुलमा एक्लै बसेको झन्डै एक घण्टा भयो । कान्तिलाललाई कोठाबाट बाहिर निस्केको देखेर बिमलादादीले मुस्कुराएको देखेर खुसी भइन् । बनो उनको पछि लागे। चिम्पु आफ्नो परी साथीकहाँ जान बेचैन थियो । उनी तिर दौडे । बनोले उसलाई काखमा लिएर निधारमा चुम्बन गरिन् ।

बिम्लादादीमा बिस्तारै बन्नो आइन्, चिम्पुलाई तुलसीभाभीको छेउमा भुइँमा राखेर विमलादीको खुट्टा छुन

निहुरिएर भनिन्, "के म तिमीलाई 'मा' भनेर बोलाउन सक्छु?"

बिमलादादीले आफुलाई रोउन सकिनन् । उनको आँखाबाट आँसु खस्यो र बन्नो उनको नजिकै बसेको देखे। बन्नोले बिम्लादादीको काखमा बिस्तारै बच्चा जस्तै टाउको राखिन् । उनी पनि रोइरहेकी थिइन् । दुवै रोइरहेका थिए, कारण थाहा भएन । तुलसीभाभीले देखेकी थिइन् । बिमलादादीले बन्नोको टाउकोमा हात राखेर कपालमा हात हाल्न थालिन् । तुलसीभाभीले आफ्नो भावनालाई नियन्त्रणमा राखिनन् । उसले आँखाबाट आँसु झर्न दियो । उनको बनोले उनको हक पाएको छ। उनले भर्खरै भएको सबै कुराको लागि भगवानलाई धन्यवाद दिए। बन्नोलाई आमाबुवाकहाँ लैजाने र जतिसक्दो चाँडो विवाहको सबै प्रबन्ध मिलाउने समय आयो। शान्तिलाल लामो समयसम्म बन्नोसँग अलग हुन तयार थिएनन्।

नयाँ सुरुवात

तुलसीभाभीले मौनता तोडिन् । उनले कान्तिलाललाई भनिन्, “छोरा, तिमी दुवैले एकअर्कासँग बिहे गर्न राजी भएजस्तो लाग्छ । मेरो एउटा अनुरोध छ। कृपया कुनै पनि कारणले विवाहमा ढिलाइ नगर्नुहोस्। भोलि बिहान म बन्नोलाई भाइको घरमा लैजान्छु । हामी सबै व्यवस्था गर्नेछौं र हाम्रा पादरीसँग परामर्श गरेपछि सम्भावित मितिहरूको बारेमा जानकारी दिनेछौं। तपाईहरु पनि परामर्श गरेर मिति टुङ्गो लगाउनुस् । सबैको लागि विशेष गरी शान्तिलालको लागि आफ्नो परी साथीलाई सधैंको लागि आफ्नो नजिक राख्दा राम्रो हुनेछ। के भन्नुहुन्छ ?”

आज कन्तिलाल निकै खुसी थिए । बन्नोले आफू यस परिवारको सबैभन्दा उपयुक्त सदस्य हुने प्रमाणित गरिन् । तुलसीभाभीको प्रश्नमा उसले टाउको हल्लायो । भन्नुभयो, "तिमीलाई जे राम्रो लाग्छ, तपाइँ गर्न सक्नुहुन्छ। म तपाईंको निर्देशन पालन गर्नेछु। तपाईले हामीलाई सम्भावित मितिहरू पठाउने बित्तिकै, हामी हाम्रा पुजारीसँग परामर्श गर्नेछौं र तुरुन्तै अन्तिम मिति पठाउनेछौं।"

तुलसीभाभी र बन्नोले केही समय बिदा लिएका थिए । सुरुमा चिम्पु उनीहरुलाई जान दिन तयार नभए पनि परी

साथी छिट्टै स्थायी रुपमा यो घरमा आउने शर्तमा राजी भयो । दुवै जना युवती घर आए । तुलसीभाभीका छोरा कृष्ण उनीहरुलाई पर्खिरहेका थिए । बन्नो दौडेर कृष्णतिर आएर अँगालो हालिन् । बहिनी मुस्कुराएको देखेर कृष्ण खुसी भए । उनकी आमाले पनि "सबै ठीक छ" भनेर संकेत गरे। कृष्णले आफ्नी भतिजी बन्नोलाई बधाई दिँदै सफलताको कामना गरे। कान्तिलालले आफ्नो काका कृष्णसँग राम्ररी चिनजान गरेको बन्नोलाई थाहा थियो। कान्तिलाल असल, सरल र इमान्दार व्यक्ति हुन् भनेर कृष्णले पहिले नै संकेत गरिसकेका थिए। तीनै जना कृष्णको मामाको घर जान तयार भए । भोलिपल्ट दिउँसो बन्नोका बाबुआमाले बन्नोलाई खुसी र मुस्कुराएको देखेपछि उनीहरू खुसी भए । सबै एक कप चियामा बसे । बन्नो र कृष्ण सबैका लागि केही खाजा ल्याउन भित्र गए। तुलसीभाभीले सबैलाई वर्णन गरिन् । कान्तिलालले प्रस्तावमा सहमति जनाएका छन् । परिवारका सदस्यहरूले पहिले नै बन्नोको विवाह तय गरिसकेकाले उनीहरूको गल्ती बिना असफल भएकोले सबैले कुनै पनि धूमधाम र प्रदर्शनको विरुद्ध जाने निर्णय गरे। विमलादीले पनि त्यही संकेत गरेका थिए । बन्नोको लागि गहना पहिल्यै तयार थियो। लुगा र साडी मात्रै मिलाउनुपर्ने थियो । उनीहरूले पुजारीलाई आफ्नो घरमा आउन जानकारी दिए। साँझ उनीहरूले आफ्ना नजिकका साथीभाइ र आफन्तहरूको भेटघाट बोलाए। उनीहरुले प्राथमिकताका आधारमा स्थान, खानपान र निमन्त्रणाबारे निर्णय गर्नुपर्ने थियो । समय सीमा अनुसार विभिन्न

गतिविधिका लागि टोली बनाइएको थियो। विवाहको लागि आर्थिक समस्या थिएन र पुरुष शक्ति पर्याप्त थियो। समस्या मात्र समयको अभाव थियो। पुजारीले दुई हप्ता भित्र तीन मिति दिए। उनीहरुले कान्तिलालको परिवारलाई मितिबारे जानकारी दिए । भोलिपल्ट कान्तिलालको परिवारबाट अन्तिम मिति आयो । मात्र ११ दिन बाँकी। दुबै परिवारका सदस्यहरूले आ-आफ्नो जिम्मेवारी पूरा गर्न आ-आफ्नो स्थानमा लागे।

विवाह समारोह तुलसीभाभीको निवासबाट हुने तय भएको छ । यसबाट धेरै समस्या समाधान हुनेछन् । बेहुलाको परिवारले पनि यो प्रस्तावमा सहमति जनायो । तुलसीभाभीको घर अगाडि एउटा समियाना भए पुग्छ । विवाह समारोह सादा राख्ने निर्णय भएपछि मंगल कार्यालय, डीजे आदि हटाइयो । विवाहको पूर्वसन्ध्यामा साँझ संगीत, मेहेन्दी सीमित सहभागितामा गरिएको थियो। सबै अनुष्ठानमा दुबै पक्षका नजिकका आफन्त र साथीहरूले मात्र भाग लिएका थिए। भोलिपल्ट विहानै निर्णय गरेबमोजिम कान्तिलाल आफ्ना साथीभाइ र आफन्तहरू विमलादीको नेतृत्वमा तुलसीभाभीको घरमा आइपुगे । बनो तयार भैरहेको थियो । उनका नजिकका साथीहरू विभिन्न गाउँबाट आएका थिए। पाँच वर्षअघि पनि बन्नोको विवाहको लागि उनीहरु आएका थिए तर दुर्भाग्यवश त्यो पूरा हुन सकेन । यसपटक भने कुनै अवरोध थिएन । सबै खुसी थिए । बेहुलीको पार्टी आइपुग्दा एक्कासी हाँसो र कोलाहल मच्चियो । बन्नोले माथि हेरे र

विवाह सफल होस् भनी भगवानसँग प्रार्थना गरिन्। त्यसपछि दुवै पक्षका पुजारीहरूको निर्देशनअनुसार सबै अनुष्ठानहरू गरियो। अन्त्यमा दम्पतीले औँठी र माला साटासाट गरे र त्यसपछि मङ्गलसूत्र बाँध्ने कार्यक्रम गरिएको थियो। त्यसपछि फेरे र सिंदुरदान अनुष्ठान थियो। कान्तिलाल र बन्नोको जीवनको सबैभन्दा महत्त्वपूर्ण घटनाको साक्षी हुन सबै ठूला र कनिष्ठहरू दम्पतीको नजिक भेला भए। खुसीसाथ विवाह समारोह सम्पन्न भयो। बिमलादादी र तुलसीभाभी दुवैले राहतको सास फेरे। त्यहाँ उपस्थित सबैले दम्पतीलाई आशीर्वाद दिए र खाना खान गए। बन्नोले फेरि पनि सबै कुराको लागि भगवानलाई धन्यवाद दिए। बन्नोले चिम्पुलाई सोधे। केही बुझ्न नसक्ने उनी निकै सानो थिए। तर उनी हरेक संस्कारमा रमाइरहेकी थिइन्। उनको अनुरोधमा चिम्पुलाई उनको परी साथी बन्नो नजिक ल्याइयो। उसको काखमा उफ्रियो। बन्नोले उसको टाउकोमा चुम्बन गरिन् र फुसफुसाउँदै भनिन्, "तिम्रो परी साथीले तिमीलाई कहिल्यै छोड्ने छैन, यो उनको प्रतिज्ञा हो।"

साँझमा जब बन्नो आफ्नो नयाँ सहयात्री लिएर बिदाइको तयारी गर्दै थिइन्, आमाबुवालाई कति पीडा भयो होला भनेर सोचिरहेकी थिइन्। पछिल्ला पाँच वर्ष उनीहरूका लागि रातभरी मात्र थिए। उनलाई हेर्न आएका हरेक विवाहित केटाले आफ्नै समाजले दिएको 'ब्याड ओमन गर्ल' को ब्रान्डका कारण सिधै अस्वीकार गरे। त्यो ट्याग

स्वीकार गर्न अस्वीकार गरेकोमा उनी कान्तिलालप्रति कृतज्ञ मात्र थिइनन् तर उनको परिवारलाई पूर्ण हृदयले उनलाई आफ्नो रूपमा स्वीकार गर्न बाध्य भइन्। श्रीमान्को परिवारले आफूमाथि दिएको विश्वासलाई उनले कहिल्यै तोड्ने छैनन् । अनि चिम्पु ! उहाँ धेरै प्यारो हुनुहुन्छ, उहाँ धेरै मायालु हुनुहुन्छ। उसले सधैं आफ्नो परी साथी बन्ने प्रयास गर्थी। उनी आफ्नी काकीप्रति कृतज्ञ रहनेछिन् जसले आफ्नी भान्जीलाई जीवनमा बसोबास गरेको हेर्नको लागि विगत पाँच वर्षदेखि कहिल्यै विश्राम लिनुभएन। यो निस्वार्थ हेरचाह थियो। कृष्णा, उनको काकाको भाई सधैं हरेक मौसममा उनको साथ थियो। आफ्नो वरिपरि यति धेरै शुभचिन्तकहरू पाउँदा उनले आफूलाई भाग्यमानी ठानिन्। कान्तिलालका परिवारका सदस्यहरू पर्खिरहेका गेटमा तुलसीभाभी लिन आएकी थिइन् । बन्नोले सबै बुढापाकाबाट एक एक गरी आशीर्वाद लिए । बुवाको नजिक आइपुग्दा उनी रोइरहेकी थिइनन् । झुक्नुको सट्टा बुवालाई अँगालो हालिन् । उनका बुबा यी सबै वर्ष उनको सबैभन्दा मिल्ने साथी थिए। कोही केही बोल्न सकेनन् । उनीहरूका आँखाले एकअर्काको भावना आदानप्रदान गरिरहेका थिए। बाबुले आश्वस्त गरिरहनुभएको भए जस्तोसुकै भए पनि तिम्रो बुवा सधैं तिम्रो साथमा हुनेछन् ।

बन्नो आफ्नो नयाँ आश्रयमा आइन् । उनलाई महिलाहरुको समुहले स्वागत गर्नुका साथै केही अनुष्ठान पनि गरेको थियो । चिम्पुलाई त्यो घरमा आफ्नो परी साथीको स्थायी

उपस्थितिको आश्वासन दिइएको थियो। उहाँ आराम हुनुहुन्थ्यो। उनलाई गुमाउने डर थिएन । धेरै बेर पछी उसले खेलौनाको ठूलो बाकस खेल्न निकाल्यो । खाना खाइसकेपछि बिमलादादीले बन्नोलाई बोलाएर एउटा बक्स दिनुभयो । त्यो चिम्पुकी आमाको गहनाको बक्स थियो । गहना देखेर मात्रै भनिन्, “आमा, यी गहनाहरू मेरो होइनन् । यदि तपाईंले आग्रह गर्नुभयो भने, म त्यो बक्स मसँग राख्न सक्छु तर संरक्षकको रूपमा। जब समय आउँछ, म यसलाई यसको वास्तविक मालिकलाई हस्तान्तरण गर्नेछु।

बन्नो त्यो पेटी लिएर कान्तिलाललाई पर्खिरहेको कोठामा गइन् । कान्तिलालको नजिक आइन् र भनिन्, “आज तिमीलाई केही भन्नु छ ।" कान्तिलाल उसलाई पर्खिरहे । "मेरी सासुले मलाई यो गहना बक्स दिनुभयो। मैले यसलाई यसको संरक्षकको रूपमा लिएको छु। त्यसैले मलाई यसबाट केही लगाउन कहिल्यै नभन्नुहोस्। मलाई थाहा छ मैले के गर्नुपर्छ। दोस्रो, मैले चिम्पुलाई रिस देखाउँदा तिमीले हस्तक्षेप नगर्ने । तिम्रो र मेरो बिचको कुरा हो कि जब म उ संग रिसाउछु, त्यो कृत्रिम हुनेछ। यो उहाँलाई केहि सिकाउन को लागी हुनेछ। उसले बुझ्दैन कि यो वास्तविक होइन। तेस्रो, चिम्पुलाई लाड नगर्नुहोस्। म उसको परी साथी रहिरहनेछु र तिमी अलि कडा हुनुपर्छ र

अन्त्यमा, हामी एकअर्कालाई कुनै पनि कुरामा शंका गर्दैनौं। समाधानका लागि छलफल गर्छौं।"

कान्तिलाल उसलाई हेर्दै थिए। उनले आफूलाई भाग्यमानी ठाने। उनले बन्नोलाई साधारण मात्र नभएर कुनै लोभ नभएको पनि पाए। उनी गहनाबाट आकर्षित हुने थिएनन्। उनको पहिलो प्राथमिकता छोरा चिम्पु थियो। उनले उनको प्रस्तावमा सहमति जनाए।

उहाँले भन्नुभयो, "हेर, अबदेखि मेरी आमा र तपाईंले जे निर्णय गर्नुहुन्छ, म त्यसैलाई पालन गर्नेछु। मलाई थाहा छ तपाईं दुबैले यो घर र यसका सदस्यहरूको उन्नतिको कामना गर्नुहुन्छ। साथै, शङ्का बिर्सनुहोस्, म यस घरमा कुनै गलतफहमीबाट बच्न सक्दो प्रयास गर्नेछु। बनाउनु मात्र अनुरोध छ। मलाई अहिले छोराको चिन्ता छैन। उहाँ सुरक्षित हातमा हुनुहुन्छ। कृपया मेरो आमालाई कुनै कारणले कहिल्यै चोट नपरोस् भनेर हेर्ने प्रयास गर्नुहोस्। उसलाई पहिले नै धेरै दुःख थियो, अब छैन।" उनी मुस्कुराई सहमत भइन्।

सुत्ने बेला भयो। शान्तिलाल आफ्नो परी साथीसँग सुत्न चाहन्थे। बिमलादादीले उनलाई उनीसँगै सुत्न मनाए। उनले बिहानैदेखि बन्नोले आफ्नो हेरचाह गर्ने शर्तमा सहमति जनाए। कान्तिलालले बन्नोलाई उनको नजिक आउनुअघि केही समय दिन अनुरोध गरे। बन्नोलाई मन लागेन। उनी नजिकै बसिन् र उनीसँग आफ्नो बारेमा कुरा गर्न थालिन्।

केही समयपछि कान्तिलाल सुतेको देखे । उनी पनि सुत्न गइन् ।

भोलिपल्ट बिहान खाजा खाइसकेपछि कान्तिलाल पसलतिर लाग्दा टिफिन तयार थियो । बन्नोले उसलाई एउटा झोला दिनुभयो र ल्याउनु पर्ने तरकारी र किराना सामानको सूची दिनुभयो। लामो समयपछि कान्तिलालले टिफिन बोक्न पाए । बिमलादादी अलि ढिलो उठिन् र बन्नोले सबै तयार राखेको देखेर छक्क परिन् । शान्तिलाल अझै उठ्न सकेको थिएन । कान्तिलाल गएपछि सासूलाई भनिन्, "आमा, चिया र बिस्कुट खान खाने टेबलमा आउनुस् ।" बिमलादादीले बन्नोलाई हेरिरहेकी थिइन् । एक दिनमै यी युवतीले सबै जिम्मेवारी आफ्नो काँधमा लिएकी छिन् । उनी निकै खुसी भइन् । उनी बन्नो नजिक आएर उनको चिउरा छोइन् । केही नबोली उनी खाने टेबलमा बसिन् । बन्नोले दुई कप चिया र केही बिस्कुट ल्याइन् । चियाको चुस्की लिँदै दुवैले कुरा गर्न थाले । शान्तिलाल सामान्यतया बिहान ७ बजे नै उठ्छन् तर आज पनि उठेका छैनन् । उसलाई कुनै चिन्ता छैन। बनो उनको नजिक आयो । उनी गहिरो निद्रामा थिए । बन्नोले आफ्नो कपाललाई सम्हालिन्, निधारमा चुम्बन गरिन् र आफ्नो छोराको लागि बिहानको खाजा बनाउन भान्सामा गइन् । केटीले आफ्नो विवाहबाट अरू के आशा गर्न सक्छ? उनले एक दयालु पति, एक समझदार सासु र एक प्यारा प्यारा छोरा पाए। भगवान उनको इच्छा पूरा गर्न दयालु

हुनुहुन्छ। उनको दुःस्वप्न सकियो । उसले शयनकक्षबाट हल्का रोएको आवाज सुन्यो। चिम्पु खाटमा बसेर रोइरहेको भेट्न बन्नो हतार हतार त्यहाँ पुगे । बन्नो उनको नजिक आयो, उसलाई आफ्नो काखमा लिए। तुरुन्तै, उसले रुन बन्द गर्यो र उसलाई अँगालो हाल्यो। उसलाई देखेर खुसी भयो।

"छोरो चिम्पु, मैले यो घर कहिल्यै नछोड्ने वाचा गरेको छु, त्यसोभए तिमी किन रुँदैछौ ?" बन्नोले चिम्पुलाई सोधे ।

"उठिएपछि मैले तिमीलाई भेटिनँ। सोचेको थिएँ तिमी गयौ र मैले तिमीलाई गुमाए । मलाई धेरै डर लाग्यो र म रुन थाले। तर अहिले ठिक छु", चिम्पुले जवाफ दियो । बन्नोले चिम्पुलाई ताजा हुन मद्दत गरे र खाने टेबलमा ल्याए। उनको लागि रोटी टोस्ट र दूध बोर्नभिटा तयार थियो। चिम्पुले आफ्नो परी साथीलाई खुवाउन आग्रह गरिन् । बन्नोले उनलाई माया र हेरचाहले खुवाए।

बिमलादादीले बन्नोलाई खाजा बनाउन सघाइन् । बन्नोले चिम्पुलाई नुहाएर लुगा लगाउन सघाइन् । चिम्पुलाई बिमलादादीसँग राखेर बन्नो पूजा कोठामा गइन् । उनले सबै कुराको लागि सर्वशक्तिमानलाई धेरै धन्यवाद दिए। भगवानले उनलाई विगत पाँच वर्षदेखि भोगेको लगभग अनन्त पीडाबाट बाहिर आउन मद्दत गर्नुभएको छ। पूजापछि उनी तीनैजनालाई खाना खुवाउन भान्सामा आइन् । कान्तिलालले आफ्नो टिफिन साथमा राखेका थिए । बनो निकै थाकेको थियो । खाजा खाएपछि चिम्पुलाई

साथमा लिएर सुत्ने कोठामा पुगिन् । बन्नोले चिम्पुलाई भनिरहेको कथा पुरा हुनुअघि नै दुबैजना सुते । बन्नो साँझ ४ बजेतिर उठेर साँझको चिया बनाउन गइन् । बिमलादादी उनको पर्खाइमा थिइन् । चियापछि बन्नोले विगत ६ महिनादेखि बेवास्ता गरेको घरलाई व्यवस्थित गर्न थाले । चिम्पु उठ्यो र दूध र खाजा खान बन्नो आइपुग्यो । बेलुका कृष्ण अर्को दिनको खानाको लागि तुलसीभाभीको निम्तो लिएर आए । बन्नोले कृष्णसँग धेरै कुराहरू छलफल गरे । आफ्नो काकाको मुस्कुराएको देखेर कृष्ण निकै खुसी भए । महिनौंसम्म उनी स्पष्ट कारणहरूको लागि मुस्कुराउन सकेनन्। अब उनी आफ्नो मौलिकतामा फर्किएकी छिन् । धेरै वर्षपछि उनको मायालु बहिनी खुसी भयो। भगवानले उनको सबै आशीर्वाद दिनुहोस्। बन्नोले आफ्नो भाइ कृष्णलाई खाना खान बस्न अनुरोध गरिन् । कान्तिलाल फर्किने बेला भयो । यद्यपि उनी हिचकिचाइरहेका थिए, बिमलादादीले आफ्नी बहिनीको अनुरोधलाई सम्मान गर्न र पछाडि बस्न आग्रह गरे । कृष्ण सबैसँग डिनरमा सामेल हुन राजी भए। साँझ ८ बजेतिर कान्तिलाल फर्किए र सबैजना कुरा गरिरहेको र मुस्कुराउँदै गरेको देखे । लामो समयपछि आमा र छोरा दुवै खुसी भएको पाए । शान्तिलाल दौडेर बुबाकहाँ आए । कान्तिलालले छोरालाई काखमा उठाए । शान्तिलालले आफ्नी परी साथीले कसरी ब्रेकफास्ट र लंच बनाइन्, कसरी उसलाई ताजा हुन मद्दत गरिन्, कसरी खुवाइन् आदि सबै विवरण दिन थाले। कान्तिलाल छोरालाई हेरिरहेका थिए । एक दिन भित्र

उनको छोरा निराशावादीबाट आशावादी व्यक्तिमा परिवर्तन भयो। बन्नोले यस घरमा शासन गरेकाले मात्रै यी सबै भए । उनले बन्नोलाई आफ्नो घर पठाएकोमा भगवानलाई धन्यवाद दिए। छोरालाई सबै जिज्ञासा राखेर कान्तिलाल फ्रेश हुन निस्किए । बन्नोले सबैलाई खाना खुवाइरहेको थियो । तिनी आफै तिनीहरूको सेवा गर्न टेबलमा सामेल भएनन्। कान्तिलालले खुलेर कुरा गर्न थालेको देखेर कृष्ण निकै खुसी भए । सबैले धेरै कुरा र हाँसोका साथ डिनर समाप्त गरे। बन्नोले कान्तिलाललाई कुल्फी ल्याउन फोन गरिन् । कुल्फी खुवाउनुअघि नै बन्नोले आफ्नो डिनर पूरा गर्न सबै जना पर्खिरहेका थिए। लामो समयपछि यो घर आफ्नो मौलिक वैभवमा फर्किएको थियो । कृष्ण गएपछि बन्नोले भान्साको काम सकेर सबैलाई सुत्न भनिन् । बिमलादादी र शान्तिलाल ड्याडीको कोठामा गए र कान्तिलाल र बन्नो आफ्नो कोठामा गए । बन्नोले दिनभरको गतिविधिको विवरण दिए र कान्तिलालले पनि खाना र औषधि निरीक्षकसँग कसरी व्यवहार गरे भन्ने कुरा बताए। करिब आधा घण्टापछि उनीहरुले एकअर्कालाई गुड नाइट बिड गरे ।

धार्मिक यात्रा

बन्नोले आउटिङ आयोजना गर्ने योजना बनाएको थियो। उनले बुबा र तुलसी काकी दुवैसँग फोनमा कुरा गरिन् स्थल, मिति र अन्य व्यवस्था बारे। अर्को महिना शिवरात्रि मनाउने निर्णय भएको छ । उनीहरु सबै आफ्नो गाउँबाट करिब २५० किलोमिटर टाढा रहेको एउटा ज्योतिर्लिङ्गमा जानेछन् । यो कार्यक्रमको सबै व्यवस्था बन्नोका बुवाले नै गर्नुहुन्थ्यो । शिवरात्रिको अघिल्लो दिन बन्नोले आउटिङको विषय खोल्यो । उनी यो कार्यक्रमलाई धार्मिक भन्दा भावनात्मक बनाउन चाहन्थिन् ।

"सानैदेखि मैले यो दिन भगवान शिवको व्रत र पूजा गरेर मनाउने गरेको छु। मेरो परिवारले सधैं राम्रो श्रीमान् र परिवार पाउँछु भन्थे । तर पाँच वर्षअघि त्यो बेकार मानिसले विवाह तोड्दा मैले भगवान शिवमाथिको विश्वास गुमाए र वार्षिक पूजा रोकें। प्रत्येक वर्ष, म भन्छु, यदि तपाईं त्यहाँ हुनुहुन्छ भने, मलाई मेरो हक दिनुहोस्। त्यो पाएपछि मात्र म फेरि तिम्रो पूजा सुरु गर्नेछु। अब मैले चाहेको भन्दा धेरै प्राप्त गरेको छु, म मेरो शिवरात्रि पूजालाई पहिले जस्तै पुनः सुरु गर्न चाहन्छु। तर यसपटक हामी दुवै पक्षका मेरा सबै परिवारका सदस्यहरू सँगै कुनै एक ज्योतिर्लिङ्गमा जान्छौं । मेरो बुबा व्यक्तिगत रूपमा

उनीहरूको अन्तिम हप्ता जानुभयो र सबै व्यवस्था गर्नुभयो। कृष्णा र काकीलाई लिएर बस यहाँ आइपुग्ने भएकाले बिहान ५.३० बजे तयार भइहाल्नु पर्यो । त्यसैले रातिको खाना पूरा गर्नुहोस् र हामीलाई सुत्न दिनुहोस्। हामी सबै बिहान सबेरै उठ्नुपर्छ ।"

कार्यक्रम सुनेर विमलादी र कान्तिलाल दुवै छक्क परे । यो आश्चर्यजनक राम्रो समाचार थियो। वास्तवमा पछिल्ला केही दिनदेखि कान्तिलाल पनि बन्नोका लागि केही गर्ने सोचमा थिए । यो एक राम्रो संयोग थियो। खासमा बन्नो धार्मिक भएको देखेर बिमलादादी निकै खुसी भइन् । कान्तिलाल सानै हुँदा विमलादीले श्रीमान्सँग एकपटक मात्रै उक्त ज्योतिर्लिङ्गको दर्शन गरेकी थिइन् । कान्तिलाल कक्षा ११ मा पढ्दा उनका श्रीमानको मृत्यु भयो । श्रीमान्को किराना पसल चलाउनेलगायत सबै जिम्मेवारी विमलादीले लिनुपरेको थियो । कान्तिलालले आफ्नी आमालाई सहयोग गर्न विद्यालय छोड्नुपरेको थियो । चाँडै उसले किराना व्यवसायको सबै नटि-किरता सिके। पाँच वर्षमा उनले स्वतन्त्र रूपमा आफ्नो व्यवसाय सुरु गरे। उनले आमालाई आराम गर्न भने। उनले बन्नोलाई आशीर्वाद दिइन्; बन्नोकै कारण उनी यति वर्षपछि फेरि ज्योतिर्लिङ्गको दर्शन गर्न सक्छिन् । खाना खाएर कान्तिलाल आफ्नो कोठामा गए । उनी बन्नो आउने प्रतिक्षामा थिए । बन्नो रातको काम पूरा गरेर कोठामा आइन् । कान्तिलाल ओछ्यानमा बसिरहेको देखे ।

"तिमी अझै सुतेको छैनौ, तिमीलाई केही चाहिन्छ । यहाँ पानीको बोतल छ।"

कान्तिलालले त्यो बोतल लिएर उनको हात समात्यो । उसले उसलाई आफ्नो नजिक तान्यो, उसलाई आफ्नो नजिकै बस्न भन्यो। उनी हिचकिचाइन् तर कान्तिलालले जिद्दी गरिन् । उनी उनको छेउमा बसिन् । उसका दुवै हात समातेर कान्तिलालले भने, "तिमी जादूगर हौ ? म पनि यस्तै केही सोचिरहेको थिएँ । तिमीले मेरो मन पढ्यौ। पहिलो दिन जब हामी भेट्यौं, त्यो दिन पनि तपाईंले हाम्रो बच्चाको बारेमा मेरो मन पढ्नुभयो। आमाको आँखा देख्नुभयो ? धेरै समय पछि मैले उसलाई एकदमै रमाइलो पाए। मसँग तपाईलाई धन्यवाद दिने शब्दहरू छैनन्। जुन दिनदेखि तिमी यो घरमा आएका छौ, त्यो घर फेरिएको छ। चारैतिर खुसी छाएको छ । तपाईंले यो परिवर्तन कसरी गर्न सक्नुहुन्छ?"

कान्तिलालले बिस्तारै दुवै हात आफ्नो अनुहारको छेउमा लिएर चुम्बन गरे । बन्नोले विरोध गरेनन् । उनको आँखाबाट आँसु खसे । कान्तिलालले आँसु देखे । उसले हातले आँसु पुछ्यो । उसले निधारमा चुम्बन गर्यो। नजानेर बन्नोले कान्तिलालको काँधमा टाउको राखिन् । बन्नोले के भइरहेको छ भन्ने थाहा नपाउनु अघि उनीहरू केही बेर त्यही स्थितिमा बसे। हतार हतार उठेर कान्तिलाललाई अर्को दिनको कार्यक्रम सम्झाई सुत्न भनिन् ।

बन्नो बिहान ४ बजे उठिन् । एकदम अँध्यारो थियो । उनी फ्रेश भइन्, नुहाएर पूजा कोठामा गइन् । पूजापछि सबैका लागि टिफिन तयार गर्न भान्सामा गइन् । बिहान ५ बजेतिर उनले कान्तिलाललाई फोन गरेर उठाएर तयार हुन भनिन् । त्यसपछि उनी बिमलादादीको कोठामा गइन्, चिम्पु र सासू दुवैलाई उठाइन् । चिम्पु तुरुन्तै उठेर काखमा गइन् । बन्नोले उनलाई ताजा हुन र नयाँ लुगा लगाउन मद्दत गरे। तिनीहरूले चिया र दूध लिएर बस आइपुग्ने तयारी गरे। समयमै बस आइपुग्यो । कृष्ण बसबाट ओर्लिए, बन्नो र कान्तिलाललाई टिफिन र पूजाको लागि आवश्यक सामानको सुटकेस बोक्न मद्दत गरे। त्यसपछि सबै कान्तिलालको ससुराको गाउँतिर लागे । एक घण्टा भित्र, तिनीहरू त्यहाँ पुगे; बन्नोका आमाबाबु उनीहरूलाई पर्खिरहेका थिए । कान्तिलाल र कृष्ण दुवै बसबाट ओर्लिए र बन्नोका आमाबुवालाई बसमा चढ्न मद्दत गरे। बन्नो पहिलो पटक कान्तिलालको नजिक हुन चाहन्थे । कान्तिलालले पनि यस्तै सोचिरहेका थिए भन्ने उनलाई थाहा थिएन । गन्तव्यको लागि बस चल्यो । करिब पाँच छ घण्टाको यात्रा हुनेछ । कान्तिलाल सबै पछाडि बसेका थिए । बन्नोले सबैलाई पिउने पानीको बारेमा सोध्दा कान्तिलालले हात उठाएर पानीको बोतल मागे। बन्नो बोतल लिएर आयो तर कान्तिलालले उनको छेउमा बस्न हस्ताक्षर गरे। बनोले टाउको हल्लायो तर तुरुन्तै बसेन। उनले ठूलो साइजको फ्लास्कमा ल्याएको सबैलाई चिया दिन थालिन्। उनले आफ्नो लागि दुईवटा डिस्पोजेबल कप

चिया बनाइन्। कान्तिलालकहाँ गएर उनको छेउमा बसेर एक कप चिया दिए। चिया खाइसकेपछि बन्नो हिँडिनन्। दुवै सकिएपछि कान्तिलालले दुवै रित्तो कागजका कप लिएर कुचले र पछि डिस्पोज गर्न आफ्नो सिटमुनि राखे। ड्राइभरले ब्रेकफास्टको लागि बस रोक्नु अघि करिब एक घण्टासम्म उनीहरू एकअर्काको हात समातेर एक शब्द नबोलेर बसे। यो एउटा ठुलो रेस्टुरेन्ट थियो जहाँ सबैले आआफ्नो रोजाईको खाजा खान्थे, तर बन्नोजस्ता उपवास बस्नेहरु दुध बनाउनमा मात्र सीमित थिए। चिम्पुलाई सबैभन्दा बढी रमाइलो लाग्थ्यो। उहाँ सबै कुरा जाँच्न चाहन्थे। पालैपालो ऊ प्रत्येक सदस्यकहाँ गयो र तिनीहरूको प्लेटबाट एक टोक्यो। बन्नोले अमूल बदामको दूधको बोतल मागे। चिम्पुले परालले पिए। बिहानको खाजा पछि बस चल्यो र कान्तिलाल बन्नोसँगै बसे। मन्दिर पुग्दा दिउँसो साढे एक बजिसकेको थियो। भक्तजनले खचाखच भरिएको थियो। देवताको दर्शनका लागि लाम लागेको थियो। खुट्टा धोएपछि सबै लाममा लागे। प्रत्येकले भगवान शिवलाई अर्पण गर्नको लागि दूधले भरिएको सानो गिलास थियो। बनोले आफ्नो लागि केही सोधिन। उहाँले पहिले नै दिनुभएको सबै कुराको लागि उनले परमेश्वरलाई धन्यवाद दिइन्। उनले भगवान शिवलाई आफ्नो पारिवारिक जीवनमा अनन्त शान्ति र खुशी ल्याउन पनि आग्रह गरे। अन्तमा उनले श्रीमान् कान्तिलाल र छोरा चिम्पुलाई दीर्घायुको कामना गरिन्। त्यसपछि परिवारका सदस्य पुजारीको निर्देशनमा 'अभिषेक' पूजा गर्न बसे। झन्डै एक घण्टा चल्यो। पूजापछि उनीहरुलाई मन्दिर

ट्रस्टले 'प्रसाद' दिएको थियो । सबैले 'प्रसाद'को आनन्द उठाए। सबै प्रबन्धहरू पूर्ण रूपमा कार्यान्वयन गरिएको थियो। बन्नोले आफ्नो इच्छालाई साकार तुल्याएकोमा आफ्ना पितालाई धन्यवाद दिएकी छिन् । केही समय आराम गरेपछि फर्केर हेरे । यो सबैका लागि अविस्मरणीय यात्रा थियो। तुलसीभाभी र विमलादी धेरै खुसी भए र दम्पतीलाई भविष्यको दाम्पत्य जीवनको लागि आशीर्वाद दिए। फर्कने क्रममा उनीहरुले खाजा खाए । बनोको इच्छा पूरा भयो ।

घर फर्किएर बन्नोले श्रीमान् चिम्पुलाई फ्रेश हुन भनिन् । त्यसका लागि उनी आफैंले चिम्पुलाई सहयोग गरिन् । बिमलादादी र चिम्पु सुत्न गए । बनो सुत्ने कोठामा आयो । कान्तिलाल उसको प्रतीक्षामा थिए । उनी भित्र आएपछि कान्तिलाल उनको छेउमा आए र बन्नोले केही बुझ्नुअघि नै उनलाई अँगालो हाल्यो । उनले उनलाई उठाए र भने, "'ज्योतिर्लिङ्ग दर्शन' यात्राको लागि योजना बनाउनु भएकोमा धेरै धेरै धन्यवाद। हामी सबै धेरै खुसी थियौं।"

उसले उसलाई ओछ्यानमा ल्यायो र बिस्तारै ओछ्यानमा ल्यायो। कान्तिलाल बिस्तारै उनीतिर आउँदै गर्दा बन्नो निकै खुसी भइन् । उसलाई सुत्न भनिन् । दुबैले सुत्ने कोसिस गरे तर सुत्न सकेनन् । अन्ततः कान्तिलालले बन्नोतर्फ हात फैलाए । बन्नोले उसको हात समातेर फुसफुसाउँदै भने, "म यो हात छोड्दिन र यो मेरो वाचा हो।" बन्नोको हात समातेर कान्तिलाल आफ्नो भाग्यको बारेमा सोचिरहेका

थिए । अहिलेसम्म उनी आफूलाई सबैभन्दा अभागी मान्दै आएका थिए । उनले सानै उमेरमा आफ्नो बुबा गुमाए, परिवार चलाउन विद्यालय छोड्नुपर्‍यो र त्यसपछि उनले आफ्नी श्रीमती गुमाए। उनी डिप्रेसनमा गए । उनले आफ्नो व्यवसायमा लगभग चासो गुमाए। विमलादीकी आमाले उनलाई किराना पसल जारी राख्न पर्याप्त प्रोत्साहन दिनुभयो। कुनै न कुनै रूपमा उनी आफ्नो मौलिक होशमा फर्किन थाले। उनलाई छोरा शान्तिलालको चिन्ता थियो । उहाँलाई के हुन्थ्यो? उनी पुनर्विवाहको विरुद्धमा थिए किनभने उनी 'सौतेनी आमा' अवधारणामा शंकास्पद थिए। उनले शान्तिलालको जीवनसँग कहिल्यै जुवा खेलेनन् । त्यसैले उसले आमालाई पुनर्विवाह गर्न बारम्बार निरुत्साहित गरिरह्यो । तर जब उनले बन्नोलाई देखे र उनीसँग कुरा गरे र शान्तिलाल उनीसँग धेरै सहज छन् भन्ने थाहा पाए, तब मात्र उनले फेरि विवाह गर्ने निर्णय गरे। तर बन्नोलाई आफ्नी पत्नी र शान्तिलालकी आमाको रूपमा पठाउनको लागि भगवानले यति कृतज्ञ हुनुहुनेछ भनेर उनले कहिल्यै सोचेका थिएनन्। अब बनोलाई सधैं खुसी देख्ने पालो उनको हुनेछ । धेरै थाकेको कारण बन्नो निदाएकी थिइन् । कान्तिलालले बन्नोको निर्दोष अनुहार हेरिरहेका थिए, उसको सुतेको सुन्दरता र उनी सुते ।

कान्तिलालसँग अब एक व्यक्ति कृष्ण थिए जसले उनलाई किराना क्षेत्रमा थोक सेवामा आफ्नो व्यवसाय विस्तार गर्न मद्दत गरे। कृष्णले कान्तिलाललाई नाफाको कारोबार गरेर

थोक ग्राहक ल्याउँथे। खुद्रा व्यवसायहरू छुट्टाछुट्टै सञ्चालन हुनेछन् तर थोक भाग संयुक्त रूपमा हेरचाह गरिनेछ। अर्को शब्दमा, कान्तिलाल र कृष्ण थोक किराना व्यवसायमा साझेदार थिए। चाँडै दुवैले आफूलाई सफल व्यापार साझेदारको रूपमा स्थापित गरे। आर्थिक रूपमा पनि उनीहरू निकै स्थिर भए ।

बन्नोले कान्तिलालको व्यवहारमा सूक्ष्म परिवर्तन पाए । उनको पाँचौं इन्द्रियले उसको नजिक हुन चाहन्छ भन्ने संकेत गरिरहेको थियो। उसले उनीसँग कुरा गर्न थाल्छ र अचानक उसले के कुरा गरिरहेको थियो बिर्सन्छ। बेलाबेलामा उसको हात समातेर केही नबोली बसिरहन्थिन् ।

एक दिन, यस्तै एउटा अवसरमा, जब तिनीहरू ओछ्यानमा बसेर कुरा गरिरहेका थिए, उनले आफ्ना श्रीमानलाई सोधिन्, "हेर्नुहोस्, भर्खरै मैले देखेको छु कि तपाईं केहि भन्न चाहनुहुन्छ तर तपाईं हिचकिचाउनुहुन्छ। मलाई थाहा छैन किन? बरु म तपाईंबाट सुन्न उत्सुक छु, तपाईं के भन्न चाहनुहुन्छ। कृपया म बाट केहि लुकाउनु हुन्न। म तिम्रो श्रीमती हुँ। तिमी खुसी छौ हेर्नु मेरो कर्तव्य हो। एउटा कुरा भनौं । तपाईंले मेरो लागि जे गर्नुभयो त्यसको लागि म तपाईंलाई सम्मान मात्र गर्दैन, मलाई मेरो जीवन बिताउने दोस्रो मौका दिएर, तपाईंले मलाई विस्मृतिमा जानबाट बचाउनु भयो, तपाईंले मलाई नर्भस

ब्रेकडाउनबाट बचाउनुभयो, तपाईंले मलाई तथाकथित 'खराब शगुन'बाट बचाउनुभयो। ' ट्याग, म तिमीलाई माया गर्छु किनभने तपाईंले मलाई चिम्पुको जिम्मेवारी दिनुभएको छ जुन पुरानो अवधारणा " सौतेनी आमाहरू असल हुन सक्दैनन्।"

"तिमी मेरो आदर्श, मेरो सल्लाहकार, मेरो मुक्तिदाता र मेरो पति हुनुहुन्छ म धेरै माया गर्छु।"

कान्तिलाल बन्नोको स्पष्टताबाट यति प्रभावित भए कि उनले आफ्ना दुवै हत्केलाले उनको गाला समातेर उनको नजिक गएर निधारमा चुम्बन गरे।

"म पनि तिमीलाई माया गर्छु बन्नो। मलाई कसरी धन्यवाद दिने थाहा छैन। तपाईंले पनि हामीलाई मेरो परिवारको प्रख्यात विनाशबाट बचाउनुभयो। तपाईं जस्तो बहुमुखी केटीको लागि, बच्चा भएको विधुर व्यक्तिसँग विवाह गर्न राजी हुनु अप्रत्याशित थियो, तर तपाईं सहमत हुनुभयो। तपाईंले यस परिवारलाई जीवनको धेरै आवश्यक पट्टा दिन सहमत हुनुभयो। तपाईंले हाम्रो लागि गर्नुभएको ठूलो त्याग हो। म कहिल्यै भुल्ने छैन, हाम्रो परिवारलाई स्थिर बनाउन तपाईंको योगदान। बरु यस परिवारको प्रत्येक सदस्य तपाईप्रति सधैं कृतज्ञ रहनुपर्छ। म तिम्रो चिम्पुलाई तिम्रो निस्वार्थ माया र स्नेहको योग्य बनाउने प्रयास गर्नेछु।

उनले बन्नोलाई अझ नजिक ताने र चुम्बन गरे।

खुशीको आश्चर्य

उनीहरुले आगामी नयाँ वर्ष 'वैसाखी' मनाउने योजना बनाएका छन् । नयाँ व्यवसाय वर्षको अवसरमा कान्तिलालले आफ्नो किराना पसलको मर्मत मात्र गरेनन्, छेउछाउको पसल किनेर विस्तार पनि गरे । कृष्ण र कान्तिलालले थोक किराना सामान एक ठाउँबाट अर्को ठाउँमा लैजान तीन पाङ्ग्रे टेम्पो किनेका थिए। आजकल वरपरका गाँउका किराना पसलहरू बजारका लागि सहर जाँदैनन्। उनीहरु सबै आफ्नो व्यवसायिक आवश्यकताका लागि कान्तिलालमा निर्भर छन् । घर-ढोका डेलिभरी सबै खुद्रा विक्रेताहरूको लागि थप फाइदा थियो। यो सबैका लागि जीतको स्थिति थियो। सहरमा बारम्बार भ्रमण गर्नु भनेको लगभग एक दिनको घाटा हो। कान्तिलाल र कृष्ण एक फोन मात्र टाढा थिए। उनीहरूले आवश्यक सूचीमा पास गर्थे, जुन उनीहरूले उनीहरूलाई पसलहरूमा पुर्‍याउने गर्थे। कान्तिलालको गाउँ र वरपरका सबै किराना पसलहरू खुसी थिए।

कान्तिलालले वैशाखीको दिन आफ्नो नयाँ जीर्णोद्धार र विस्तारित पसलमा पूजा राखे। उनले कृष्ण, तुलसीभाभी र बन्नोका आमाबुवालाई निम्तो दिए। पसल भित्र पूजा गर्नुअघि बन्नोको हातबाट नयाँ पसलको उद्घाटन गरिने

भएको छ । सोही अनुसार रिबन काट्ने कार्यक्रमका लागि पसल नजिकै सबै भेला भए । बन्नोले सासुलाई नजिकै बोलाइन् । उसलाई कैंची दियो र रिबन काट्न अनुरोध गर्यो। यो महान कार्यशैलीको कसैले अपेक्षा गरेका थिएनन् । बिमलादादीको आग्रहमा बन्नो र बिमलादादी दुवैले सँगै रिबन काटे । तिनीहरू सबै भित्र पसे, जहाँ पुजारीले पूजाआजा गर्ने तयारी गरे। चिम्पुसँगै कान्तिलाल, बन्नो दुवैजना सँगै बसेर अनुष्ठान गरेका थिए । बनोको मन ठीक थिएन। तर उनले कहिल्यै कसैलाई दु:ख दिन नचाहेकोले आमा नै राखिन्। तर उहाँको अवस्था ठिक नभएको उहाँकी आमाले बताउनुभयो । बिमलादादीमा गएर फुसफुस गरिन्,

“मेरी छोरीको बदलिएको व्यवहार याद गर्नुभएको छ ? सायद उसले केहि लुकाइरहेको छ। के तपाइँसँग कुनै सुराग छ?"

बिमलादादी सचेत भइन् । उनले बन्नोलाई केही समय देखेकी थिइन् । बनोकी आमाको कुरा सहि थियो । बानोको अवस्था ठिक छैन । के भएको छ ? उनीहरुले कृष्णलाई फोन गरेर घरमा डाक्टर बोलाउन भने । कृष्ण गएपछि बिमलादादीले पुजारीलाई जतिसक्दो चाँडो पूजा सम्पन्न गर्न भनिन्, किनकि सबै अन्य कामको लागि घर जानुपर्छ। पूजा सकेर सबै घर फर्किए । केही बेरमा डाक्टर पनि आइपुग्यो । घरमा डाक्टर देखेपछि कन्तिलाल छक्क

परे । हे भगवान! को बिरामी छ? किन उसलाई थाहा छैन । विमलादीले डाक्टरलाई बन्नोलाई आफ्नो कोठामा जाँच्न भनिसकेपछि कान्तिलाल आत्तिए । उनलाई के भएको छ ? उनले आफ्नो रोगबारे किन जानकारी दिएनन् ? तिनीहरू सबै बाहिर पर्खिरहेका थिए। डाक्टर मुस्कुराउँदै कोठाबाट निस्किए । उनले घोषणा गरे, "खुसीको खबर, बन्नो गर्भवती छिन्।"

सबै आ-आफ्नो माथिल्लो पिचमा चिच्याए, "धन्यवाद भगवान।"

बिमलादादी, तुलसीभाभी र बन्नोकी आमा सबै बन्नोको कोठाभित्र पसे । बनोले खुट्टा छुन निहुरिन् । सबै बुढापाकाले आशीर्वाद दिए । डाक्टरले बन्नोको दैनिक दिनचर्या र शारीरिक गतिविधिको विस्तृत चार्ट दिए। खाना खाएर सबै आआफ्नो घरतिर लागे । कान्तिलाल बस्ने कोठामा बन्नोलाई आफ्नो दैनिक काम पूरा गर्न पर्खिरहेका थिए। अहिले उनी अर्कै मनस्थितिमा छन् । दिनभरि धेरै कुराहरु भए । बन्नोलाई 'ब्याड ओमेन' भनिएको थियो । भगवानलाई धन्यवाद ती मूर्ख मानिसहरूले त्यो नाम दिए; नत्र आज बन्नो साथमा हुने थिएन । उनी यस घरको लागि 'उत्तम शगुन' हुन्। उनको कारणले सबै परिवर्तन भएको छ । शान्तिलाल साढे दुई वर्षको हुँदा उनकी आमा प्रमिलाको मृत्यु भयो । उसले आमालाई फिर्ता पायो। उनी अहिले पाँच भइसकेका छन् । अर्को दिन बन्नो राम्रो

स्कुलमा भर्ना हुने कुरामा चर्चा गरिरहेका थिए । यो गाउँमा राम्रो विद्यालय छैन । उनीहरूलाई राम्रो विद्यालय भएको र उसको किराना पसलबाट धेरै टाढा नभएको राम्रो ठाउँमा सर्नु पर्छ। अब उनले श्रीमतीलाई समय दिनेछन् । उनले एक्लो महसुस गर्नु हुँदैन। उनी अर्को सन्तानको पिता बन्न लागेका छन् । उहाँ धेरै भाग्यमानी हुनुहुन्थ्यो। बन्नो एक कप दूध लिएर आइन् । उसले कप लियो, टेबलमा राख्यो, उसको हात समात्यो र उसलाई आफ्नो अगाडि बस्न भन्यो।

बन्नोले सोही अनुसार बसे र सोधे, “तिमीहरू आज किन फरक–फरक व्यवहार गरिरहेका छौ ? कान्तिलाल केही बेर केही बोलेनन् । उसले बिस्तारै सोध्यो, "तिमीलाई थाहा थियो, तर मलाई भनेनौ, किन?"

बन्नोले मुस्कुराउदै जवाफ दिइन्, “मलाई यकिन थिएन । तर सबै संकेत सकारात्मक थिए। मलाई माफ गर्नुहोस्, मैले तपाईलाई चोट पुर्याउने उद्देश्य लिएको छैन, कृपया मलाई माफ गर्नुहोस्। कान्तिलाल झनै खुसी भए । उनी बन्नोलाई खुसी बनाउन चाहन्थे ।

उसले उनलाई सोध्यो, “तिमीले हामी सबैलाई धेरै राम्रो खबर दियौ। हामी सबै कति खुसी छौं भन्ने तपाईंले देख्नुभएको छ। अब तिमीलाई खुसी बनाउने पालो मेरो हो। म तपाईंलाई आफ्नो रोजाइको उपहार दिन चाहन्छु। मलाई भन तिमी के चाहन्छौ ?”

"के तिमी साँच्चै मेरो इच्छा पूरा गर्छौ?" उसलाई सोधिन् ।

“हो, तिमी जे पनि भन्छौ। त्यसलाई पूरा गर्न सक्दो प्रयास गर्नेछु । यो मेरो वाचा हो”, कन्तिलालले जवाफ दिए ।

“मेरो छोरो चिम्पुको लागि राम्रो स्कुल खोज्न थाल्नुहुन्छ भनी मलाई शब्द दिनुहोस्। यदि त्यसको लागि हामीले टाढाको ठाउँमा जानुपर्छ भने, तपाईं संकोच गर्नुहुन्न। के तपाईं मेरो लागि त्यो गर्न सक्नुहुन्छ? यदि तपाईंले गर्नुभयो भने, यसले मलाई सबैभन्दा खुसी व्यक्ति बनाउनेछ। म चिम्पुलाई यो संसारको सबैभन्दा सफल मान्छे हेर्न चाहन्छु। मलाई भन्नुहोस्, के तपाईं मेरो लागि यो गर्न सक्नुहुन्छ?" बनोले आफ्नो इच्छा व्यक्त गरिन् ।

कान्तिलाल छक्क परे । उनीबाट यो जवाफको आशा कहिल्यै गरेनन् । उनी खुशी भन्दा अचम्ममा परे । एक व्यक्ति कसरी यति निस्वार्थ र अरूको हेरचाह गर्न सक्छ? उनले बन्नोलाई जति चिन्ने प्रयास गरे, त्यति नै अलमलमा परे । उनले शान्तिलालको स्कुलिङ प्रस्तावको बारेमा आफ्नो वचन दिए। झन्डै एक घण्टापछि बन्नोले उनलाई साथमा आफ्नो सुत्ने कोठामा लैजान अनुरोध गरिन् ।

नयाँ आगमन

समय द्रुत गतिमा बितिरहेको थियो । बन्नोसँग सम्बन्धित धेरै अनुष्ठानहरू गरियो। चिम्पुलाई नजिकैको सहरको करिब ३० किलोमिटर टाढा रहेको प्रख्यात सार्वजनिक विद्यालयमा भर्ना गरिनेछ । यसको मतलब यो ठाउँबाट सर्नु पर्छ। बिचमा कृष्णले बन्नोकी पुरानो स्कुल साथीकी कान्छी बहिनीसँग इन्गेजमेन्ट गरे । यो प्रस्तावलाई साकार पार्न बन्नो आफैंले नेतृत्व लिइन् । चीजहरू धेरै छिटो अघि बढिरहेका थिए। डी-डे आयो र बन्नोलाई अस्पतालमा भर्ना गरियो। सबै सामान्य थियो। बनोले छोरी जन्माइन् । वास्तवमा कान्तिलाललाई छोरीको चाहना थियो । उनको इच्छा पूरा भयो । सबैले बन्नोलाई धन्यवाद दिए र दुबैलाई छिट्टै निको भई घर फर्कन कामना गरे । बहिनी पाएपछि चिम्पु निकै खुसी थियो । गत सात महिनादेखि उनले आफूसँग खेल्नको लागि नयाँ बच्चा जन्माउने कुरा सुनिरहेका थिए। चिम्पुले आफूलाई बेवास्ता गरेको महसुस नहोस् भनेर सबैको ध्यान जान्छ भनेर बन्नो धेरै होसियार थिए। परिवारका प्रत्येक सदस्यले त्यसलाई नियालिरहेका थिए । तीन दिनपछि बन्नो भर्खरै जन्मिएकी छोरी लिएर घर आइन् । नामकरण समारोहमा सबैले आ–आफ्नो रोजाइको नाम राखेका थिए । बन्नोले चिम्पुलाई पनि सोधे । उनले तत्कालै बहिनीको नाम 'छुट्की' राखे ।

कान्तिलालले 'चिन्मयी' भने । यो नाममा सबै सहमत भए । त्यसैले अब सबैका लागि केटीलाई 'छुट्की' भनेर चिनिने र सबै आधिकारिक प्रयोजनका लागि उनको नाम 'चिन्मयी' हुनेछ । बन्नोले छुट्कीलाई भन्दा चिम्पुलाई बढी समय दिने निर्णय गरिन् । यसो गर्दा दाजुभाइबीच सुमधुर सम्बन्ध कायम हुनेछ। साँझको खेलपछि फुर्सदको समयमा उनले चिम्पुलाई छुट्कीको हेरचाह गर्न दिइन् ।

परिवारका सबै सदस्य मिलेर शान्तिलाललाई अनुशासित जीवन तालिम दिन बोर्डिङ स्कुलमा पठाउने विचार खोज्न थाले, तर बन्नोले 'होइन' भने। उनी छोरासँग अलग हुन तयार छैनन् । बच्चालाई छात्रावासमा पठाउन अनिवार्य नहुँदासम्म बालबालिकाले अभिभावकसँगै हुर्काउनुपर्ने उनको धारणा छ । अर्को उत्कृष्ट विकल्पहरू या त सैनिक स्कूल वा केन्द्रीय विद्यालय वा नवोदय विद्यालय थिए। सौभाग्यवश, नजिकैको सहरको सैनिक स्कूलले भर्खरै वर्दीमा पुरुषका पत्नीहरूद्वारा सञ्चालित प्राथमिक खण्ड सुरु गरेको थियो। शान्तिलाललाई त्यही विद्यालयमा राख्न सबै सहमत भए । तदनुसार, उनीहरूले त्यो विद्यालयको भ्रमण गरे र साना विद्यार्थीहरू आफ्ना शिक्षकहरूसँग खेलिरहेको देखे र धेरै खुसी थिए। बन्नो आफ्नो छोराको लागि यो वातावरण चाहन्थिन्। सिक्दै गर्दा उ खुसी हुनुपर्छ । चिम्पुको हेरचाह र पढाइमा सघाउन उनी पनि त्यहाँ थिइन् । उनीहरूले आफ्नो वार्डको पालनपोषणमा कति समय दिने भनेर अभिभावकहरूको अन्तर्वार्ता थियो।

बन्नोले अन्तर्वार्ता बोर्डका सबै महिलाहरूलाई सन्तुष्ट पारिन्। शान्तिलालले भारतको सरकारी सैनिक विद्यालयको प्राथमिक खण्डमा भर्ना भए। अब गाउँबाट सहर जानुपर्छ। उनीहरुले विद्यालय नजिकै दुई कोठाको फ्ल्याट भाडामा लिएका थिए। कान्तिलाल हप्तामा केही दिन गाउँमै बस्ने र सप्ताहन्तमा परिवारसँग सहरमा बस्ने निर्णय भएको थियो। अन्ततः परिवार सहर सर्‍यो र शान्तिलालले विद्यार्थी जीवन सुरु गरे। आफ्नी छोरीलाई नयाँ ठाउँमा बस्न सहयोग गर्न बन्नोका अभिभावकहरू बारम्बार उनीहरूको ठाउँमा जाने निर्णय पनि भयो।

शहर मा जीवन

सोही अनुसार परिवार सहर सर्यो । बन्नोलाई सहयोग गर्न तुलसीभाभी पनि उनीहरूसँगै आइन् । उनले बन्नोका लागि घरेलु कामदार लिन सफल भइन्। उनीहरूले घर सजाउनु पर्यो । उनीहरुले एउटा फर्निचर पसलमा गएर डबल बेड, सिंगल बेड, डाइनिङ टेबल, शान्तिलालको स्टडी टेबल र छुट्कीको झोला जस्ता आवश्यक फर्निचर छनोट गरे । उनीहरुले भान्साका सामान पनि किनेका थिए । किराना सामान कान्तिलालले ल्याएका थिए र भान्साकोठा चलाउन तयार थियो।

एक साता त्यहीँ बसे र कान्तिलालसँगै फर्किन् ।

कान्तिलालले आफ्नो व्यवसाय निकै विस्तार गरेका थिए । अहिले उनी आर्थिक रुपमा सवल थिए । बन्नोलाई सरप्राइज दिन चाहन्थे । उनले आफ्नो योजना कृष्णसँग छलफल गरे। दुवैले अर्को महिना बन्नोको आगामी जन्मदिनमा ओम्नी कार उपहार दिने निर्णय गरे। उनले उनलाई ड्राइभिङ स्कुलमा पनि भर्ना गरे । शान्तिलाललाई स्कुल पठाउन उनी आफैं गाडी चलाउन सक्छिन्। यसले उनको आत्मविश्वास बढाउँछ। सोही अनुसार उनीहरु सुजुकी कार डिलरमा गएर ओम्नी बुक गरे । डिलरले EMI सुविधा सहित 50% बैंक ऋणको व्यवस्था गरेको छ। केही

खुलासा नगरी कान्तिलाल र कृष्ण दुवैले सहरको एउटा होटलमा कार्यक्रम राखेर सबै आफन्तलाई खानाको निम्तो दिए । बन्नोका आमाबुवाले जन्मदिनको उपहारस्वरूप एउटा ठूलो टिभी दिनेछन् । तुलसीभाभीको परिवारले केक बनाउने भाँडासहित माइक्रो ओभन दिने निर्णय गरे । बन्नोलाई यी व्यवस्थाहरूबारे थाहै थिएन।

D-दिन आयो। बन्नो गाउँबाट कान्तिलाललाई 'ह्याप्पी बर्थडे'को शुभकामना दिन आउने कुर्दै थिइन् । तर उनी बिहान आएनन् । दिउँसो आएर फूलको गुच्छा दिएर शुभकामना दिए । कान्तिलालले आफ्नो जन्मदिन सम्झेको देखेर उनी निकै खुसी भइन् ।

कान्तिलालले भने, "आज हामी बाहिरै खाना खान्छौं । हामी सबै आमासँगै जान्छौं। बेलुका ६ बजेसम्म तयार हुनुहोस्।" शान्तिलाल पनि निकै खुसी थिए । उनले बहिनीलाई तयार हुन आग्रह गरे । छुट्की केही बुझ्न नसक्ने सानो थियो । उसले भर्खरै अरूको सञ्चारको जवाफ दिन थाल्यो। उसले आमा, बुबा, दडी र भाइलाई चिन्न सक्छ। उनी अरु कसैकहाँ जान मानिनन् ।

बन्नोले दुवै छोराछोरीलाई तयार पारे, कान्तिलाललाई आफ्नो लुगा छनोट गर्न मद्दत गरिन्। त्यसपछि उनी तयार हुन कोठामा गइन् । बाहिर निस्कँदा कान्तिलाल उनको सौन्दर्य देखेर प्रभावित भए । उनी अचम्मको देखिइन्।

उनीकहाँ आएर भने, “प्रिय, तिमी सुन्दर देखिन्छौ। म तिमीलाई धेरै माया गर्छु।"

उनले सबैलाई आफूसँगै रेस्टुरेन्टमा जान आग्रह गरे । उनले अटो रिक्सा बोलाए र सबै रेस्टुरेन्टमा गए जहाँ उनको परिवारका सबै सदस्यहरू पर्खिरहेका थिए तर कोही पनि उनलाई अभिवादन गर्न बाहिर आएनन्। कान्तिलाल भित्र पसे र बन्नो, बिमलादादी र केटाकेटीहरूलाई एउटा लामो टेबलतिर लैजानुभयो जहाँ बीचमा ठूलो केक राखिएको थियो। उनले बन्नोलाई केक नजिकै बस्न मद्दत गरे। कान्तिलालले मैनबत्ती बाल्यो र एक्कासि कोठाको कुनाबाट धेरै चिनेका स्वरहरूको कोरस आयो। सबैले 'ह्याप्पी बर्थडे टु यू बनो' गाउँदै थिए । कृष्णसँगै तुलसीभाभी पनि गाउँदै गइरहेको देखेर बन्नो छक्क परिन् । बन्नो नजिकै सबै जम्मा भए । बनोका आँखा रसाए । ती मानिसहरूले आफूलाई जति माया दिइरहेका छन्, त्यसको उनले आशा गरेकी थिइनन्। यो सबै अग्रिम योजना थियो र सबै आफन्तहरू यो योजनाको एक हिस्सा थिए। उनले कान्तिलाललाई सबै कुराको लागि धन्यवाद दिए। त्यसैबेला कृष्णले घोषणा गरे,

"महिलाहरू र सज्जनहरू, हामी सबै एक क्षणको लागि पोर्चमा जाऔं। कान्तिलाल सबै बाहिर पर्खिरहेका छन् । उहाँ तपाईहरू सबैलाई विशेष गरी बन्नोलाई त्यहाँ हेर्न चाहनुहुन्थ्यो।

चारैतिर सन्नाटा छायो । किन कान्तिलालले सबैलाई कोठाबाहिर बोलाइरहेका छन् ? जे होस्, सबै बाहिर गए जहाँ कान्तिलाल एउटा नयाँ ओम्नी कारको छेउमा उभिरहेका थिए । हे भगवान! बनोले चिच्याए ! कान्तिलालले बन्नोलाई गाडी नजिक बोलाए । बनो बिस्तारै उनको नजिक गयो। कान्तिलालले गाडीको चाबी निकालेर बन्नोलाई दिएर भने, "प्रिय, यो तिम्रो जन्मदिनको उपहार हो । चाँडै यो कार तपाई आफैं चलाउनुहुनेछ। मन पर्यो ?"

बनो नि:शब्द भइन् । गालामा आँसु झर्यो । उनले सोचे कि यो सपना हो? कसरी भगवान उनको लागि यति दयालु हुन सक्छ? बन्नोका आमाबाबुले पनि यो आशा गरेका थिएनन्। तिनीहरूको छोरी धेरै भाग्यशाली थियो। उनीहरूले कांतीलाल र बन्नोलाई आशीर्वाद दिए। नयाँ गाडीमा भारतीय परम्परा अनुसार नरिवल चढाएर धार्मिक अनुष्ठान गरिएको थियो ।

सबै केक नजिकै भित्र आए । फेरि पनि सबैले ह्याप्पी बर्थडे गीत गाए र केक काट्ने कार्यक्रम गरियो । कान्तिलाल र बन्नोले एकअर्कालाई केक खुवाउँदा सबैले ताली बजाए । बन्नोको लागि अर्को आश्चर्यको सेट पर्खिरहेको थियो। उनका आमाबाबुले उनलाई ठूलो टिभी उपहार दिए र तुलसीभाभीले उनलाई भाँडासहित माइक्रो ओभन दिए। बन्नो सबै कुराको लागि सर्वशक्तिमानलाई कृतज्ञ थियो; उहाँले उहाँलाई धेरै धन्यवाद दिनुभयो। कान्तिलालले

बन्नोलाई गाडीमा बस्न बोलाए । शान्तिलाल र छुट्कीलाई पनि गाडीमा ल्याइयो । शान्तिलाल छट्कीलाई काखमा लिएर पछाडि बसे । कान्तिलाल र बन्नो अगाडि बसे । बन्नोले अचम्म मानेर कान्तिलालतिर हेरे । श्रीमानले गाडी चलाउन कहिले सिके ? के उनीसँग ड्राइभिङ लाइसेन्स थियो? कान्तिलालले अनुमान गर्न सके, बन्नो के सोचिरहेकी हुन् । उसले मुस्कुराउँदै खल्तीबाट ड्राइभिङ लाइसेन्स निकाल्यो,

"यो मेरो ड्राइभिङ लाइसेन्स छ। यो प्रामाणिक छ। आफै हेर्नुहोस। त्यसैले चिन्ता नगर्नुहोस्। म सुरक्षित ड्राइभ गर्नेछु।"

उनी सन्तुष्ट भएनन् । कांतीलालले आफ्नो योजना गोप्य राखेको सत्य बताउनुभयो । सुरुदेखि नै कृष्णलाई मात्र सबै कुरा थाहा थियो। कृष्णाले नै उनलाई ६ महिनाअघि ड्राइभिङ स्कुलमा पठाएका थिए, जब उनीहरूले उनको लागि कार किन्ने निर्णय गरे।

उसले गाडी स्टार्ट गरेर भाग्यो । बन्नोले सोचे, सपना देखेकी थिइन् । तिनीहरू नदी पार गरेर सहरको अर्को छेउमा गए। उनीहरू सहरको सबैभन्दा फराकिलो सडक राजमार्गतिर लागे। बन्नो पहिलो पटक खोलाको यो छेउमा आएको थियो । कान्तिलालबाट खोलाको बारेमा सुनेकी थिइन् तर पहिलो पटक देखेकी थिइन् । उनले नदीमा केही डुङ्गाहरू देखे। कान्तिलालले आफ्नो गाडी नदीको

किनारमा पार्क गरे जहाँ पुल टुङ्गिएको थियो । उनले छुट्कीलाई काखमा लिएर चिम्पुको हात समातेर बन्नोलाई पछ्याउन भने । बाटोबाट तिनीहरू नदीको किनारतिर लागे। त्यहाँ एउटा गेट खुला थियो। उनीहरु गेटबाट भित्र पसे । नदीको अगाडिको क्षेत्र ठूलो देखेर बन्नो छक्क परे । नदी किनारमा करिब एक किलोमिटर लम्बाइमा झण्डै २०० मिटर चौडा सिमेन्टको मञ्च थियो । जतातते टावर बत्तीहरू उज्यालो थिए। चारैतिर रंगीन सजावटी बत्तीहरूले ठाउँ उज्यालो रूपमा उज्यालो थियो। हे भगवान! बन्नोले यस्तो सुन्दर पिकनिक प्लेस कहिल्यै देखेको थिएन। बगैँचा, नदीको अगाडि सिट बेन्च, जगिङ ट्र्याक, बालबालिकाको खेल्ने ठाउँ, योग र ध्यान आश्रयस्थल, धेरै रुखहरू र हरियाली थिए। बन्नोले त्यो क्षेत्रमा मन्द संगीत बजिरहेको सुने। त्यहाँ धेरै परिवारहरू रमाइलो गर्न भेला भए। रिभरफ्रन्ट यति ठूलो थियो कि तिनीहरूले भीड महसुस गरेनन्। उनीहरु बालबालिका खेल्ने ठाउँमा गए । शान्तिलालका लागि झूला र खेल्ने ठाउँहरू थिए। छुट्की बुझ्न नसकिने सानो थियो । कान्तिलालले बन्नोलाई छुट्कीसँग झोलामा बस्न भने । बनो झोलामा बसे । कान्तिलालले उनलाई झोला सुरु गर्न धक्का दिए। बानो उडेको महसुस भयो। केही समयपछि उनले कान्तिलाललाई छुट्कीको ख्याल गर्न आग्रह गरिन् र एक्लै झुल्न थालिन् । धेरै समय पछी उनि रमाइलो गर्न को लागी झुल्दै थिइन् । स्विंग गर्दा, उनी केही हदसम्म आत्मविश्वास र स्वतन्त्र महसुस गरिन्। केही बेर रोकिएर कान्तिलाललाई

पनि झुल्न भनिन् । कन्तिलालको पालो थियो । उसले पनि धेरै रमाइलो गर्यो ।

बन्नोको फोन बज्यो; रेस्टुरेन्टमा खाना खान बिमलादादी र अरूहरू उनीहरूलाई पर्खिरहेका थिए। बनो होशमा आयो । अहिलेसम्म उनी खुसीका मोहक बादलले तैरिरहेकी थिइन् । उनी वास्तविकतामा फर्किन्। उनले हतार हतार कान्तिलाललाई झोलाबाट तल आउन भनिन् । ढिलो भइसकेको छ; सबैजना खानाको लागि पर्खिरहेका छन्। सासुले छिट्टै फर्कन बोलाउनुभएको थियो । तिनीहरू रेस्टुरेन्टमा फर्किए र तिनीहरू सबै डिनर टेबलमा उनीहरूलाई पर्खिरहेका थिए। कृष्णले पहिले नै कान्तिलाल र आफैले तय गरेका विभिन्न परिकारहरू खुवाउने आदेश दिएका थिए। शान्तिलाल सबै कुरा बताउन उत्साहित थिए। उनले उनीहरूलाई आफूले लिएको झुला, आमा (शान्तिलालले आफ्नो परी साथीलाई आमा भनेर बोलाउन थालेका थिए) र उनका बुबालगायत सबै कुरा बताए। त्यो सुनेर सबै हाँसे । बिमलादादीले आफू पनि स्विङ गर्न चाहन्छन् भनी ठट्टा गरिन् । तर उनी आफ्नो छोरासँग जाँदिनन्। बन्नोले ड्राइभिङ गरेर रिभरफ्रन्टमा लगे भने मात्रै उनी जान्थिन् । बन्नोलाई ड्राइभिङ थाहा थिएन । सबैले उनलाई ड्राइभिङ सिक्ने र सासुको इच्छा पूरा गर्ने चुनौती दिए। हिचकिचाउँदै, बन्नोले चुनौती स्वीकार गरे। यो एक धेरै राम्रो पारिवारिक जमघट थियो। सबै

कान्तिलालको नयाँ गाडीमा आआफ्नो घरतिर लागे । बन्नो, बिमलादादी र बच्चाहरु आफ्नो अपार्टमेन्टमा गए।

छुट्की र चिम्पु सुतेपछि बन्नो केटाकेटीको छेउमा सुते । उनी आफ्नो भाग्यको बारेमा सोचिरहेकी थिइन् । के यो दुर्भाग्य थियो कि उनको अघिल्लो विवाह पूरा हुन सकेन? वा यो उनको भलाइको लागि थियो। तिनीहरूको जीवनलाई कार्यक्रम गर्न परमेश्वरले अनुसरण गर्ने विधि पत्ता लगाउन उनी असफल भइन्। उनले जे भए पनि उहाँलाई धन्यवाद दिइन्। उनी खुसी भइन् । उनी भाग्यमानी थिइन् र उनी सन्तुष्ट थिइन्। उनले थप आशा गर्न सकेनन्। अब उसको बदला लिने पालो हो। उनले आफ्नो कर्तव्य पूरा गर्नको लागि सर्वशक्तिमानलाई शक्ति दिन आग्रह गरे। त्यहाँ धेरै छन्। शान्तिलाल एक प्रतिभाशाली केटा हो। उसलाई एक सफल व्यक्ति बनाउनको लागि उसले राम्रोसँग पालनपोषण गर्नेछ। उनकी सासु उनीप्रति निकै दयालु हुनुहुन्थ्यो । उनको परिवार र यसका सदस्यहरूको बारेमा सपना थियो। बिमलादादी पूर्णतया उनीमा निर्भर छिन्। उसको कार्यले उसलाई कहिल्यै चोट पुर्याउनु हुँदैन। अन्तमा छुट्की; उनी आफूलाई संसार जित्न सक्ने सबैभन्दा सफल भारतीय केटीको रूपमा हेर्न चाहन्थिन्। शान्तिलाल आफ्नी बहिनीलाई सबैभन्दा धेरै माया गर्थे। उहाँ उनको गुरु हुनुहुनेछ। आफ्नो भविष्यको बारेमा सोच्दै गर्दा ऊ निदायो।

भोलिपल्ट सधैं झैँ चाँडै उठेर आफ्नो दिनचर्या सुरु गरिन्। शान्तिलाल विद्यालय जान तयार हुन निकै उत्साहित थिए। सामान्यतया, नयाँ विद्यार्थीहरू विद्यालय जान मन पराउँदैनन्। शान्तिलाल यस घटनाको विरोधाभास थिए। बन्नो छोरासँग स्कुल जाँदा छुट्‌की विमलादीको काखमा थिइन्। ड्याडीले उनीहरूलाई बिदा दिनुभयो र आफ्नो कोठामा फर्कनुभयो।

अरविन्द घोष

बन्नोको जीवन परिवर्तन

शुक्रबार राति कान्तिलाल चिज पिज्जाका तीन बक्स लिएर सहर आए । सबैले पिज्जाको मजा लिए। पक्कै पनि बिमलादादीलाई साधारण दाल चपाती मन पर्थ्यो। भोलिपल्ट, बन्नोलाई शान्तिलाललाई उनीहरूको कारमा स्कूल पठाउन सँगै जान भनियो। त्यसपछि कान्तिलालले उनलाई सरप्राइज दिन खोजे । गाडी अज्ञात ठाउँमा गयो । यो फरक फरक स्कूल थियो। बनोले अवस्था बुझ्ने प्रयास गरिन् ।

साइनबोर्ड पढेर उनी छक्क परिन्; त्यो "खेतान ड्राइभिङ स्कूल" थियो।

उनले श्रीमान्लाई हेरेर सोधिन्, "हामी किन यहाँ आएका हौँ, तिमी गम्भीर छौ?"

कान्तिलालले टाउको हल्लाए । उनले फेरि सोधिन्, "के तिमी पक्का छौ कि म त्यो गर्न सक्छु? म नर्भस छु र ड्राइभिङ सिक्ने आत्मविश्वास छैन। तपाईंले हामी दुवैको समय, पैसा र ऊर्जा गुमाउनु हुनेछ। मलाई यहाँ भर्ना नगर्न अनुरोध गर्दछु।

कान्तिलालले केही बोलेनन् । विद्यालय भित्र गएर प्रबन्धकलाई भर्ना प्रक्रियाका लागि सोधे । प्रबन्धकले उनलाई भर्ना फारम दिए र ड्राइभिङ सिक्ने व्यक्तिको बारेमा सोधे। उनले बन्नोलाई भित्र बोलाए र भने, "उहाँ आउनुभयो, मेरी श्रीमती बन्नो म्याडम, जो तपाईंको प्रशिक्षकबाट ड्राइभिङ सिक्न जाँदै हुनुहुन्छ। उनी धेरै प्रतिभावान हुनुका साथै बुद्धिमान पनि छिन्। उनले छिट्टै ड्राइभिङ सिक्नेछिन् भन्नेमा मलाई कुनै शंका छैन।"

त्यसपछि उनले बन्नोलाई सम्बोधन गर्दै भने, 'तिमीले चुनौती स्वीकार गरिसकेका थियौ । अब तपाईं पछाडि हट्न सक्नुहुन्न। यदि तपाईं पछि हट्नुभयो भने, मानिसहरूले मलाई झूटो स्थितिमा राख्नेछन्। म पक्का छु; तपाईं कहिल्यै चाहनुहुन्न कि यो होस्। त्यसोभए, तपाईंको र मेरो लागि, तपाईंले ड्राइभिङ सिक्न मात्र होइन तर रेकर्ड समयमा ड्राइभिङ लाइसेन्स परीक्षा पास गर्नुहुनेछ।

बन्नोले त्यो रात पहिले दिएको चुनौती सम्झनुभयो; यो सबै द्वारा दिइएको थियो र उहाँ द्वारा स्वीकार गरियो। उनले साहसी कदम चाल्दै प्रशिक्षकलाई भनिन्, "सर तपाई मलाई ड्राइभिङ सिक्न र ड्राइभिङ लाइसेन्सको परीक्षा सफलतापूर्वक पास गर्ने विद्यार्थीको नाम बताउन सक्नुहुन्छ?" उनको एक्कासी आत्मविश्वास बढेको देखेर कान्तिलाल छक्क परे । बन्नो भर्ना फारम भर्दै गर्दा उनी मुस्कुराउँदै थिइन् । शान्तिलाललाई स्कुलमा ल्याएपछि

बन्नोलाई तीन घण्टा ड्राइभिङ स्कुलमा आउने निर्णय भयो । त्यसपछि शान्तिलाललाई स्कुलबाट ल्याउन उनी फर्किइन् । घर नहुँदा बिमलादादीले छुट्कीको हेरचाह गर्नेछन् भन्नेमा उनीहरू ढुक्क थिए । बन्नोले यो परिमाणको रोमांच कहिल्यै अनुभव गरेनन्। अर्को दिन उनी जीवनको फरक क्षेत्रमा पाइला टेक्दै थिइन् । ड्राइभिङ लाइसेन्स पाएपछि स्वतन्त्रताको अर्थ केही समयपछि फेरिन्छ । कान्तिलाल बोलाउँदै थिए तर बन्नोले सुनेनन् । जस्तो कि उनी ट्रान्समा थिइन्। कान्तिलालले उनलाई हल्लाएपछि उनी होशमा आइन् ।

कान्तिलालले सोधे, "के भयो ? तपाईं के सोच्दै हुनुहुन्थ्यो र यसमा पूर्णतया मग्न हुनुहुन्थ्यो?" उसले टाउको मात्र हल्लायो र केही बोलिन बाहेक मुस्कुराई। कान्तिलालले जवाफ मागेनन् बरु भर्नाको औपचारिकता पूरा गरेर शुल्क तिर्न भने । शान्तिलालको स्कुल जाने बेला भयो; उनीहरु हतार हतार हतार हतार कारमा पुगे र आफ्नो छोरालाई लिन हिडे । शान्तिलाललाई लिएर घर आए । घर आउँदा उनीहरुले घरमा पुजाका लागि मिठाई किनेका थिए । बिमलादादीले केही राम्रो अनुमान गर्न सक्थे। उनी सहि थिइन्। बन्नोले ड्राइभिङ स्कुलमा भर्ना भएको थाहा पाएपछि खुसी मात्रै भएन, आशीर्वाद पनि दिइन् । सबै खुसी भए र मिठाई खाए ।

भोलिपल्ट कान्तिलालले शान्तिलाललाई स्कुल र बन्नोलाई ड्राइभिङ स्कुलमा पठाए। होलसेल व्यवसायको दबाब

कृष्ण एक्लैले सम्हाल्ने भएकाले उनी गाउँ फर्किनुपरेको थियो । उनी गएपछि ड्राइभिङ स्कुलका प्रशिक्षकले उनलाई तीनवटा कार देखाएर ड्राइभिङ सिक्न कुन कार प्रयोग गर्ने भन्ने विषयमा सोधे । उनी तर्कसंगत छिन् र ड्राइभिङ लाइसेन्स पाएपछि ओम्नी चलाउने भएकाले ड्राइभिङ सिक्नका लागि ओम्नीसँग सहज हुने बताइन् । एक घण्टाको लागि प्रशिक्षकले विभिन्न ड्राइभिङ पार्ट्स जस्तै स्टीयरिङ, क्लच, ब्रेक, एक्सेलेटर र गियरको कार्यहरू वर्णन गरे। उनलाई ड्राइभिङ सिटमा बसेर नक्कली ड्राइभिङ सुरु गर्न भनियो । प्रशिक्षकले "गियर बदल्नुहोस्, एक्सेलेटरमा दबाब दिनुहोस्, क्लच थिच्नुहोस्, साथै सीधा हेर्नुहोस्" जस्ता आदेश दिइरहेका थिए। बारम्बार विभिन्न नेभिगेसनल म्यान्युभरिङ प्वाइन्टहरूका साथ मक ड्रिल गरिसकेपछि, जसलाई बन्नोले सफलतापूर्वक पूरा गरिन्, प्रशिक्षकले उनलाई कार कसरी स्टार्ट गर्ने भनेर देखाए। सुरुमा, उनी हिचकिचाइन् तर चाँडै कुनै दुर्घटनाको डरलाई जितिन्। शान्तिलाललाई ल्याउने बेला भयो । उनले हतार हतार शिक्षकलाई धन्यवाद दिए र विद्यालय तर्फ लागे।

आज, स्कूलको पहिलो दिनको अनुभव वर्णन गर्ने पालो उनको थियो। बिमलादादीले बुहारी बन्नोलाई हेरिरहेकी थिइन् । आफूलाई चुनौतिको रूपमा दिएको काम पूरा गर्न सक्षम हुने अवसर पाउँदा उनी कति उत्साहित भइन् । बिमलादादी र शान्तिलाल दुवैका धेरै प्रश्न थिए । बन्नोले

जवाफ दिएर उनीहरूलाई सन्तुष्ट पार्न सक्दो प्रयास गरिन् । त्यो दिन बन्नोले आफ्नो कलेजका दिनहरू सम्झिन् जब उनी आत्मविश्वासले भरिपूर्ण थिइन् र कुनै पनि चुनौतीको सामना गर्न सक्थे। एक पटक फेरि उसले आफ्नो जीवन लगभग बर्बाद गर्ने केटालाई सम्झ्यो। अब उनले पहिलो पटक महसुस गरेकी छिन्, अवसर पाएपछि उनी त्यो अपराधीलाई भेटेर सजाय दिन चाहन्छिन् । छुट्की बिहानैदेखि उनीसँगै पर्खिरहेकी थिइन् । बनोले उसलाई काखमा लिएर चुम्बन गरिन् । चिम्पुलाई पनि बोलाइन् । तीनैजना केही बेर खेले र त्यसपछि चिम्पुलाई छुट्की दिएर दिनहुँको काम पूरा गर्न गइन् ।

छुकीको पहिलो जन्मदिन उनको ड्राइभिङ लाइसेन्स लिनको लागि ड्राइभिङ टेस्टको दिनसँगै थियो। परीक्षा दिन सबै क्षेत्रीय यातायात कार्यालयमा जाँदा कान्तिलाल उनीहरुसँगै थिए । पछिल्लो पाँच दिनमा कान्तिलालले उनलाई पर्याप्त ड्राइभिङ अभ्यास गराएकी थिइन् । एक प्रशिक्षकले सिग्नल र ट्राफिक नियमका बारेमा केही प्रश्नहरू सोधे र त्यसपछि आफ्नै ओम्नी कार प्रयोग गरेर परीक्षणको लागि उहाँलाई साथ दिन भनिन्। उनले अफिसरको निर्देशन अनुसार कार चलाउन कुनै गल्ती गरिनन्। आठ नम्बर, यू-टर्न र सिग्नल क्रसिङ जस्ता केही पूर्वनिर्धारित मार्गहरू थिए। ती बाधाहरू सफलतापूर्वक पार गर्न बन्नोले कुनै समस्या पाएनन्। अधिकारीले सन्तुष्ट भइन् र सबै चालबाजी कार्यहरू पूरा गरेकोमा बन्नोलाई बधाई दिनुभयो र उनको ड्राइभिङ लाइसेन्सको लागि

योग्य घोषणा गर्नुभयो। उनीहरुलाई नियमित लाइसेन्सका लागि भोलिपल्ट आउन भनिएको थियो । सबैजना खुसीको मूडमा मिठाईको प्याकेट र केक देवता अगाडि राखेर छुट्कीको जन्मदिन मनाउन घर फर्किए । कान्तिलालले बन्नोलाई नजिक बोलाएर बधाई दिए ।

उनले भने, "मलाई विश्वास थियो कि तपाईलाई कार उपहार दिनु व्यर्थ हुनेछैन। मलाई तिमीमा पूरा विश्वास थियो प्रिय । अब तपाईंले पहिलो बाधा पूरा गरिसक्नुभएको छ, मलाई तपाईंलाई अर्को कार्य दिन अनुमति दिनुहोस्। धेरै कारणले पढ्न सकिन । तर मेरो आफ्नै सपना छ। तपाईं, शान्तिलाल र छुट्की सबै उच्च योग्य त्रिकुट बनोस् भन्ने कामना गर्दछु। मानिसहरूले हामीलाई सबैभन्दा विद्वान परिवारको रूपमा चिन्नुपर्छ। मलाई केटाकेटीहरूप्रति कुनै शंका छैन। तपाईं तिनीहरूको मार्गदर्शक हुनुहुन्छ, त्यसैले तिनीहरू चमक गर्न बाध्य छन्। जहाँसम्म तपाइँ चिन्तित हुनुहुन्छ, तपाइँ तपाइँको स्नातक पूरा गरे पछि कलेज छोड्नुभयो र स्पष्ट कारणहरुको लागी उच्च शिक्षा को लागी पछि लाग्नु भएन। अहिले दश वर्षभन्दा बढी भयो । यो गाह्रो हुन गइरहेको छ। तर यदि तपाईंले आफ्नो स्नातकोत्तर पूरा गर्न विश्वविद्यालयमा भर्ना गर्नुभयो भने म धेरै खुसी हुनेछु। तपाईंसँग तपाईंको कार छ; शान्तिलाललाई उसको विद्यालयमा छोडेर विश्वविद्यालय जान सक्नुहुन्छ। एक दुई घन्टा त्यहाँ बसेर शान्तिलाललाई लिएर घर फर्किएँ । के भन्नुहुन्छ ?"

बनोले कानलाई पत्याउनै सकेनन् । के कन्तिलालले उनलाई यति धेरै माया गर्थे ? उहाँ यति मानवीय हुनुहुन्छ। उनी धेरै भाग्यमानी छिन्! जे भए पनि श्रीमान्को प्रस्तावलाई अस्वीकार गर्दैनन्, जवाफमा उनले भनिन्, "म तिम्रो सुझावलाई अस्वीकार गर्दिन तर मलाई केही समय दिनुहोस् र सोचेर निर्णय गर्नुहोस् कि मैले कुन क्षेत्र रोज्नुपर्छ ताकि त्यो करियर उन्मुख हुन सकोस् । के तिम्रो साथ ठीक छ?" कान्तिलालले खुसीले टाउको हल्लाए । उसले उसलाई नजिक ल्यायो र निधारमा चुम्बन गर्‍यो।

विद्यार्थीलाई बन्नो

अर्को शैक्षिक सत्र नजिकिँदै थियो र सबैले कान्तिलाल र बन्नोको परिवारका विभिन्न घरमा भेटघाट गरेर भेटघाट गरिरहेका थिए । बन्नोले कुन विषयमा स्नातकोत्तर गर्ने भन्ने निर्णय गर्न सकेनन् । बाधा धेरै थियो । शान्तिलाल र छुट्की मुख्य दुई थिए। कुनै पनि अवस्थामा, तिनीहरूलाई कुनै पनि तरिकाले बेवास्ता गर्नु हुँदैन। उनीहरुको रेखदेख बन्नोले मात्र गर्नुपर्छ । बन्नो जैविक विज्ञानका विद्यार्थी थिए। उनले सम्बन्धित विषय रोज्नुपरेको थियो जुन उनको करियर निर्माणको लागि एक पाइलाको रूपमा काम गर्दछ। कलेज पढ्दा उनको मनपर्ने विषय रसायनशास्त्र थियो। जैव रसायन एक राम्रो विकल्प हुन सक्छ। जब उनी युनिभर्सिटीमा गइन्, उनलाई अचम्म लाग्न थाल्यो कि नयाँ विषय सुरु हुनेछ र त्यो हो औद्योगिक रसायन। तर माग धेरै भएकाले विश्वविद्यालयले स्क्रिनिङ टेस्ट गर्ने हो । बन्नो चुनौती स्वीकार गर्न कहिल्यै डराउँदैनन्। उनले आवश्यक शुल्क र अन्य औपचारिकताहरू सहित फारम भरिन्। परीक्षामा सहभागी भइन् । यो सजिलो थिएन। झण्डै दश वर्ष भइसक्यो कि उनी यस विषयसँग सम्पर्कमा छैनन्। तर कृष्ण उनलाई मद्दत गर्न त्यहाँ थिए। उनले केही औद्योगिक रसायनशास्त्रका पुस्तकहरू प्राप्त गरे जसले बन्नोलाई तयारी गर्न मद्दत गर्‍यो। उनले स्क्रिनिङ टेस्टमा धेरै राम्रो

अंक ल्याइन् । अनि विश्वविद्यालयमा औद्योगिक रसायनशास्त्रमा स्नातकोत्तर गर्न भर्ना भइन् । बन्नोको उत्कृष्ट समर्थन प्रणाली थियो, कान्तिलाल, कृष्णा, तुलसीभाभी, बिमलादादी, उनका आमाबाबु। उनका हजुरबा हजुरआमा रहेनन्। दुबैको छिटै मृत्यु भयो । दुई सन्तानकी आमा बन्नो, कान्तिलालकी श्रीमती, बिमलादादीकी बुहारी, आमाबुवाकी प्यारी छोरी र कृष्णकी बहिनीले विद्यार्थीको रूपमा अर्को जीवन सुरु गरिन् ।

बन्नोका लागि यो निकै चुनौतीपूर्ण काम थियो । उनले शान्तिलालको पालनपोषणमा आफ्नो पढाइमा बाधा नआउने निर्णय गरिन् । चुट्की अझै सानो छ । बिहानको समयमा भान्साको जिम्मा बिमलादादीले लिएकी छिन् । साँझको भाग बन्नो आफैले हेरचाह गर्नेछन्। समय व्यवस्थापन सबैको लागि सबैभन्दा ठूलो मुद्दा थियो। तर परमेश्वरले तिनीहरूलाई सफल होस् भन्ने कामना गर्नुभयो। कान्तिलाल सबैको पछाडि नैतिक शक्ति थियो। उनी हरेक दिन जाने र बाहिर गर्न तयार थिए। कृष्णलाई थोक व्यवसाय सफलतापूर्वक सञ्चालन गर्न मद्दत गर्न त्यहाँ थिए। वास्तवमा, दुबै खुद्रा भागलाई समाप्त गर्ने सोचिरहेका थिए यद्यपि यसको भावनात्मक मूल्य थियो। सुरुमा विमलादीलाई यो सुनेर दुःख लाग्यो तर उनका छोराले आफ्नै श्रीमानले सुरु गरेको पसललाई विस्तार गरेका छन् ।

पहिलो सेमेस्टरमा बन्नो कक्षामा तेस्रो भए पनि दोस्रो सेमेस्टरको परीक्षामा बन्नो कक्षामा टप भए । सबै खुसी भए र बधाई दिए । शान्तिलाल पनि मेधावी विद्यार्थी थिए । सबैले राम्रो नतिजाको अपेक्षा गरेका थिए । उनी पनि कक्षामा टप भए । चारैतिर उत्सव मनाइयो । दुवैलाई बधाई दिन सबै सहर आएका थिए । बन्नो भन्दा कन्तिलाल सायद धेरै खुसी थिए । उनको सपना दिनप्रतिदिन पूरा हुँदैछ । बन्नोले थप दुई सेमेस्टरसहितको एक वर्ष पूरा गर्नुपर्ने थियो। तेस्रो सेमेस्टरमा उनलाई कुनै अप्ठ्यारो परेन र सधैं झैं उनी कक्षामा टप भइन्। चौथो सेमेस्टरको सुरुमा वास्तविक समस्या फस्यो। पहिलो दिन नै निर्देशकले चौथो सेमेस्टरका सबै विद्यार्थीलाई सम्बोधन गर्दै चौथो सेमेस्टरमा कक्षाकोठामा पढाइ नहुने घोषणा गरेका थिए । सबैले आफ्नो ज्ञान कक्षा बाहिर देशको रासायनिक उद्योगमा लागू गर्ने समय आएको छ। यी तीनवटै विद्यार्थीलाई आर्थिक सहयोग सहित सहयोग घोषणा गरिसकेका उत्कृष्ट उद्योगलाई मेरिटका आधारमा प्रथम तीन प्रदान गरिनेछ । तिनीहरूले आफ्नो इन्टर्नशिपको समयमा सुन्दर स्टाइपेन्ड पाउनेछन् र तिनीहरूले राम्रो भाडामा एउटै कम्पनीमा समाहित हुनेछन्। हे भगवान! बनो नि:शब्द भइन् । उनीहरूको सहरमा रासायनिक उद्योग थिएन। निकटतम रासायनिक उद्योगहरू मुम्बई नजिकै अवस्थित थिए। उनीसँग कुनै विकल्प थिएन। त्यो अवस्थामा उनले आफ्नो पढाइ छोड्न सक्दैनन्। परिवारका सदस्यसँग सल्लाह गर्नुपरेको थियो । यो ठूलो समस्या थियो। तर उनले सहमति फारम लेख्नुपर्ने भयो। कान्तिलालले बन्नोलाई

इन्टर्नका रूपमा उद्योगमा जानुपर्छ नत्र उनको पाठ्यक्रम पूरा नहुने जानकारी सङ्कलन गरिसकेका थिए । उनी बन्नोको फोन कुर्दै थिए ।

बन्नोले सबै कुरा सुनाएपछि कान्तिलालले भने, “बन्नो चिन्ता नगर । मैले पहिले नै त्यो समस्या बारे सोचेको छु। तपाईं आफ्नो सहमति दिनुहोस् र घर आउनुहोस्। हामी मिलेर समस्या समाधान गर्छौं ।”

अर्थात् कन्तिलालले यो समस्याको बारेमा पहिल्यै थाहा पाए पनि बन्नोलाई भनेनन् । कान्तिलालले ससुरा र तुलसीभाभीलाई कृष्णसँग बोलाए । बन्नो र दुई छोराछोरी लिएर बिमलादादीलाई अर्को सहर जान सम्भव थिएन । कान्तिलाल आमासँगै गाउँमै बस्नेछन् । बन्नोका आमाबाबु मुम्बई जानेछन् जहाँ बन्नोले उनको इन्टर्नशिप पाउनेछन्। केटाकेटीहरू पनि उनीहरूसँगै सर्छन्। उनीहरूले उद्योग र बन्नो इन्टर्नको रूपमा सामेल हुने ठाउँ थाहा पाउन कुर्नुपर्‍यो। त्यसपछिका सात दिन चिन्ता र उत्साहले भरिएका थिए। पक्कै पनि शान्तिलाल नयाँ ठाउँमा गएर धेरै खुसी थिए।

एक हप्ता पछि, बन्नोलाई उनको विभागमा बोलाइयो र निर्देशकले बधाई दिए। उनलाई नियुक्ति पत्र दिइयो। टाटा केमिकल्सले मुम्बई नजिकैको आफ्नो एक रासायनिक उद्योगमा इन्टर्नको रूपमा सामेल हुन नियुक्ति पत्र दिएको थाहा पाउँदा उनी छक्क परिन्। त्यसअघि उनले मुम्बईस्थित मुख्य कार्यालयमा रिपोर्ट गर्नुपरेको थियो ।

उनले निर्देशकलाई धन्यवाद दिए र आफ्ना सबै सहपाठीहरूलाई भेटे र उनीहरूको नियुक्तिको बारेमा सोधे। उनी आफ्नो जीवनको पहिलो नियुक्ति पत्र लिएर घर आइन्। उनले 35,000/- रूपैयाँ स्टाइपेन्ड पाउने थिइन्।

पत्याउन नसकिने उनले सोचिन्, उनी अब आर्थिक रूपमा पनि आत्मनिर्भर हुन सक्छन्। एक जना मानिसले गर्दा सबै सम्भव भएको हो। उहाँका पति कान्तिलाल थिए। पत्र देखेपछि कन्तिलाल निकै खुसी भए। उनले आफूलाई यस्तो राम्रो र प्रतिभाशाली पत्नी दिएका लागि भगवानलाई धन्यवाद दिए, जसको लागि उसले जे पनि गर्न सक्छ।

समय बर्बाद नगरी, उनले परिवारका सबै सदस्यहरूको लागि मुम्बईको लागि रेल टिकट बुक गरे। उनले आमालाई घुम्न लैजाने मौका पाए। त्यसपछिका दुई दिन कान्तिलालका लागि व्यस्त रह्यो। उसले आफ्नो व्यवसाय र मुम्बई यात्राको सबै व्यवस्थाको सुपरिवेक्षण गर्नुपर्थ्यो। दुई दिन पछि तिनीहरू ट्रेनमा चढे र आफ्नो प्रकारको पहिलो भ्रमण सह आधिकारिक भ्रमणको लागि सुरु गरे। कृष्णाले उनीहरुका लागि मुम्बईको फोर्ट क्षेत्रमा होटल बुक गरिसकेका थिए। उनीहरु बिहान मुम्बई पुगेर होटलमा चेकजाँच गरे। बन्नोले समय खेर फालेन, उनी तयार भइन् र कान्तिलाललाई ब्रेकफास्ट सकाएर टाटा केमिकलको हेड अफिस जान तयार हुन भनिन्।

पहिलो असाइनमेन्ट

तोकिएको समयमा दुवै जना भारतको सबैभन्दा ठूलो व्यापारिक घरानाको कार्यालयमा पुगेका थिए । उनीहरुले मानव संसाधन प्रबन्धकलाई भेटेर नियुक्ति पत्र दिए । प्रबन्धक धेरै विनम्र थिइन्, उनीहरूलाई चिया र खाजा प्रस्ताव गरे, र उनको इन्टर्नशिप कार्यक्रमको विवरण दिए। यसलाई चार भागमा विभाजन गरिएको थियो। पहिलो भाग अफिस कल्चर बुझ्न अफिसमा दुई साता, त्यसपछि दश हप्ता औद्योगिक कलर बनाउने कारखानामा, अर्को दश हप्ता कार ब्याट्री बनाउने कारखानामा र अन्तिम दुई साता रिपोर्टिङको सहयोगमा प्रतिवेदन लेख्नका लागि छुट्याइएको थियो । कर्मचारी। उनलाई परिवारसँग बस्न अनुमति दिइयो र उनीहरूका लागि पारिवारिक क्वार्टर छुट्यायो। त्यसपछि कार्यालयले आकस्मिक शुल्क सहित रेल भाडा प्रतिपूर्ति गऱ्यो, मुम्बईमा उनको बसाइको प्रारम्भिक लागत पूरा गर्न १० हजार रुपैयाँ पनि बढायो। बन्नोले उनको पहिलो कमाई प्राप्त गरे। उनीहरूले अधिकारीलाई धन्यवाद दिए र सिफ्टिङको व्यवस्था गर्न होटल गए। बन्नोलाई इन्टर्नको रूपमा सामेल हुन तीन दिनको समय दिइएको थियो। बिमलादादी र केटाकेटी होटलको कोठामा पर्खिरहेका थिए ।

दुवै होटलको कोठामा फर्किए । उनीहरुलाई स्वागत गर्न सबै आतुर थिए । उनीहरूले बिमलादादी र चिम्पुलाई सबै कुरा बताए। दुई दिन मुम्बई घुम्ने निर्णय भयो। उनीहरु नरिमन प्वाइन्ट, एक्वेरियम, समुद्री किनार, बजार, लक्ष्मी मन्दिर, गेट वे अफ इन्डिया, एलिफेन्टा गुफालगायतका दृश्य हेर्न गएका थिए । भोलिपल्ट साँझ उनीहरू घर फर्कने रेलमा चढे। बन्नो आफ्नो कर्तव्यमा आउनु अघि धेरै कुराहरू गर्नुपर्थ्यो। भोलिपल्ट बिहान, बन्नोका आमाबाबु बन्नो र बच्चाहरूसँग उनीहरूको प्रस्थानको अन्तिम तयारी गर्न आइपुगे। सायद कुनै समय बाँकी थियो। भोलिपल्ट बिहान सबेरै उनीहरू मुम्बई जाने रेलमा चढेर समयमै पुग्नु पर्ने थियो। बन्नोले सिधै अफिस जाने र छ महिनाको लागि कम्पनीले दिएको क्वार्टरमा जाने निर्णय गरे । राति कान्तिलालले बन्नोलाई धेरै निर्देशन दिए । बन्नोले उनलाई परिवार र अफिस दुवैको हेरचाह गर्ने आश्वासन दिइन् । चिन्ता नगर्न आग्रह गरिन् । कन्तिलालले महिनामा कम्तिमा एक पटक मुम्बई जाने निर्णय गरेको थियो । पक्कै पनि बन्नोको नियुक्तिलाई लिएर बिमलादादीमा मिश्रित भावना थियो। उनी आफैंलाई प्रश्न गरिरहेकी थिइन्, यदि बनोलाई मुम्बईमा लामो समय बस्ने राम्रो प्रस्ताव आयो भने के हुन्छ ? उनीसँग अर्को वैध प्रश्न थियो: यदि बन्नो र बच्चाहरू मुम्बईमा बस्न बाध्य छन् भने, कान्तीलालले आफ्नो सम्पूर्ण बिक्री व्यवसाय बन्द गर्नेछन्? उनले बुबाको खुद्रा व्यापार बन्द गरिसकेका छन् । बन्नोका आमाबाबु मुम्बईमा लामो

समय बस्न नसक्ने भए के हुन्छ? मुम्बई जानु पर्‍यो भने छोरा कान्तिलालको हेरचाह कसले गर्ने ? प्रश्नहरूको सूची उनको अस्तव्यस्त रातहरू घाउ गर्न पर्याप्त थियो। उनी निकै नर्भस भइन् र सुत्नको लागि पर्खिरहेकी थिइन् । विमलादी बिहान चार बजे उठिन्। बन्नो पहिल्यै तयार भई सबैका लागि खाजा बनाइरहेको देखेर उनी छक्क परिन् । बिहान ६ बजेसम्म सबैजना मुम्बई जाने रेलमा चढ्नको लागि स्टेशनमा पुगेका थिए।

मुम्बई कलिङ

बन्नो र छोराछोरी दुवैलाई भेट्न पाउनु बिमलादादीको लागि खुसीको कुरा थियो। शान्तिलाल लगायत सबैले आँसु पुछिरहेका थिए । शान्तिलाल पहिलो पटक आफ्नो दादीबाट अलग भएका थिए जसलाई उनले धेरै माया गर्छन्। सर्वशक्तिमान् परमेश्वरले तिनीहरूका लागि केही असल कुरा राख्नुभएको हुन सक्छ। बन्नो आफ्नो टोलीसँग मुम्बई पुगिन्। घरको साँचो लिन अफिस पुगेपछि परिवारका सदस्यसहित क्वार्टरभित्र पसिन् । यो एक राम्रो 2BHK पूर्ण रूपमा सुसज्जित बंगला थियो। बन्नोका बाबुआमा एउटा कोठामा बस्ने र आमासँगै दुई बच्चा अर्को कोठामा बस्ने छन् । बन्नोले आफ्नी आमालाई भान्सा र बच्चाहरूको जिम्मा लिन आग्रह गरे र उनी आफ्नो कर्तव्यमा जान तयार हुन गइन्। शान्तिलालले केन्द्रीय विद्यालयमा भर्ना भए । सबै केन्द्रीय विद्यालयको पाठ्यक्रम एउटै भएकाले उनलाई कक्षामा समायोजन गर्न कुनै समस्या परेन ।

अफिसमा उनको पहिलो दिन थियो । उनको इन्टर्नशिप श्री बलदेव कुमार द्वारा सुपरिवेक्षण हुनेछ। उनी औद्योगिक रंगको उत्पादनको प्रभारी वरिष्ठ प्रबन्धक थिए। उहाँ व्यस्त कार्यकारी हुनुहुन्थ्यो। टाटा संगठनमा पालना गर्नुपर्ने केही सेट प्रक्रियाहरू छन्। उनले आफूबाट कम्पनीको

अपेक्षाबारे बताए । उनले जोड दिए कि उनी निश्चित लक्ष्यहरूमा पुग्नका लागि आफ्ना विचारहरू प्रयोग गर्न स्वतन्त्र छन्। त्यतिन्जेल उसले नतिजा दिने गर्थी; उनको कार्यक्षेत्रमा कसैले हस्तक्षेप गर्दैन । उनी आफ्नो पर्यवेक्षक श्री बलदेवलाई कार्यालय समयमा कुनै पनि समय सम्पर्क गर्न स्वतन्त्र छिन्। उनलाई अर्को सात दिनको दिनचर्याको चार्ट दिइएको थियो। सप्ताहन्तमा म्यानुफ्याक्चरिङ प्लान्टहरू बन्द नहुँदा, उनले पनि आइतबार पूरा दिन बिदा पाउने छैनन्, यद्यपि उनी आफ्नो असाइनमेन्ट पूरा गर्ने बित्तिकै घर जान सक्छिन्। ब्रीफिङ पछि, उनको पर्यवेक्षकले उनलाई आफूले गर्नुपर्ने कामको प्रकृतिबारे राय दिन आग्रह गरे।

उनले हिचकिचाउँदै जवाफ दिइन्, "म थोरै नर्भस छु सर । यो मेरो पहिलो काम हो। यद्यपि म हाम्रो कम्पनीको अपेक्षाहरू पूरा गर्न मेरो तर्फबाट कुनै कसर बाँकी राख्ने छैन, तर मलाई मेरो यात्राको प्रत्येक चरणमा तपाईंको साथ चाहिन्छ। कहिलेकाहीँ तपाईं मसँग रिसाउन सक्नुहुन्छ, तर तपाईं ढुक्क हुन सक्नुहुन्छ सर, यो एकदमै आवश्यक नभएसम्म म तपाईंलाई डिस्टर्ब गर्दिन र एकै समयमा म तपाईंलाई धेरै साधारण कुराको लागि कल गर्न सक्छु जसको लागि मलाई तपाईंको सुझाव चाहिन्छ।"

बन्नोलाई उनको नाम र पदसहितको परिचयपत्र दिइयो। यो उनको पहिलो सेवा कार्ड थियो।

बलदेव श्रीमान मुस्कुराउदै भन्नुभयो, "ठीक छ । त्यसपछि उनले आफ्नो इन्टरकम मार्फत कसैलाई फोन गरे। केही बेरपछि ढोका ढकढकाएर एउटी केटी भित्र पसिन् । श्री बलदेवले उसलाई एउटा कागजको पाना दिए जसमा उनले पूरा गर्नुपर्ने असाइनमेन्ट दिएका थिए र भने, "मिस डिसुजा, श्रीमती बन्नोलाई भेट्नुहोस्। अर्को दिन मैले तपाईंलाई हाम्रो उत्पादन विभागमा एक इन्टर्नको आगमनको बारेमा भनें। उनी यहाँ छिन्। उनी प्रतिभाशाली विद्यार्थी थिइन् । आशा छ उनले यहाँ पनि उत्तिकै राम्रो गर्नेछिन् । उनले तपाईसँग काम गर्नेछिन्। उनको असाइनमेन्ट पूरा गर्न मद्दत गर्नुहोस्। प्रतिवेदन तयार गर्न पनि उनलाई मद्दत गर्नुहोस्। तपाईलाई थाहा छ, हाम्रो पाक्षिक बैठकहरूमा, हामी विभिन्न इन्टर्नहरू द्वारा पेश गरिएका सबै रिपोर्टहरूको बारेमा छलफल गर्छौं। हामी "पखवाडाको उत्कृष्ट रिपोर्ट" मात्र घोषणा गर्दैनौं, तर तिनीहरूको निरन्तर मूल्याङ्कनका लागि कार्यसम्पादन बिन्दुहरू तोक्छौं। डिसुजाले बन्नोसँग हात मिलाएर संस्थामा स्वागत गरिन् । डिसुजाले बनोलाई उनको पछि लाग्न भनिन् । उनीहरू एउटा ठूलो हलमा गए जहाँ धेरै टेबुलहरू सम्बन्धित अधिकारीहरूले ओगटेका थिए। बन्नोलाई यस्तै एउटा टेबलमा लगियो । डिसुजाले उनलाई आफ्नो कामको ठाउँमा सहज हुन भनिन्। उनले टेबल नम्बर, अफिसरको नाम र पद र कामको प्रकृतिको चार्ट दिए। चार्ट अनुसार उनले अफिसरहरूसँग भेटेर आफ्नो

कामको बारेमा चिन्तुपरेको थियो। पूरा भएपछि, उनी त्यही कारणले अर्को टेबुलमा जान पर्ने थियो। एक दिनमा उनले पहिलो दिन सातजना र त्यसपछिका दिनमा १० जना अधिकृतलाई भेट्नुपर्ने थियो । बन्नो फर्स्ट अफिसरकहाँ गए। उनी कच्चा पदार्थ खरिद विभागको जिम्मेवारीमा थिए । उनी निर्माण इकाईको चर्को डरलाग्दो कुरा बुझ्न मोहित भइन्। उनले पहिलो अफिसरबाट जे पनि सिकिन्, उनले अर्को अफिसरमा जानु अघि त्यसको विस्तृत नोट बनाइन्। जब उनले तेस्रो अफिसर पूरा गरे, यो खाजाको समय थियो। त्यो हलका सबैजना आ–आफ्नो सिट छोड्न थाले । डिसुजा उनीकहाँ आइन् र उनलाई साथ दिन आग्रह गरिन् । उनीहरू क्यान्टिनमा गए, बन्नोलाई क्यान्टिनको म्यानेजरकहाँ लगे, बन्नोलाई पहिले दिएको परिचयपत्र देखाउन भने र भने, "म्याडम, यहाँ कर्मचारीहरूलाई खाजा सित्तैमा छ । यो स्व-सेवा क्यान्टिन हो। तपाईंले काउन्टरमा कार्ड देखाउनुपर्छ र आफ्नो खाजा लिएर आफ्नो मनपर्ने टेबलमा जानुपर्छ। म तपाईलाई एक अर्कासँग परिचित हुन अन्य साथीहरूसँग बस्न सल्लाह दिन्छु। दुई हप्ता पछि जब तपाइँ तपाइँको अर्को असाइनमेन्टको लागि यो कार्यालय छोड्नुहुन्छ, तपाइँ लगभग सबैलाई थाहा पाउनुहुनेछ र उनीहरूको कामको प्रकृति जसले तपाइँलाई भविष्यमा मद्दत गर्नेछ।" बन्नो खाजा लिएर एउटा टेबुलमा गइन् जहाँ उनले पहिलो

भेटेका अफिसर आफ्ना एक सहकर्मीसँग बसिरहेका थिए। बन्नोले आफ्नो कुर्सीमा बस्नुअघि उनीहरूसँग अनुमति मागे। दुवै अफिसर एकदमै संयमित थिए, उनीहरूले बन्नोलाई सहज बनाए। दिवाभोजको क्रममा बन्नोले यस संस्थाको कार्य संस्कृतिका बारेमा धेरै कुरा थाहा पाए । यहाँ काम गर्ने मानिसहरू आफ्नो कामप्रति समर्पित मात्र नभएर आफ्नो संस्थालाई माया गरेको देखेर उनी निकै खुसी भइन्। टाटाहरू किन यति ठूला र सफल छन् भन्ने विचार उनलाई आइरहेको थियो। उनी पनि टाटा जस्ता संस्थासँग आबद्ध अरूहरू जस्तै भाग्यमानी थिइन्। उनले जीवनमा केहि राम्रो हासिल गर्न धेरै मेहनत गर्ने वाचा गरे।

अर्को छ महिना मुम्बई र गाउँमा परिवारका सबै सदस्यहरूका लागि निकै व्यस्त रह्यो। तिनीहरू सबैले समयको अभावको सामना गरे। विशेष गरी बन्नोलाई अचम्मको समयको दबाब थियो; अब उसले महसुस गर्यो कि उनी काममा थिइन्। उनले इमान्दारीपूर्वक आफ्नो असाइनमेन्ट सफलतापूर्वक पूरा गरिरहेकी थिइन् र धेरै पटक "उत्कृष्ट परियोजना रिपोर्ट" लाई सम्मानित गरिन्। उनलाई अधिकतम अंक दिइयो जसले भविष्यमा भर्तीको लागि उनको CV लाई बढावा दिनेछ। त्यतिबेला उनी चिम्पुबाट घरको काम गराउन विशेष थिइन् । चिम्पु गणितमा धेरै बलियो छ। एक आइतबार दिउँसो उनी पहिले आइन्। चिम्पुले हातको औँलाले गन्ने अलोहा विधि प्रयोग गरेर छुट्कीलाई आधारभूत गणितीय हिसाब पढाउँदै गरेको देखेर उनी छक्क परिन् । उनको लागि थप

आश्चर्यहरू थिए। छुट्कीले मौखिक रूपमा साधारण गणितीय हिसाब मात्र गरेनन्, तर बिना विरामै बीस सम्मको टेबल पढ्न सक्थे। हे भगवान! यी सानी केटीले यी सबै अभ्यास कहिले सिकिन्? शान्तिलाल आफैंले यो जिम्मेवारी लिएको उनको आमाबुवाले थाहा पाए। सँगै खेल्छन् र सँगै सिक्छन् । दुबै एकअर्कालाई धेरै मन पराउँछन्। धेरै पटक छुट्कीले कक्षामा प्रथम हुने घोषणा गरिन् । जब उनी भैया जस्तै स्कुल जान्थिन् । बनोले दुवैलाई अँगालो हालिन् । जब शान्तिलालले आमालाई भने,

“आमा, तिमीले छुटकीको चिन्ता नगर, म उसको हेरचाह गर्छु। तपाईंले मलाई मेरो अध्ययनमा मद्दत गर्नुहोस् र तपाईंको कार्यालयमा उत्कृष्ट बन्नुहोस्। म तिमीलाई कार्यालयमा आफ्नो कक्षामा प्रथम हुन चाहन्छु।

आफ्नो छोरालाई जवाफ दिन बन्नोले सबै शब्दहरू गुमाए। उनी लगभग रोइन् तर आफूलाई नियन्त्रणमा राखिन्।

इन्टर्नसिप पूरा भएपछि, बन्नो र अन्य इन्टर्नहरूले आ-आफ्नो अन्तिम परियोजना प्रतिवेदन बुझाए। बन्नोको प्रतिवेदन उत्कृष्ट ठहरियो । उनको उपलब्धिलाई सबैले बधाई दिए । उनलाई थाहा थिएन कि उनको लागि ठूलो आश्चर्य पर्खिरहेको थियो। उनी घर फर्किइन् । उनीहरुले अब घर फर्कने सोच बनाए । फेरि शान्तिलालले सहरको पुरानो विद्यालयमा भर्ना हुनुपर्थ्यो। तर मानिसले प्रस्ताव गर्छ र भगवानले निकास दिनुहुन्छ। भोलिपल्ट उनी

कम्पनीको महाप्रबन्धकको कार्यालयमा गइन् । उनले भेटको पत्रसँगै रिसेप्शनिस्टलाई आफ्नो कार्ड दिए। केही समयपछि उनलाई भित्र बोलाइयो । त्यो ठूलो अफिस थियो। महाप्रबन्धकले आफ्नो स्टेनोलाई पत्र लेख्दै थिए। उनले बनोलाई सिटमा बस्न इशारा गरे। बनो बसेर पर्खिरहे । उनी नर्भस भइन् । उसको मनमा अनेकौं विचारहरु घुमे । टेबुल पछाडिको मान्छेले आफ्नो श्रुतलेख पूरा गर्यो र बन्नो तिर फर्कियो। उसले उसको तर्फ हात पसार्यो। बनोले हात मिलाएर धन्यवाद दिनुभयो ।

“तपाईको इन्टर्नशिप बन्नो म्याडम कस्तो रह्यो ? मैले सुनेको छु कि तपाईको परियोजना प्रतिवेदन उत्कृष्ट छ? यो मेरो लागि आएको छ। यहाँ छ। कारखानाको आउटपुट सुधार गर्न तपाईंले आफ्नो रिपोर्टमा उल्लेख गर्नुभएका कुराहरूको बारेमा स्पष्ट गर्न के म तपाईंलाई केही प्रश्नहरू सोध्न सक्छु? म तपाईबाट जान्न धेरै उत्सुक छु। के तपाइँ ईमानदारीपूर्वक सोच्नुहुन्छ कि यदि हामीले तपाइँको प्रतिवेदनमा दिएका तपाइँका सुझावहरू पालना गर्यौं भने, यसले वर्तमान सेटअपको साथ आउटपुट सुधार गर्न काम गर्नेछ? कृपया तपाइँका सुझावहरू विस्तृत गर्नुहोस् ताकि मैले तपाइँको परिकल्पना गरेको प्रक्रियात्मक परिवर्तनहरू बुझ्न सकूँ।"

बन्नोलाई उनको रिपोर्टको स्पष्ट बुझाइ थियो। उनले के सुझाव दिएकी थिइन् भन्ने थाहा थियो। ती सुझावहरूको कार्यान्वयनको फाइदा र बेफाइदा पनि उनलाई थाहा

थियो। उनी आफ्नो विश्वासमा निकै दृढ थिइन् । उनले स्मार्ट बोर्ड प्रयोग गर्न अनुमति मागे। उनले सुरुमा आफ्नो पेन ड्राइभ प्रयोग गरे। त्यसपछिको डेढ घण्टा नियमित क्रस क्रेस्टिङ, अदालतको तर्कसँग मिल्दोजुल्दो छलफल भयो। महाप्रबन्धक निकै खुसी भए । बन्नोसँग स्पष्टता थियो र आफूले विकसित गरेको पद्धतिबारे विश्वस्त थिइन्।

महाप्रबन्धकले सिधै अन्तिम प्रश्न सोध्नुभयो, "स्वतन्त्रता दिएर आफ्नै सुझावहरू कार्यान्वयन गर्ने जिम्मेवारी लिन तयार हुनुहुन्छ?" उसले एक पल आफ्नो घर, छोराछोरी, कान्तिलाल, बुढाबुढीको बारेमा सोच्यो। सबै विभिन्न कारणले उनीमा निर्भर थिए। यदि उनले यो ठूलो जिम्मेवारी लिन्छ भने, के उनले सबै मोर्चाहरू सम्हाल्न सक्षम हुन सक्छिन्? त्यसपछि शान्तिलालको याद आयो । आमाले जे पनि गर्न सक्छिन् भन्ने विश्वास थियो । यो संसारमा कुनै पनि कुराले आमालाई रोक्न सक्दैन। धेरै पटक उसले त्यो कुरा उसलाई भन्यो। होइन, उसले उसलाई असफल बनाउन सक्दिन। उसले सधैं सही थियो भनेर प्रमाणित गर्नुपर्‍यो। उसको आमाले उसको बारेमा सपना देखेको सबै कुरा हासिल गर्नुहुनेछ। उनले आफू सुपरमम भएको प्रमाणित गर्नुपरेको थियो ।

कुनै पनि इफ र बट बिना, पूर्ण आत्मविश्वासका साथ, उनले भनिन्, "हो म चुनौती लिन सक्छु सर। अवसर र आवश्यक

सुविधाहरू दिएर, म मेरो रिपोर्टमा उल्लेख गरे अनुसार उत्पादन सुधार गर्न सक्छु सर।

टोलीको नेता बन्नो

महाप्रबन्धकले पहिलो दिनदेखि बन्नोलाई पछ्याइरहेका थिए। उसलाई आफ्नो विभागमा नियुक्त गर्न आतुर थियो। उसले पहिले नै उनको नियुक्ति पत्र तयार गरिसकेको थियो। उसले दराज तान्यो, चिठी निकालेर बन्नोलाई दियो र भन्यो,

"तपाईको नियुक्ति पत्र यहाँ छ। तपाईलाई बाह्र लाखको वार्षिक प्याकेजमा राखिएको छ। तपाईले बस्न र कार पाउनुहुनेछ। तपाईंको र तपाईंको नजिकको परिवारका सदस्यहरूको मेडिकल कभरेज छ। त्यो बाहेक नियमित भविष्य निधि र उपदान आदि अतिरिक्त भत्ताहरू हुन्। तपाईंको काम गर्ने घण्टा दिनको दस घण्टा र हप्ताको पाँच दिन हुनेछ। तपाईं आरामको लागि आफ्नो मनपर्ने कुनै पनि दुई दिन छनौट गर्न सक्नुहुन्छ, यो लचिलो छ। यदि तपाईंले साप्ताहिक बिदाको फाइदा लिनुहुन्न भने, यसलाई ओभरटाइमको रूपमा लिइनेछ र सोही अनुसार क्षतिपूर्ति दिइनेछ।

बानोले केही बुझ्न सकिन । के उनी सपना देख्दै थिइन्? उनी आफ्नो सिटबाट उठिन्, चिठी लिइन्, धन्यवाद दिएर आफ्नो सिटमा बसिन् । चिठ्ठी पढेर अलमल्ल परिन् । आँसु

खस्यो; उनलाई कसलाई धन्यवाद दिने थाहा थिएन। उनको सफलताको लागि सबै जिम्मेवार थिए। त्यहाँ धेरै थिए। श्री बलदेव, श्रीमती डिसुजा, अन्य साथीहरू सबैले उहाँलाई उहाँका सबै कार्यहरूमा र उहाँका परिवारका सदस्यहरूलाई समय-समयमा प्रोत्साहन र मद्दत गर्नुभयो।

उनले आफ्नो आँसु पुछ्दै बिस्तारै भनिन्, "सर म तपाई सबैको ऋणी छु। तिनीहरु बिना म केहि थिएन । भविष्यमा पनि, म तिनीहरूमध्ये धेरैमा निर्भर हुनेछु। तर म विश्वस्त छु कि हामी मिलेर लक्ष्य हासिल गर्नेछौं। मेरो क्षमतामा विश्वास देखाउनु भएकोमा म तपाईंलाई धन्यवाद दिन्छु। म तिम्रो शिर माथि उठाउन सक्दो प्रयास गर्नेछु।"

"धेरै धेरै धन्यवाद सर।"

उनलाई सबैले बधाई दिए । उनको लगनशीलताको प्रतिफल पाएको देखेर सबै खुसी भए।

उनलाई थाहा थिएन कि उनको लागि एक आश्चर्य पर्खिरहेको थियो। अफिसबाट बाहिर निस्केर ट्याक्सी लिन गेटमा पुग्ने बित्तिकै श्रीमती डिसुजा कतैबाट देखा पर्नुभयो र उनलाई पछ्याउन भन्नुभयो। उनले उसलाई पोर्चको नजिक लगे जहाँ एउटा नयाँ कालो सेडान उनको लागि पर्खिरहेको थियो। चालकले पछाडिको ढोका खोलेर सलाम गरे । श्रीमती डिसुजाले ड्राइभरको परिचय गराइन्, "उनी रामु हुन्। उहाँ हामीसँग लामो समयदेखि हुनुहुन्छ।

उहाँ धेरै वफादार हुनुहुन्छ। आज देखि, उहाँ तपाईं संग हुनेछ।" उसले केही बुझ्नुअघि नै श्रीमती डिसुजा गइन् । उनी कार भित्र पसिन्; रामु ढोका बन्द गरेर ड्राइभिङ सिटमा बसे । उनले बन्नोबाट ठेगाना लिएर कारको जीपीएस सिस्टममा राखे र गाडी चलाउन थाले ।

बन्नोको आधिकारिक क्वार्टरको गेटमा एउटा ठूलो कालो सेडान आइपुग्यो। बन्नोले चालकलाई हर्न बजाउन आग्रह गरे । बच्चाहरू ढोकामा आए। ठूलो कार देखेर उनीहरू छक्क परे । उनीहरूले हर्षोल्लासका साथ आफ्ना हजुरबुबालाई बोलाए। दुबै जना बाहिर आएर गाडी हेरे । को को आए होलान् ? उनीहरूमा ज्ञानको अलिकति पनि ज्ञान थिएन। गाडी आफ्नै छोरी ल्याएको हुन सक्छ। चालक बाहिर आएर पछाडिको ढोका खोले। बनो गाडीबाट बाहिर आयो । उनले आफ्ना छोराछोरी र आमाबाबुलाई आफ्नो अगाडि देखे। सबै अचम्ममा परे । बन्नो आफ्ना आमाबुवाको नजिक आएर खुट्टा छोइन्। केटाकेटी आएर उनलाई अँगालो हाले । एउटा सुन्दर परिवारको सफलताको कथा एक धमाका संग सुरु भयो। "धन्यवाद भगवान" बन्नोले भनिन्। उनीहरु भित्र पसे र पूजा कोठामा गए । उनले सबै कुराको लागि सर्वशक्तिमानलाई धेरै धन्यवाद दिए। उनले परिवारका लागि धेरै गरेका छन् । उनले आफ्नो नियुक्ति पत्र देवताको अगाडि राखिन् र सबैको उज्ज्वल भविष्यको लागि प्रार्थना गरिन्। त्यसपछि उनले आफ्ना आमाबुवालाई नियुक्ति पत्र देखाइन्। सुरुमा,

तिनीहरूले देखेका कुराहरू पत्याउन सक्दैनन्। केही वर्षअघि आफ्नो जीवनको हरेक आशा गुमाएकी उनकी छोरी बन्नो आफैंमा फर्किएकी छिन् । तिनीहरूले आफ्नो पुरानो उत्कृष्ट छोरी फेला पारे जसले कठिन चुनौतीहरू स्वीकार गर्न कहिल्यै डराउँदैनन्। शान्तिलाल र छुट्कीले केही राम्रो भएको महसुस गरे। बनोले दुवै बच्चालाई बोलाएर भनिन्,

"हेर, तपाईं दुईले मलाई मेरो वर्तमान असाइनमेन्टमा पहिलो हुन चुनौती दिनुभएको थियो; मैले तिम्रो चुनौती राखेको छु। म फस्ट मात्रै भएन तर कम्पनीले मलाई धेरै धेरै चुनौतिहरूसँग धेरै राम्रो काम दिएको थियो। उनीहरूले मलाई स्थायी बस्नको लागि एउटा कार र यो बंगला दिएका छन् । म यहाँ विद्यार्थीको रूपमा इन्टर्न थिएँ, अब म परियोजना प्रबन्धक छु। तपाईंले एउटा कुरा याद गर्नुपर्छ; तिम्रो चाहना पुरा गरेको छु, अब हाम्रो सपना पुरा गर्ने पालो तिम्रो हुनेछ। के तपाईं चुनौती स्वीकार गर्न तयार हुनुहुन्छ?"

छक्क पर्दै चिम्पु र छुट्की दुवै एकैसाथ कराए र भने, “हो, हामी तिम्रो चुनौती स्वीकार गर्छौं। हामी तपाईंको सपना पूरा गर्न सक्दो प्रयास गर्नेछौं, यो वाचा हो।

बन्नोका आमाबाबुले आफ्नी छोरी र नातिनातिनाहरू देखिरहेका थिए जसले एकअर्कालाई ठूलाहरूको सपना पूरा गर्ने वाचा गरिरहेका थिए। त्यसपछि बन्नोले

बिमलादादी र कान्तिलाललाई बोलाएर बन्नोको कार्यालयमा हालै भएको विकासको शुभ समाचार सुनाए। कान्तिलालले आफ्नो कानलाई पत्याउन सकेनन्। कृष्ण नजिकै पसलमा बसिरहेका थिए। कान्तिलाल उसको नजिक गएर अँगालो मारे। उनले कृष्णलाई सबै कुरा भने। कृष्ण उत्साहले उफ्रिरहेका थिए। पसलमा ग्राहकहरु थिए। त्यहाँ उपस्थित सबैलाई मिठाई वितरण गरिएको थियो। कृष्णले आफ्नी आमा तुलसीभाभीको लागि मिठाईको प्याकेट लिए। उनी पनि निकै खुसी भइन्। बिमलादादी पूजा कोठामा गएर देवतालाई धन्यवाद दिए। पूजा सकिएपछि कान्तिलाल मिठाईको डब्बा लिएर आइपुगे। बिमलदादीले छोरालाई अँगालो हालिन्। नराम्रा दिनहरु गएका छन्। अब बन्नोलाई कार्यालय र घर दुवैको जिम्मेवारी पूरा गर्न मद्दत गर्ने पालो उनीहरुको छ। जहाँसम्म पढाइ र सिकाइको सवाल छ, बालबालिकाहरू उहाँमा पूर्ण रूपमा निर्भर छन्। अफिस यति प्रभावित भयो कि छोटो समयमै उनको कार्यक्षेत्र बढ्यो। उनले औद्योगिक रसायनको उत्पादनलाई २५ प्रतिशतले बढाउन जिम्मेवार पन्ध्र जनाको टोलीको नेतृत्व गरिरहेकी थिइन्। यदि तिनीहरूले त्यो लक्ष्य हासिल गरे भने, तिनीहरूको कम्पनीले भारतमा काम गर्ने अन्य सबै कम्पनीहरूको नेतृत्व गर्नेछ। दुई साप्ताहिक बिदाको सट्टा, बन्नोले एक दिन लिने थियो यदि यो आवश्यक छ भने। एक वर्ष भित्र, बन्नोलाई तीन बेडरूमको बंगला दिइएको थियो। हप्ताको दिनमा दुवै विमलादी कान्तिलाललाई लिएर ओम्नी कारमा

आउने गर्थे । कार अब कान्तिलाललाई समर्पित भएकोले, उनको मुम्बई भ्रमण धेरै गुणा बढ्यो। वास्तवमा, यसले उनको थोक व्यापारलाई प्रोत्साहन दिएको थियो। उनले अब निर्मातासँग प्रतिस्पर्धात्मक दरहरू खोज्न सक्थे, तिनीहरूमध्ये अधिकांश मुम्बईमा आधारित थिए। उसको मूल्य संरचनाको कारण, उसले ठूलो ग्राहक आधार बनाउन सक्छ। अब उनीहरूले आफ्नो व्यवसाय विस्तार गर्ने सम्भावना खोजिरहेका थिए। अब कृष्णले पनि आफ्नो खुद्रा किराना पङ्क्ति बन्द गर्ने निर्णय गरेका थिए।

भर्खरै कृष्णले बिहेको स्वीकृति दिएकी थिइन् । तुलसीभाभी, बिमलादादी र बन्नोका आमाबाबु सबै मिलेर एउटा टोली बनाएर राम्री केटीको खोजीमा लागेका छन् । आवश्यकता सरल थियो। उनी बी.कॉम हुनुपर्छ, जसले पारिवारिक व्यवसायमा मद्दत गर्न सक्छ। उनीहरुले स्थानीय पत्रपत्रिकामा विज्ञापनको पक्षमा निर्णय गरे । सोही अनुसार बन्नोसँगको परामर्शमा समाचार पत्रमा विस्तृत विज्ञापन छापियो । एक साताभित्रै उनीहरूले पर्याप्त संख्यामा दुलहीको प्रस्ताव प्राप्त गरे। बन्नोले प्रारम्भिक स्क्रिनिङको लागि टेबल तयार पारे। उनी ई–मार्फत कृष्णसँग सम्पर्कमा थिइन् । मेल। धेरै मध्ये, 6 प्रस्तावहरूको सानो समूहलाई भर्चुअल र वास्तविक छलफलको लागि अन्तिम रूप दिइएको थियो। भर्चुअल छलफलमा बन्नो र अन्य सहभागी थिए। छ मध्ये,

तिनीहरूले अर्को दुई छोडे। अन्ततः परिवारले ती चार ठाउँ घुम्ने निर्णय गरे। सोही अनुसार मिति र समय तोकियो । सौभाग्यवश तिनीहरूमध्ये एक मुम्बई नजिकै रहेको वासीका थिए। त्यो परिवारलाई कुनै खास दिन बन्नोको घरमा आउन भनियो। संयोगले अक्टोबर दोस्रो दिन थियो । सबै छुट्टीको मुडमा थिए । बन्नोले कृष्ण र तुलसीभाभीलाई निम्तो दिए। बिमलादादी र कान्तिलाल पनि व्यापारको लागि बिदा परेकोले मुम्बई आउनुहुन्थ्यो । एक एक गरी चारवटै केटी देखिए । अन्ततः, तिनीहरूले छोटो सूचीबद्ध दुई। ती मध्ये एक वासी केटी थिइन् । दोस्रो केटी अहमदाबादकी थिइन् । परिवारका सबै सदस्यहरू एकसाथ बसेर छलफल गरेर टुङ्ग्याउन थाले । तर उनीहरु वासी युवतीको ठाउँमा गएका थिएनन् । फाइनल गर्नु अघि, तिनीहरूले वासी भ्रमण गर्ने निर्णय गरे। दुईवटा कार, एउटा ओम्नी र एउटा सेडान मुम्बईबाट वासीतिर लागे। तिनीहरूले चिया र खाजाको लागि विश्राम लिए। कार्यक्रम अनुसार उनीहरु बालिकाको घर पुगे । बालिकाका बाबु सेवानिवृत्त तहसिलदार थिए । उनको एउटा मात्र सन्तान थियो । कृष्णको परिवार भेट्दा उनीहरू निकै खुसी भए । कृष्ण दाइजो प्रथाको विरुद्धमा थिए । यसले त्यो परिवारको छविलाई बढायो। घर सानो भए पनि सदस्यहरू फराकिलो र ठूलो मनका थिए । केटीले पाहुनाहरूलाई स्वागत गरिन र ठूलाहरूको खुट्टा छोएर आशीर्वाद लिइन्। केटीले शान्तिलाल र छुट्कीलाई चकलेट दिँदा सबै खुसी भए । उनी एक बुद्धिमान केटी

थिइन्। उनीहरु मुम्बई सँगै घर आएका थिए । धेरै विचार विमर्श पछि, अन्ततः त्यो वासी केटी छनोट भयो। अर्की केटीको परिवारलाई 'माफ गर्नुहोस्' सन्देश पठाइएको थियो। वासी युवतीको नाम दिप्ती थियो । बन्नोले दिप्तीलाई फोन गरेर बधाई दिइन् । उनले दिप्तीलाई आफ्नो मन नपर्ने कुरा पनि सोधिन् । दिप्तीले आफ्नो पारिवारिक व्यवसायमा सहयोग गर्न इच्छुक रहेको बताएपछि उनी छक्क परिन् । कृष्ण भाग्यशाली थिए कि एउटी केटीसँग विवाह गरे जो उनीसँग हुनेछन् र उनको कामको बोझ कम गर्ने प्रयास गर्नेछन्। सीए पहिलो पार्ट पास गरिसकेपछि दोस्रो पार्ट पनि पास गर्ने प्रयास गरिन् । एउटी महत्वाकांक्षी केटीलाई आफ्नो काकाको जीवन साथीको रूपमा पाएपछि बन्नो निकै खुसी भइन्। उमेरको भिन्नतालाई बेवास्ता गर्दै केही समय नबित्दै उनीहरु साथी बने ।

बन्नोका लागि तुलसीभाभीले धेरै काम गरिन् । अब उनको पालो थियो विवाहको संस्कार सुचारु रुपमा सम्पन्न भएको हेर्ने । प्रत्येक भारतीय परिवार आफ्नो छोरीको विवाहको लागि तयार रहन्छ। दिप्तीको परिवार पनि अछुतो थिएन। गहना तयार थियो। दुलहाको हिराको औंठी र सुनको चेन पनि तयार थियो । कपडा र अन्य सामानहरू किन्नु पर्ने चीजहरू थिए। कृष्णको छेउमा पनि तुलसीभाभीले सबै तयार राखेकी थिइन् । उनीहरूलाई बन्नोका आमाबाबुले भनेका थिए कि उनले कुनै पनि चिन्ता लिनु पर्दैन। तिनीहरूले सबै कुरा ठीकसँग राखिएको हेर्नको लागि सबै जिम्मेवारी लिनेछन्। बन्नोले आफ्नी आन्टीलाई मद्दत गर्ने

दुर्लभ मौका पाएकी छिन् जसले उनको लागि सबै गरेकी छिन्। उनले त्यो अवसर गुमाउने थिइनन् । उसले त्यो दायित्व कहिल्यै बिर्सने छैन। काकीले उनलाई डिप्रेसनबाट बचाइन् । यो आन्टीको कारणले जीवनको नयाँ पट्टा थियो। र कृष्ण सधैं उनको समर्थन प्रणाली बनेको छ। उनीसँग कुनै पनि समस्या साझा गर्न सक्थे। कृष्णलाई खुशी र सफल बनाउने उनको पालो थियो। उनले दिप्तीलाई सीए पार्ट दुईको परीक्षाका लागि पनि गाईड गर्नेछिन् । एक्कासी उनीहरुको घरमा उत्सवको माहोल थियो । नयाँ आमा पाएपछि दुवै छोराछोरी खुसी थिए। उनीहरु पनि उत्तेजित भए । दुवै पक्षका अग्रजहरुले आ–आफ्ना पुजारीसँग परामर्श गरेर मिति तय गरेका थिए । अबको दुई महिनापछि हुने अक्षय तृतीयाका दिन वैदिक विधिअनुसार विवाह गरिने भएको छ । बन्नोले दिप्तीलाई अर्को शनिबार किन्नको लागि मुम्बई बोलाए। दिप्ती एकदमै पारदर्शी र सरल केटी थिइन् । बन्नोले उनलाई विभिन्न बजारमा किनमेल गर्न लगिन् । कपडा र अन्य सामान दुवै दिप्तीको रोजाइ अनुसार खरिद गरिएको थियो, कुनै पनि अनावश्यक बेवास्ता।

डे डे आयो र कृष्ण र दिप्तीको विवाह भयो। नवविवाहित दम्पतीलाई उनीहरुका सबै साथीभाइ र आफन्तले उपस्थित भई आशीर्वाद दिएका थिए । बन्नो अपेक्षाकृत राहत थियो। उनी आन्टीको छेउमा हुन पाउँदा खुसी थिइन् र उनी उनको मद्दत हुन सक्छिन्। बन्नोले उनीहरूका लागि

एक हप्ताको लागि सिमलाको राम्रो हनिमुन यात्रा प्रायोजित गरे।

चुट्की चम्किन्छ

छुट्कीको आठौं जन्म दिन थियो । उनलाई तेस्रो स्तरमा बढुवा गरिने छ । दुवै जना केन्द्रीय विद्यालयमा पढ्थे । शान्तिलालले भर्खरै आफ्नो तेह्रौं जन्मदिन मनाए। उनी आठ कक्षामा छन् । शान्तिलाल र छुट्कीले उनीहरुलाई आफ्नो पढाइको बारेमा औंल्याउने मौका दिएनन् । आमाले दिएका चुनौतीहरूले उनीहरूलाई उत्कृष्ट हासिल गर्न मद्दत गर्यो। दुवैजना आ–आफ्नो विद्यालयका मेधावी विद्यार्थी थिए ।

धेरै आर्थिक दायित्व नलिई उत्पादन प्रक्रियालाई अद्यावधिक गरेर उत्पादन बढाउने सम्बन्धमा बन्नोको मूल्याङ्कन सही थियो। उनको टोलीले रासायनिक उत्पादनमा २५ प्रतिशत वृद्धि हासिल गर्यो। वित्तीय संस्थाहरूले आफ्नो भविष्यको प्रयासको लागि आर्थिक सहयोग गर्न उत्सुक थिए। तर टाटाहरूले साना उद्यमका लागि कमै ऋण लिन्छन्। बन्नोको योगदान र समर्पणले उनको विभागमा सबैलाई प्रभावित गर्यो। उनलाई करिब सय पचास कर्मचारीको नेतृत्व गर्न कुनाको टेबल दिइएको थियो। उनको टोलीले नयाँ भेरियन्ट निर्माण सुरु गर्ने निर्णय गरेको थियो। सम्भाव्यता, व्यवहार्यता, नाफा, वित्तीय दायित्व, जनशक्ति अनुमान, बजार अनुसन्धान लगायतका विषयमा आफ्नो नयाँ उद्यमलाई अगाडि बढाउन संयुक्त

परियोजना प्रतिवेदन बनाउन सबै व्यस्त छन् । महाप्रबन्धकको सिफारिससहितको अन्तिम परियोजना प्रतिवेदन स्वीकृतिका लागि अध्यक्ष समक्ष जानेछ । यदि अध्यक्षले नयाँ उद्यम सुरु गर्न स्वीकृत गरे भने बन्नो आफ्नै नयाँ उत्पादन इकाईको महाप्रबन्धकमा बढुवा हुनेछ। उनको पहिलो नियुक्ति पत्र दिने उनको वर्तमान मालिक धेरै उत्साहित थियो। उसले त्यो केटीको प्रतिभा र योग्यता कल्पना गर्न सक्छ। कम्पनीको प्रधान कार्यालयमा उनको नाम कम्पनीको सञ्चालकका लागि विचार भइरहेको छ । यी सबै उपलब्धिहरू सम्भव भए किनभने उनीसँग अद्भुत सहयोगी परिवार थियो। उनका श्रीमान् कान्तिलाल, सासु, आफ्नै बुबाआमा, काकी, काका र उनकी श्रीमती दिप्ती र अन्तिममा नभई उनका छोराछोरीले उनलाई सधै साथ दिए। यो सानै उमेरमा आफ्नी कान्छी बहिनी छुट्कीको सम्पूर्ण जिम्मेवारी स्वेच्छिक रूपमा लिएका छोरा शान्तिलालको योगदानलाई उनले मान्नुपर्छ । उनी नयाँ पाठ लिन दुवैसँग बस्छिन्। सबै परिमार्जनहरू आफैले गरेका छन्। छुट्की आफैं अध्ययन गर्न लगभग प्रशिक्षित छ। आवश्यक परेमा भाइको सहयोगमा उनी विश्वस्त छिन् । त्यसैले बन्नोले आफ्नो काममा बढी समय दिन सक्नुहुन्थ्यो । उनले आफ्नो साप्ताहिक बिदालाई अस्थायी रूपमा कटौती गरिन्। केटाकेटीको पढाइ र अन्य आवश्यकता पूरा गर्न कन्तिलाल प्रायः मुम्बई आउने गर्दथे । उनले दिप्तीलाई उनको सीए भाग दुई परीक्षाको कोचिङको लागि मुम्बईमा ल्याए। बन्नोले दिप्तीलाई मुम्बईको एक

प्रतिष्ठित कोचिङ सेन्टरमा पढ्ने सबै व्यवस्था गरिदिनुभएको थियो ।

बन्नो र उनको टोलीले आफ्नो परियोजना प्रतिवेदनलाई अन्तिम रूप दिए र अध्यक्षलाई पठाउनु अघि महाप्रबन्धकको सिफारिसको लागि पठाए। महाप्रबन्धकले बन्नोको नेतृत्वमा नयाँ कारखाना खोल्न कडा सुझाव दिए । अर्को दिन बन्नोलाई न्यानो स्वागत गरियो। अध्यक्षले सहमति जनाएका थिए । धेरै परिवर्तन आउनु पर्‍यो । बन्नो आफ्नो नयाँ प्रोजेक्ट साइटमा सर्नु पर्‍यो। मुम्बईबाट झण्डै दुई पचास किलोमिटर पर थाने नजिक थियो। त्यहाँ केन्द्रीय विद्यालय थियो। त्यसैले स्थानान्तरण कुनै समस्या थिएन। उनको कम्पनीले बच्चाहरूको भर्ना सहित सबै कुराको ख्याल राख्छ। बन्नोलाई महाप्रबन्धकको आवासीय बंगलामा पाँच शयनकक्ष, बैठक कोठा, एउटा सुन्दर ल्यान र परिवारका सदस्यहरूको हेरचाह गर्न दुई कार र दुई चालकहरूको लागि ग्यारेज दिइएको थियो। तर्क एकदम सरल थियो। यदि महाप्रबन्धक उनको सबै पारिवारिक परेशानीबाट मुक्त थियो भने, उसले आफ्नो काममा बढी समय दिन सक्छ। बन्नो घरको चार पर्खालभित्र उस्तै साधारण महिला थिइन् । उनी म्यान म्यानेजमेन्टमा विज्ञ भइन् । उनी आफ्नो लागि जे पनि गर्न सक्ने कामदार र अफिसर दुवैको ठूलो टोली बनाउन सफल भइन्। उनीहरूलाई थाहा थियो कि उनीहरूका मालिकले उनीहरूबाट के आशा गर्छन्। पछिल्लो पाँच वर्षमा, कुनै

पनि निकायले बन्नोबाट उनीहरूको गोप्य रिपोर्टहरूमा कुनै खराब टिप्पणी पाएनन्।

अर्को दिन उनी आफ्नो कार्यालयमा पुग्दा सबै अधिकारी उनको स्वागत गर्न हलमा उभिएका थिए । सबैले ताली बजाएको देखेर उनी छक्क परिन् ।

चर्को स्वरमा “बधाई छ म्याडम” भनेर चिच्याए । उनले केही बुझिनन् । त्यसपछि सहायक महाप्रबन्धक उनको नजिक आए र भने,

"म्याडम तपाईलाई सम्पूर्ण टाटा समूह द्वारा 'वर्षको सबैभन्दा मूल्यवान कर्मचारी' घोषित गरिएको छ। हाम्रो टोलीका सबै सदस्यहरूको तर्फबाट फेरि पनि बधाई छ।"

उनले उपस्थित सबैलाई धन्यवाद दिँदै भनिन्, "के तपाई साँच्चिकै सोच्नुहुन्छ, तपाईको समर्पित सेवा बिना मैले यो हासिल गर्न सक्थें? त्यो पुरस्कारको उपलब्धि र दावीकर्ताको लागि तपाईंहरू प्रत्येक जिम्मेवार हुनुहुन्छ। यद्यपि यो मलाई दिइएको थियो, तर म तपाईहरू सबैको तर्फबाट स्वीकार गर्नेछु।

संयुक्त राज्य अमेरिका मा छुट्टी

उनी आफ्नो कोठामा आइन् । टेबुलमा एउटा खाम राखिएको थियो । उनले आफ्नो जीवनको दोस्रो सबैभन्दा ठूलो आश्चर्य पत्ता लगाउनको लागि त्यो खोलिन्, पहिलो उनको विवाह। समुहले सबै खर्च भुक्तान गरी अमेरिकामा उनको परिवारसँग पन्ध्र दिनको लागि छुट्टी प्याकेज उपहार दिइरहेको थियो। उनले सर्वशक्तिमानलाई प्रार्थना गरिन् र त्यो अपराधी व्यक्तिलाई धन्यवाद दिइन् जसले अचानक उनको विवाह तोड्यो र उनको जीवन लगभग बर्बाद गर्यो। दाग अझै थियो जुन उसले बिर्सनेछैन; जसले उनलाई जीवनमा माथि उठ्न सधैं प्रेरित गर्नेछ। उनले तुरुन्तै कान्तिलाललाई फोन गरिन् ।

"डार्लिंग, मसँग राम्रो समाचार छ। के तपाईं अनुमान गर्न सक्नुहुन्छ?"

"के यो अर्को पदोन्नति हो?" कान्तिलालले सोधे ।

"होइन, यो हामी सबैको लागि हो।"

बनोले संकेत दियो । तर कान्तिलाल अनभिज्ञ थिए। "म उत्सुक छु, कृपया मलाई भन्नुहोस्।" उनले बानोलाई अनुरोध गरे ।

"हाम्रा पासपोर्ट तयार राख्नुहोस्, हामी सबै एक पन्ध्र दिनको लागि अमेरिका जाँदैछौं। हाम्रो संस्थाले मलाई 'वर्षको सबैभन्दा मूल्यवान कर्मचारी' अवार्ड दिएको छ। संयुक्त राज्य अमेरिका यात्रा पुरस्कार को एक हिस्सा थियो। पूर्ण यात्रा हाम्रो कम्पनी द्वारा प्रायोजित छ।

त्यो अचम्मको खबर सुनेर परिवारका सदस्यहरु निकै खुसी भए । कम्पनीमा आबद्ध हुँदा कम्पनीको नियमअनुसार परिवारका सदस्यको राहदानी तयार भइसकेको थियो । कम्पनीले बन्नोलाई तलब बिदा दिइरहेको थियो र उनी कान्तिलाल र दुई छोराछोरी लिएर जान पाएकी थिइन् । बन्नोले बिमलादादी र उनका आमाबुवा र तुलसीभाभीलाई साथ दिन अनुरोध गरिन्। बन्नो उनीहरूको यात्रा प्रायोजित गर्न पर्याप्त सक्षम थियो। दिप्ती गर्भवती भएकाले कृष्णले उनीहरुलाई साथ दिन सकेनन् । तुलसीभाभीले त्यो चरणमा दिप्तीसँग अलग हुन नचाहेको भन्दै असक्षमता देखाइन् । बन्नोले उनीहरूलाई भविष्यमा सबै सशुल्क छुट्टीको उपहार दिने वाचा गरे जब उनीहरू जान स्वतन्त्र छन्।

बन्नोले कान्तिलाललाई आफ्नो टोलीका सबै कर्मचारीलाई १२ सय प्याकेट मिठाई बाँड्ने व्यवस्था गर्न भनिन् । कान्तिलालले त्यो अवसरलाई आफ्ना सबै ग्राहकलाई खुसी बनाउन प्रयोग गरे । कृष्ण र उनले विभिन्न प्रकारका मिठाई र खाजाहरू प्याकेटमा राख्ने निर्णय गरे। तदनुसार बन्नोको टोलीका सबै कर्मचारी र कान्तिलाल र कृष्णका

सबै ग्राहकहरूलाई 'धन्यवाद' कार्डसहित एक-एक प्याकेट मिठाई प्रदान गरिएको थियो। सबै धेरै खुसी थिए। उनीहरु अमेरिका जाने विमानमा चढ्न मुम्बई एयरपोर्ट पुगेका थिए। बन्नो अफिसको कामका लागि कयौं पटक हवाई यात्रा गरिन् तर कान्तिलाल, बिमलादादी र बच्चाहरू पहिलो पटक उडेका थिए। मुम्बईदेखि क्यालिफोर्निया राज्यको ठूलो सहर सान फ्रान्सिस्कोसम्मको यात्रा लगभग अठार घण्टाको थियो। उनीहरुले इमिग्रेसनको औपचारिकता पूरा गरे र उडानमा चढे। बुहारीलाई आशीर्वाद दिन बिमलादादी कहिल्यै थाकेकी थिइनन्। सधैं तल पृथ्वीमा रहने कान्तिलालकी पत्नीजस्तै बहुमुखी केटी पठाउन भगवान धेरै दयालु हुनुहुन्थ्यो। कान्तिलाल बन्नो भन्दा धेरै कमाईले कहिल्यै कसैलाई त्यो देखाउनु भएन, बरु उनले आफ्ना छोराछोरीलाई विमलादी र आफ्ना बाबुलाई आफूभन्दा अगाडि आदर गर्न सिकाउनुभयो।

तिनीहरू भोलिपल्ट सान फ्रान्सिस्को पुगे। त्यहाँ ठूलो चूना ढिलाइ थियो। तिनीहरूले स्थानीय समय अनुसार आफ्नो घडी समायोजन। ट्याक्सी चालक भारतीय थिए। अग्रिम बुकिङ गरेको होटेलमा लिएर गए। यो एउटा परिवारको लागि दुई कोठाको सूट थियो। होटलको आराम देखेर शान्तिलाल र छुट्की निकै खुसी भए। शौचालय र सुत्ने कोठामा धेरै नयाँ ग्याजेटहरू थिए। तिनीहरूले आफ्नो ओछ्यानको तापक्रम पनि समायोजन गर्न सक्थे। ओछ्यानको उचाइ पनि समायोजन गर्न सकिन्छ। जेट

ल्यागको कारण, तिनीहरू सबै थकित थिए। बिहानको खाजा पछि ढोकाको घण्टी बज्दासम्म तिनीहरू धेरै घण्टा सुते। होटल केटा खाम दिन आएको थियो । कान्तिलालले त्यो खाम खोले र त्यसमा केही पर्ची फेला पारे । बच्चाहरु को लागी केहि आश्चर्य उपहार कुपनहरु थिए। उनीहरूलाई ती उपहारहरू दाबी गर्न बालबालिका क्षेत्रमा जान भनियो। सबै तयार भएर बालबालिकाको खेल मैदानमा गए । त्यहाँ धेरै केटाकेटीहरू आर्टिफिसियल इन्टेलिजेन्ट गेमलगायत विभिन्न खेल खेलिरहेका थिए। बन्नोले तिनीहरूलाई पहिले नेट जम्पिङ, छालाको घोडा सवारी र त्यसपछि कार रेसिङ खेलहरूमा लगे। तिनीहरूसँग ती खेलहरू निःशुल्क खेल्नको लागि धेरै उपहार कुपनहरू थिए। दुईवटा कुपनहरूले दुवैका लागि दुईवटा हेड गियरहरू ल्याए। तिनीहरूले तिनीहरूलाई AI खेलहरू खेल्न प्रयोग गर्न सक्थे। झण्डै दुई घन्टा खेले । खाजाको समय भयो र सबै डाइनिङ हलमा गए । प्रत्येक टेबलको लागि सजावटहरू साँच्चै सुन्दर र विशेष थिए। बालबच्चाका लागि सानो कुर्सीको व्यवस्था भएकोले वेट्रेस छुट्कीका लागि विशेष कुर्सी लिएर आइन् । बिमलादादीलाई सबैभन्दा रमाइलो लाग्थ्यो । होटलको हरेक चिजमा उनको चासो थियो । उनले अरू सबैलाई राम्रोसँग जान्न धेरै प्रश्नहरू सोधिरहेकी थिइन्। उनले मुम्बईको मलमा एक व्यक्तिको पहुँचमा सिसाका ढोकाहरू स्वत: खुल्ने र बन्द हुने देखेकी थिइन्, तर बत्ती र एसीहरूको लागि ताली बजाउने वा आवाज निर्देशनले

पर्दा चलाउने काम उनको लागि नयाँ थियो। पहिलो पटक सबैले खाना खुवाउने रोबोटहरू देखे।

साँझ, तिनीहरू सान फ्रान्सिस्कोको सबैभन्दा प्रतिष्ठित ल्यान्डमार्क 'गोल्डेन गेट ब्रिज' को साक्षी दिन अघि बढे। यो सान फ्रान्सिस्को खाडी र प्रशान्त महासागर जोड्ने झोलुङ्गे पुल हो। यो धेरै लेन भएको एक माइल पुल थियो। हिड्न, दौडन, साइकल चलाउन, स्कुटर वा कार चलाउन र त्यसमा स्केट गर्न सकिन्छ। बालबालिका र अपाङ्गताका लागि छुट्टै लेन थियो । रंगीन लेजर बीमहरू सहितको चम्किलो बत्तीहरूले यो यति सुन्दर देखिन्थ्यो कि घण्टौंसम्म बसेर यसको सुन्दरताको आनन्द लिन सकिन्छ। पुलमा खानेकुराहरू थिए। सबैले अमेरिकाको स्ट्रिट फूडको मजा लिए । अर्को योजना हलिउड जाने थियो। भोलिपल्ट बिहान उनीहरु हलिउड स्टुडियो गए । सौभाग्यवश, उनीहरूले फिल्मको सुटिङ देखे। सेटहरू अद्भुत थिए तर उनीहरूले सुटिङ बोरिङ पाए। उनीहरु दिनभर स्टुडियोमा बस्थे ।

उनीहरुले ह्वाइट हाउस र वासिङ्टन म्युजियम हेर्न वाशिङटन डीसी जाने उडान भरेका थिए । तिनीहरूले वाशिंगटन डीसीमा दुई रात बिताए र पूर्वी तटको लागि सुरु गरे। समय सिमित थियो । त्यसैले तिनीहरूले केवल पाँच ठाउँहरू, न्यूयोर्क शहर, नियाग्रा फल, स्ट्याच्यू अफ लिबर्टी, डिज्नी ल्याण्ड र लस भेगासको लागि योजना बनाए। ती मध्ये प्रत्येक एक अविस्मरणीय थियो र कम्तिमा

एक पटक जीवनकालमा हेर्नै पर्छ। बिमलादादी बन्नोप्रति कृतज्ञ थिइन् जसले उनको भ्रमणलाई प्रायोजित मात्र गरेनन् तर आफूलाई एकान्तमा नपरोस् भनेर चरम ख्याल राखिन्। सबै समय बन्नो उनको आवश्यकता बारे सोधे। उनले कान्तिलाललाई आफ्नो आरामको विशेष ख्याल गर्न आग्रह गरेकी थिइन् । तिनीहरूले महसुस गर्न सक्नु अघि, समय सकियो र तिनीहरू फर्किनु पर्यो। त्यसबेला यी दुई साना केटाकेटीहरूले निकट भविष्यमा एक दिन आफ्नो पूर्ण सीपले अमेरिकामा शासन गर्नेछन् भन्ने कसैले कल्पना पनि गर्न सक्दैनन्।

तिनीहरूको प्रस्थानको अघिल्लो दिन तिनीहरूले अद्भुत खबर पाए। दिप्तीले छोरो जन्माएकी थिइन् । कान्तिलाल परिवारका सबै समूह यति खुसी भए कि उनीहरुले नाराबाजी गर्न थाले । बच्चाहरु बच्चाको लागि खेलौना र कपडा किन्न चाहन्थे। तदनुसार, तिनीहरू एक मलमा गए र नयाँ आमा र उनको बच्चा दुवैका लागि धेरै चीजहरू किने। भोलिपल्ट उनीहरु अमेरिकाको माटो छाडेर आफ्नै मातृभूमि भारत गए । मुम्बई पुगेपछि र जेट ल्यागसँग कुराकानी गरेपछि, बन्नो बाहेक सबै भर्खरै जन्मेको सानो बच्चालाई हेर्न गए। बन्नोले आफ्ना सबै पेन्डिङ असाइनमेन्टहरू पूरा गर्न तुरुन्तै सामेल हुनुपर्ने थियो। उनी साताको अन्त्यमा कृष्ण र दिप्तीलाई भेट्न गइन् । छोराछोरीले आफ्नो काकालाई देखेर धेरै खुसी भए, उनीहरूले कान्छो भाइको लागि अमेरिकाबाट ल्याएका

सबै खेलौना, लुगा र अन्य चीजहरू देखाए। अमेरिकामा देखेका सबै कुरा बताउन छुट्की निकै उत्साहित थिइन्। त्यसपछि कान्छोको नामबारे छलफल भयो। नाम सानो, छोटो र अर्थपूर्ण हुनुपर्छ भन्नेमा सबै सहमत थिए। छलफल निष्कर्षविहीन रह्यो र ब्रेक पछि पनि जारी रहनेछ। बन्नोले बच्चालाई आशीर्वाद दिन द्रुत भेट दिनुभयो। उनले उनलाई दस ग्राम सुनको सिक्का दिए। खाजापछि उनी मुम्बई फर्किइन्।

बनोको अन्तरदृष्टि

अमेरिका जानुअघि बन्नोले व्यापार विविधीकरणको नयाँ प्रस्ताव पेश गरेकी थिइन् । उनी आफ्नो उत्पादनको प्यान एशिया इमेजिङ चाहन्थिन्। भारतमा उनको उत्पादनलाई सम्बन्धित उद्योगले पर्याप्त नाफामा राम्रोसँग स्वीकार गरेको थियो। तर उनी सन्तुष्ट भइनन् । उनी लक्ष्य हासिल गरेर मात्र सन्तुष्ट हुने व्यक्ति थिएनन्। लक्ष्य प्राप्त हुनुको अर्थ यो प्राप्त गर्न सकिन्छ। उनी आफैं र उनको टोलीको लागि कठिन हुने लक्ष्य सेट गर्न चाहन्थिन्। छ वर्ष भित्र, उनको टोलीका सदस्यहरू उनीजस्तै कडा भए र अघिल्लो भन्दा ठूलो नयाँ उद्यमको लागि तयार भए। बोर्डले उनको नयाँ प्रस्ताव प्रस्तुत र औचित्य प्रमाणित गर्न चाहेको थियो जसले प्रारम्भमा एसिया प्यासिफिक क्षेत्रका प्रमुख औद्योगिक बजारहरू अन्वेषण गर्न संगठनलाई कम्तिमा आधा मिलियन डलर खर्च गर्ने थियो। यस उद्देश्यका लागि विशेषज्ञ बजार अनुसन्धानकर्ताहरूको छुट्टै टोली आवश्यक हुनेछ। विभिन्न देशहरूमा कार्यालयहरू स्थापना गर्न थप आर्थिक बोझ हुनेछ। बन्नोले उनको प्रस्तावको सम्भाव्यतालाई औचित्य दिनुपर्ने थियो। सञ्चालक समितिको बैठकमा सञ्चालक समितिको बैठकमा आधा करोड प्रारम्भिक खर्च लाग्ने कुनै पनि प्रस्तावको पक्षमा उपस्थित सदस्य संख्याको दुई तिहाइले मत नआएसम्म पारित नहुने संस्थाको नियम छ । बानोलाई

यो नियम राम्ररी थाहा थियो। सोही अनुसार आफूलाई तयार गरिन् । वास्तवमा, उनको आफ्नै नियम थियो। एकजना सदस्यले उनको प्रस्तावको विरोध गरे पनि उनले आफूलाई परियोजनाबाट फिर्ता लिइन् । एसिया प्यासिफिक क्षेत्रमा नयाँ उद्यम सुरु गर्नु संस्थाको लागि कत्तिको फाइदाजनक छ भनेर प्रमाणित गर्न उनले आफूलाई तयार गरिन्। संगठनको अन्य व्यवसायका लागि धेरै एसियाली देशहरूमा कार्यालयहरू थिए। प्रारम्भिक चरणमा बजार तथ्याङ्क सङ्कलन गर्न ती केन्द्रहरू र कर्मचारीहरू प्रयोग गर्न उनलाई सजिलो हुनेछ। त्यसका लागि उनले निश्चित कर्मचारीहरूलाई तालिम दिने तालिम पद्धति विकास गर्नेछिन्। आवश्यक परे आफ्नै टोलीबाट केही व्यक्तिलाई छनोट गरी तालिम दिएर विदेश पठाउने गर्छिन् । यसले अनुमानित लागतलाई थप कम गर्नेछ। सुरुमा भारतबाट उद्योगहरू ल्याइने र पछि माग बढेपछि उत्पादन केन्द्र खोल्ने सम्भावना खोज्न सकिन्छ ।

तोकिएको दिन बन्नो सञ्चालक समितिको बैठक कक्षमा आइपुगे । यो पहिलो पटक ९० प्रतिशतभन्दा बढी बोर्ड सदस्यहरूको उपस्थिति थियो। बन्नोको नेतृत्व गुणको बारेमा सबैले सुनेका थिए तर एक वा दुई बाहेक कसैले पनि उनीसँग कुराकानी गर्न सकेनन्। त्यसैले अवसर आएपछि यति कम समयमा यति धेरै योगदान गरिसकेकी महिलालाई सुन्न सबैले बैठकमा उपस्थित हुने निर्णय गरे । बन्नो कोठामा पसिन् र सदस्यहरूको संख्या हेरेर उनी उत्प्रेरित भइन्। उनको परियोजनाले उनीहरूको

ध्यानाकर्षण गरेको हुन सक्छ र थोरैको सट्टा, उनले सबैलाई मनाउनुपर्दछ।

उनले सबैलाई अभिवादन गर्दै आफ्नो परिचय र आफ्नो कामको प्रकृति, संस्थालाई ठुलो नाफा दिने अहिलेको परियोजना सुरु गर्न पहल गरिन् । त्यसपछि उनले आफ्नो थप विस्तार योजनालाई सही ठहराए। उनको एउटा वाक्यले दर्शकको ध्यान तान्यो ।

उनले भनिन्, 'म औद्योगिक रासायनिक उत्पादनलाई स्टिल र अन्य धातु उत्पादन क्षेत्रजस्तै अग्रगामी क्षेत्र बनाउन चाहन्छु । अन्य भारी इन्जिनियरिङ क्षेत्रसँगै औद्योगिक रसायन क्षेत्रलाई पनि सरकारलगायत सबैको नजरमा समान महत्त्व दिनुपर्छ । अब मलाई मेरो प्रस्तावले हाम्रो संगठनको विश्वव्यापी छवि कसरी बढाउनेछ भनेर वर्णन गरौं। उनले आफ्नो सहायकलाई आफ्नो प्रस्तुतिको हार्ड प्रतिलिपिहरू वितरण गर्न भनिन् र उनलाई कोठा बाहिर पर्खन भनिन्।

अर्को डेढ घण्टा, यो त्यहाँ उपस्थित सबैका लागि विचार र विश्वासको भोज थियो। बन्नोको योजना कार्यान्वयनको स्पष्टता देखेर प्रत्येक सदस्य छक्क परे । सदस्यहरूको मनमा बन्नोको बारेमा मिश्रित तर सकारात्मक भावना थियो। "उनी भारत र विदेश दुवैको बजारको बारेमा कसरी यति गहन छ? तिनीहरूमध्ये केही सोचें। " अरूहरू उनको विश्वास र दृढताको स्तर देखेर खुसी भए। सदस्यहरुले धेरै जिज्ञासा राखेका थिए । बनोले प्राविधिक

जवाफबाट सबै सन्तुष्ट भए। प्रस्तुति पछि, उनलाई छेउको कोठामा पर्खन भनियो जब उनीहरूले आफ्नो निर्णय दिनु अघि उनीहरूबीच छलफल गर्नेछन्। यदि यो बिल्कुल आवश्यक छ भने, तिनीहरूले मतदान संग निर्णय गर्नेछन्। बन्नोले हस्तक्षेप गर्दै भने, "मेरो सबैलाई अनुरोध छ। मेरो प्रस्तुतिमा तपाईहरु मध्ये कोही आश्वस्त नहुनु भए पनि म मा कम्तिमा केहि कमजोरीहरु रहेको कुरा स्वीकार गर्छु। म तत्कालका लागि फिर्ता लिन्छु। म अर्को पटक थप औचित्यहरू लिएर आउनेछु। तर म आंशिक निर्णयमा विश्वास गर्दिन।" उनीहरुबाट बिदा लिइन्।

सञ्चालक समितिको बैठकको इतिहासमा पहिलो पटक बन्नोको प्रस्ताव सर्वसम्मतिले स्वीकृत भएको हो। निस्सन्देह, उनीहरूले यो निष्कर्षमा पुग्नु अघि लगभग दुई घण्टाको गहन छलफल गरे कि 'यदि श्रीमती बन्नोले नयाँ प्रस्तावका सबै विभागको नेतृत्व र नेतृत्व गरे भने उनी आफ्नो योजना अगाडि बढाउन सक्छिन् र सुरुमा आधा मिलियन डलर थियो। सुरु गर्न स्वीकृत गरेको छ। कोष प्रत्येक लाख डलरको पाँच किस्तामा निकासा गरिनेछ। जब बन्नोलाई भित्र बोलाइयो, उनले सबै खुसी थिए। सायद सबैलाई मनाउन सफल भइन्। उनले आफ्नो औंलाहरू पार गरे र फैसलाको लागि पर्खिन्। यो एक वाक्य निर्णय थियो।

महाप्रबन्धक बन्नोले पेश गरेको प्रस्ताव र योजनालाई सर्वसम्मतिले स्वीकृत गरियो।

आखामा आँसु लिएर बन्नोले श्री बलदेवलाई हेरी, जसको हातमा उनी सिद्ध हुन तालिम पाएकी थिइन्। उसको इशारामा उनले उनलाई धन्यवाद दिए। उनले सबैलाई धन्यवाद दिए, प्रत्येक सदस्यसँग हात मिलाए र ठाउँ छोडिन्। परमेश्वरले उनको बारेमा पहिले नै निर्णय गरिसक्नुभएका धेरै कुराहरू उनलाई थाहा थिएन।

महाप्रबन्धक बन्नो

बन्नोको कार्यक्षेत्र धेरै गुणा बढ्यो। एउटा कुरा पक्का थियो। उनले निर्णय गरे, साँझ सात पछि, कुनै पनि कार्यालय वा कामको दबाब र आधिकारिक उद्देश्यका लागि कुनै टेलिफोन कल यो बिल्कुल आवश्यक नभएसम्म। त्यसैले परिवार र बच्चाहरूसँग उनको संलग्नता कम भएन। बरु शान्तिलालको बाह्रौंको बोर्ड परीक्षाका लागि उनले बढी समय दिएकी थिइन् । जतिबेला पनि परीक्षाको लागि तयार हुनुहुन्थ्यो, तर उनकी आमा टास्क मास्टर हुनुहुन्थ्यो। उनले वैज्ञानिक गणितीय समस्याहरू समाधान गर्नका लागि उत्पन्न गर्थिन्। अन्य विषयहरू जस्तै अंग्रेजी र भाषाहरू धेरै पटक परिमार्जन गरियो। छुट्की कक्षा आठमा गएकी छिन् । उनी क्लास टपर पनि थिइन् । यो वर्ष उनी दाजुजस्तै प्रदेशको प्रतिभा खोज परीक्षामा सहभागी भइन् । शान्तिलालले दसौं कक्षामा पढ्दा दुई वर्षअघि राष्ट्रिय प्रतिभा खोज परीक्षा पास गरेका थिए । आठौं कक्षादेखि उनले भारत सरकारको छात्रवृत्ति पाइरहेका थिए । छुट्की आफ्नो भाइको सच्चा अनुयायी थिइन्, बन्नो आफ्ना दुबै बच्चाहरूको नतिजामा विश्वस्त थिइन्।

बन्नोले अफिस र घर दुबै सुचारु ढंगले व्यवस्थापन गर्यो । कामको दबाबले उनको दैनिक पारिवारिक जीवनलाई असर गरेन। समय तालिकामा परिवर्तन आएको छ ।

बनोले आवश्यकता अनुसार आफ्नो समय निर्धारण गर्न सक्थे। प्रायः एक महिनामा उनले धेरै एसियाली देशहरूमा यात्रा गर्नुपर्थ्यो। उनले ती देशका अन्य विभागहरूसँग समन्वय गरिन्। उनको योजना अनुसार पहिलो चरणमा उनले फिलिपिन्स र भियतनाम गरी दुई देशमा मात्रै ध्यान केन्द्रित गर्नेछिन् । प्रशासनको लागत अन्य एसियाली देशहरूको तुलनामा धेरै कम थियो। उनी आफैंले दुई पटक भ्रमण गरी दुवै देशलाई फाइदा हुने आफ्नो योजनाबारे स्थानीय सरकारसँग छलफल गरिन् । उनले आफ्नो कार्य योजना कार्यान्वयन गर्न प्राविधिक र प्रबन्धक दुबै जनशक्ति प्राप्त गरे। पाँच दिन उनी यात्रा र अफिस दुवैमा व्यस्त भइन्, दुई दिन परिवारका लागि राखिन् । उनी आफ्ना छोराछोरीको आमा, कान्तिलालकी श्रीमती र बिमलादादीकी बुहारी थिइनन् र अन्त्यमा आमाबुवाको पनि जिम्मेवारी थियो भन्ने कुरा उनले बिर्सिनन् । उनी बहुकार्यको प्रतीक थिइन्। उनी राम्रो, सहानुभूतिशील थिइन् र उनको टोलीका सदस्यहरूलाई राम्ररी चिन्थे। उनले आफ्नो एचआर प्रबन्धकलाई उपहारको साथ जन्मदिनको कार्ड पठाउन निर्देशन दिन बिर्सिनन् जुन उनले आफ्नो कम्पनीको लोगोमा इम्बोस्ड गरेर गरे। यो इशाराले व्यवस्थापन र कार्यकर्ता बीच घनिष्ठ बन्धन सिर्जना गरेको थियो। यसबाहेक बन्नोले उनीहरुको कुनै समस्या भए त्यसको ख्याल राख्थे । धेरै पटक, उनले कसैलाई नभनी आफ्नो टोली सदस्यलाई मद्दत गर्न आफ्नै खल्तीबाट खर्च गरिन्। भगवानले उनलाई धेरै दिनुभएको

थियो। तिर्ने पालो उनको थियो। कम्तीमा दुई प्रतिशत आम्दानी कर्मचारीको हितमा खर्च गर्ने निर्णय गरेकी थिइन्। एकै समयमा उनलाई समयमै कामहरू गर्न गाह्रो थियो। उनले ढिलासुस्ती कहिल्यै सहनुभएन। उनको टोलीका नेताहरूलाई समान रूपमा कडा परिश्रम गर्ने र चुनौतीहरू स्वीकार गर्न सधैं तयार हुन प्रशिक्षण दिइएको थियो।

शान्तिलाल आईआईटी गए

शान्तिलालले फ्लाइङ कलरका साथ १२ औं र आईआईटी प्रवेश पास गरे। उनले आफ्नो परिवारको नजिक हुन मुम्बई आईआईटी रोजे। उनले कम्प्युटर इन्जिनियरिङलाई आफ्नो करियरको रुपमा रोजे । दोस्रो वर्षमै उनले बैंकिङ ठगीको स्रोत पत्ता लगाउन सक्ने सफ्टवेयर विकास गरे। यो राष्ट्रिय समाचार थियो। भारत सरकारले यसको ध्यानाकर्षण गरायो । सूचना र प्रविधि मन्त्रालयले शान्तिलाल र सरकारी प्रतिनिधिहरूसँग बैठकको व्यवस्था गर्न आईआईटी मुम्बईलाई सम्पर्क गऱ्यो। सोही अनुसार बैंक, कानून प्रवर्तन विभाग, सरकारी अधिकारी र सूचना प्रविधि विज्ञलगायत सबै सरोकारवालाहरूबीच सफ्टवेयरको खुला प्रदर्शन भएको थियो । शान्तिलालले भारतीय बैंकका धेरै ठाउँमा ठगीको नक्कली कारबाहीको व्यवस्था गरे। शान्तिलालले ती ठगी गतिविधिका प्रत्येक स्रोतलाई समात्यो। तर एनालगहरू गोप्य राख्न उनी धेरै चलाख थिए। उनले आफ्नो योगदानको लागि पहिलो पेटेन्ट प्राप्त गरे। उनले आफ्नो कार्यक्रमको लागि राष्ट्रिय मान्यता प्राप्त गरे। उसले आफ्नो IIT अध्ययन पूरा गर्ने बित्तिकै आफ्नो अनुसन्धानको मुख्य क्षेत्रमा आफ्नो उच्च अध्ययनलाई मनाउनको लागि आफ्नो मनपर्ने देशमा जानको लागि पूर्ण उज्ज्वल छात्रवृत्ति दिइएको थियो।

छुट्की उर्फ चिन्मयी, एक राष्ट्रिय प्रतिभा खोज विद्वान र आफ्नो भाइ जस्तै एक प्रतिभाशाली विद्यार्थी थिइन्। उनले आफ्नो दाजु जस्तै आफ्नो १२ औं र आईआईटी प्रवेश परीक्षा पास गरे, र आफ्नो क्यारियरको रूपमा एयरोनटिकल इन्जिनियरिङ्मा आईआईटी मुम्बईमा सामेल भइन्। उनको यो पाठ्यक्रममा सामेल हुनुको पृष्ठभूमि थियो। पाँच वर्षको उमेरमा, एक दिन, छुट्कीले पहिलो पटक आफ्नो गाउँ माथिबाट उडेको विमान देखे। त्यो कुनै पनि उड्ने वस्तुसँग उनको पहिलो परिचय थियो। उनले आफ्नो बुबा कान्तिलाललाई आफ्नो लागि एउटा विमान किन्न आग्रह गरेकी थिइन्। बुबा मुस्कुराउनुभयो तर निरुत्साहित गर्नुभएन। बरु उसले यसो भन्दै हौसला दियो, "ठीक छ, म तिम्रो लागि यो घरमा चल्न सक्ने एउटा सानो विमान ल्याइदिन्छु र तिमी ठुलो भएपछि उड्न सक्ने एउटा जहाज ल्याउने प्रयास गर्नेछु।" भोलिपल्ट कान्तिलालले चिल्लो भुइँमा गुड्न सक्ने खेलौनाको विमान ल्याए। आफ्नै विमान पाएपछि उनी निकै खुसी भइन् । विद्यालयमा उनले कक्षा १ का आफ्ना साथीहरूलाई देखाउन आफ्नो स्कुलको झोलाबाट विमान निकालिन् । सबैले त्यो छुन चाहन्थे तर छुट्कीले कसैलाई पनि छुन दिन दिइनन् । शिक्षकले खेलौना प्लेन हेर्न सम्पूर्ण कक्षा जम्मा भएको थाहा पाए। शिक्षकले तिनीहरूलाई नयाँ कुरा सिकाउने निर्णय गरे। उनले उड्ने विमानको आविष्कार गर्ने राइट ब्रदर्सको कथाबाट सुरु गरेकी थिइन्। त्यसपछि शिक्षकले कक्षा कोठामा उड्ने कागजको विमान बनाएर कसरी

काम गर्छ भनेर वर्णन गर्नुभयो। उडिरहेको विमान देखेर सबै ताली बजाइरहेका थिए । त्यसपछि शिक्षकले प्रत्येकलाई आफ्नै विमान बनाउन कागजको टुक्रा दिए। चरणबद्ध रूपमा उनले कागजका विभिन्न तहहरू वर्णन गरिन् र अन्ततः लगभग सबै साना केटाकेटीहरूले आफ्नै कागजको विमानहरू बनाए। यो सानी छोरी चुट्की आफ्नो कागजको विमानमा यति तल्लीन थिइन् कि उनले उड्ने समयलाई अधिकतम उचाइमा आकाशमा फ्याँक्ने प्रविधिबारे शिक्षकले दिएको निर्देशन सुन्न बिर्सिन्। जब उनको शिक्षिकाले यो केटी आफ्नो सिर्जनामा पूर्णतया मग्न भएको थाहा पाए, उनी उनीकहाँ आए र उनलाई विमान उडानमा हावाको भूमिका बुझ्न मद्दत गरे। बच्चा केही बुझ्न नसक्ने सानो भए पनि आकाशमा विमानमा बस्ने सोचले मोहित भइन् । झोलामा दुईवटा विमान लिएर घर फर्किइन् । ती मध्ये एक उनले आफैलाई सिर्जना गरे। आमाबाबु, भाइ शान्तिलाल, हजुरआमा बिमलादादी र आमा बन्नोलाई देखाउन उनी बेचैन भइन्। छुट्कीले घर पुग्ने बित्तिकै सबैलाई बैठक कोठामा बोलाएर उड्न सक्ने आफ्नो पहिलो सृष्टि गर्वका साथ देखाइन् । उसले कागजको विमान कोठाको छततर्फ फ्याँक्यो। भुइँमा नाक डुब्नु अघि यो एकदमै अलि उड्यो। उनका बुवाले उनलाई काखमा लिएर भने, "एक दिन तिमीले पाइलट भएर विमान उडाउनेछौ, जसमा हामी सबै तिमीसँगै यात्रु भएर उड्नेछौं।" उनका जेठा भाइ शान्तिलाल आफैं पनि मेधावी विद्यार्थी थिए । उनी कक्षा ६ मा पढ्थे । उनी कक्षामा सधैं

प्रथम हुन्थे। दुबै छोराछोरीले आमाबाट पाठ सिकिरहेका थिए। शान्तिलालले बहिनीलाई असाध्यै माया गर्नुहुन्थ्यो । बहिनीलाई पनि घरको काम पूरा गर्न सघाउँथे । दुवै दाजुभाइ थप कागजको विमान बनाउन व्यस्त भए। तिनीहरूले विभिन्न तहहरूमा पनि प्रयोग गरे जसले तिनीहरूलाई तिनीहरूको विमानहरूको विभिन्न आकारहरू दियो। कतिपय विमानले सोचे अनुसार उडेका छन् भने केही उडेका छैनन् । निश्चित तहले अपेक्षित नतिजा दिन नसकेको कारण दुवैले बुझ्ने प्रयास गरे । एक सातामै छुट्की लामो समयसम्म उड्न सक्ने कागजको विमान बनाउन माहिर बने ।

छुट्कीको प्रतिभा खुल्यो

बर्षहरु आफ्नै गतिमा बिते । शान्तिलाल कम्प्युटर इन्जिनियरिङ पढ्न आईआईटी गए र उनकी बहिनी छुट्की आठ कक्षामा पढ्दै थिइन् । उनी पनि आफ्नो भाइ जस्तै कक्षामा सधैं टप हुन्थिन् । उनको मनपर्ने विषयहरू गणित र भौतिकशास्त्र थिए। छुट्की सधैं कठिन समस्याहरू समाधान गर्न रमाईलो गर्थे जसमा वायुगतिकी समावेश थियो। उनी आफ्ना साथीहरू भन्दा वैज्ञानिक सोचमा धेरै अगाडि थिइन्। छुट्की नौ कक्षामा पुग्दासम्म दश वा एघार कक्षाको समस्या समाधान गर्दै थिइन् । उनले वैज्ञानिक मोडल बनाउने विभिन्न प्रतियोगितामा भाग लिएर विद्यालयको नाम कमाएकी थिइन् । अन्ततः एक दिन उनले रिमोट कन्ट्रोल हेलिकप्टरको आफ्नै मोडेल बनाइन्। यो एक सफल परियोजना थियो। भाइले उनलाई धेरै इनपुट दिए पनि उनको आफ्नै योगदान धेरै महत्त्वपूर्ण थियो। एक दिन आईआईटी पुस्तकालयमा शान्तिलालले एउटा विज्ञापन देखे । उनले ड्रोन मोडल बनाउने अन्तर्राष्ट्रिय प्रतियोगिताको बारेमा थाहा पाए। पहिलो तीन मोडेल सिर्जनाकर्ताहरूले थप अध्ययनको लागि NASA, USA जानको लागि पूर्ण उज्ज्वल छात्रवृत्ति प्राप्त गर्नेछन्। ती तीन जना सहभागीहरूलाई पीएचडी तहसम्मको अध्ययन गर्न सबै सुविधा दिइनेछ। छुट्कीका भाइ

शान्तिलालले त्यो विज्ञापन देख्नेबित्तिकै समय खेर नफाल्दै छुट्कीलाई फोन गरेर सबै विवरण दिए । उनले त्यो विज्ञापनको फोटो छुट्कीलाई पठाएर सोच्न भने । उसलाई जे पनि इनपुट चाहिन्छ, उसले ती प्राप्त गर्ने प्रयास गर्नेछ। यो एक चुनौतीपूर्ण प्रयास थियो। तर एकै समयमा यसले पर्याप्त आर्थिक बोझ र असफलताको जोखिम निम्त्याउँछ। परियोजना सफल हुन सक्छ वा नहुन सक्छ। यदि यो एक सफलता थियो भने पनि यो छात्रवृत्ति प्राप्त गर्न को लागी पहिलो तीन स्थानहरु मध्ये एक कमाउन सक्छ। तर छुट्की भाग्यमानी थिइन् कि उदार र प्रोत्साहनदायी आमाबाबु मात्र होइन तर एक भाइ जो सधैं आफ्नो बहिनीसँग उनको प्रयोगात्मक परियोजनाहरूमा उभिन्थ्यो। उनीहरूसँग विश्वभरका अन्य ड्रोनभन्दा उत्कृष्ट हुने ड्रोन निर्माणको परियोजना पूरा गर्न मात्र ३५ दिनको समय थियो। यो गर्न साँच्चै गाह्रो काम थियो। छुट्कीले भाइलाई हप्ताको अन्त्यमा एक दिन घर आउन भनिन् । त्यसैअनुसार आइतवार चुट्की, उनका बाबुआमा, दडी र भाइ सँगै बसेर परियोजनाको गम्भिरता बुझेका थिए । तिनीहरूले उडान गर्न सक्ने आधारभूत ड्रोन मोडेल तयार गर्न आवश्यक स्पेयर पार्ट्सको सूची तयार गरे। यो स्पष्ट थियो कि सबै सहभागीहरूले ड्रोन तयार गर्नेछन्। कतिपयले व्यावसायिक सहयोग लिन सक्छन् जुन सहभागी उम्मेद्वारहरूबाट अपेक्षित हुँदैन। विद्यालयहरूले आफ्ना वार्डहरूलाई मार्गदर्शन गर्न विज्ञान शिक्षकहरू खटाउन सक्छन्। प्रतियोगिताको उच्चतम स्तरमा

प्रतिस्पर्धा गर्न, सबैभन्दा ठूलो चुनौती वैज्ञानिक कार्यहरूको अधिकतम संख्या समावेश गर्न ड्रोनको क्षमता बढाउनु हुनेछ। छुट्की भर्खरै भाइले उपहार दिएको भूभौतिकशास्त्रको किताब पढ्दै थिइन्। उनको मनमा एउटा विचार आयो ।

"सबै सुन्नुहोस्", छुट्कीले भनिन्, "मसँग साझा गर्ने विचार छ। हाम्रो ड्रोनमा एउटा विशेष भाग स्थापना गर्ने बारे कसरी हुन्छ जसले आकाशबाट जमिनमा सिग्नलहरू पठाउनेछ जुन पृथ्वीको सतह मुनिको विभिन्न तहहरूमा गहिरो रूपमा प्रवेश गर्दछ र विभिन्न क्रस्टका घटकहरू जाँच गर्न विश्लेषण गर्न सकिने संकेतहरू फिर्ता पठाउँदछ? यसले पृथ्वीको सतहबाट गहिराई सहित विभिन्न खनिजहरूको प्रतिशत र शुद्ध पानीको मात्रा पनि पत्ता लगाउन सक्छ? यसले त्यहाँको भूकंपीय भिन्नताका आधारमा निकट भविष्यमा सम्भावित भूकम्पको सम्भावना छ कि छैन भनेर अनुमान गर्न पनि मद्दत गर्न सक्छ।

त्यो कोठामा बसेका सबैजना, विशेष गरी शान्तिलाल र उनकी आमा बन्नो यो सानी केटीले यति सानो उमेरमा भएको वैज्ञानिक ज्ञानको गहिराइ देखेर छक्क परे! शान्तिलाललाई बहिनीप्रति धेरै गर्व थियो । उनले उनलाई आफ्नै ट्रेडमार्क ड्रोन बनाउन मद्दत गर्ने निर्णय गरे। कुल अनुमानित लागत करिब साढे दुई लाख रुपैयाँ हुन सक्छ। यो ठूलो रकम थियो, तर तिनीहरूले अगाडि जाने निर्णय गरे। अन्तर्राष्ट्रिय प्रतियोगितामा भाग लिन ड्रोन बनाउने

विद्यार्थी चिन्मयीको उत्कृष्ट विचार विद्यालयले थाहा पाएपछि विद्यालयले तत्काल बोलाएको सञ्चालक समितिको बैठकले उनको परियोजनामा योगदान गर्न रु पचास हजार स्वीकृत गरेको थियो । विद्यालयले राख्यो दुई शर्त; पहिलो, व्यक्तिगत विद्यार्थीको सहभागिताको सट्टा, उनको विद्यालयले राष्ट्रिय स्तरमा भाग लिनेछ जसले विद्यालयको छवि बढाउनेछ; र दोस्रो, सिर्जना गरिएको ड्रोन विद्यालयको सम्पत्ति हुनेछ। छुट्कीको परिवार दुवै सर्तमा सहमत भयो । विद्यालयले औपचारिक रूपमा सहभागी हुने सबै औपचारिकताहरू पूरा गर्यो। उनीहरूले सहभागी विद्यार्थीको नाम र विज्ञान शिक्षकको नाम दुवैलाई उनको गाइडको रूपमा राख्नुपर्ने थियो। तर उनीहरूले विद्यार्थीलाई परियोजना कार्यान्वियन गर्न मार्गदर्शन गर्ने र सहयोग गर्ने दुईवटा गाइडको नाम पेस गर्नुपर्ने थियो। उक्त विद्यालयमा विद्यार्थीलाई पनि मार्गदर्शन गर्न सक्ने दोस्रो योग्य शिक्षक नभएकाले विशेष अनुमति लिएर भाइ शान्तिलालको नाम समावेश गर्ने निर्णय भयो । फाइनल च्यालेन्ज राउण्डमा परियोजना समावेश गर्ने निर्णय गर्नुअघि विद्यार्थी र गाइड दुवैको अन्तर्वार्ता लिनुपर्ने प्रावधान थियो । आयोजना राष्ट्रिय स्तरमा पहिलो स्थानमा परेको हो भने मात्र अन्तर्राष्ट्रिय स्तरमा देशको प्रतिनिधित्व हुने थियो । तदनुसार कागजातहरू थप प्रक्रियाको लागि वैज्ञानिक मामिला मन्त्रालय, नयाँ दिल्लीमा पठाइएको थियो। एक सातामै छुट्कीको विद्यालय प्रतियोगितामा सहभागी हुन योग्य भएको स्वीकृति आयो । केही वैज्ञानिक

समुदाय र वायु रक्षा विभाग, भारत सरकारको वैज्ञानिक अनुसन्धान र विकास शाखाले चिन्मयीको परियोजनालाई पर्याप्त आर्थिक सहयोग गर्न अगाडि आए। रक्षा विभागले यसको लागि विभिन्न स्पेयर पार्ट्स खरिद गर्न पनि मद्दत गर्यो। चिन्मयी, शान्तिलाल र रक्षा विभागका अधिकारीहरूबीच केही गोप्य भेटघाट भएको थियो। उनीहरूले दुर्गम दुर्गम भूभाग र पहाडी क्षेत्रमा आतंकवादी गतिविधि नियन्त्रण गर्न सहयोगी हुने केही उन्नत निगरानी उपकरणहरू समावेश गर्न खोजे। यी प्रयोगहरूले प्रोटोटाइपलाई सम्बन्धित मन्त्रालयले स्वीकार गरेपछि भविष्यमा भारतीय ड्रोनको उत्पादनमा मद्दत गर्न सक्छ। विद्यालयलाई यी बैठकहरूको बारेमा थाहा थिएन। विद्यालयका लागि ड्रोनको साधारण उडान मोडेल बनाउने र भविष्यमा रक्षा विभागका लागि उपयोगी हुन सक्ने विभिन्न उपकरणसहितको उन्नत संस्करण बनाउने निर्णय भएको थियो । अब वित्तको कुनै समस्या थिएन। शान्तिलालले आफ्नो IIT बाट यस परियोजनामा पूर्ण समय सहभागी हुन आधिकारिक बिदा पाए। अधिकांश समय, तिनीहरूले भारत सरकारको भूभौतिकी प्रयोगशालामा सबै अनुसन्धान गरे। एक महिनाको अवधिमा दुई ड्रोन तयार भए, पहिले योजना अनुसार। राष्ट्रिय स्तरमा झण्डै तीन सय विद्यालयको सहभागिता थियो । प्रस्तुतिको दिनमा, विद्यार्थी र गाइडहरूले आ-आफ्ना ड्रोनहरूको विशिष्टता र विभिन्न विशेषताहरू वर्णन गर्नको लागि अन्तर्वार्ता लिइयो। सहभागी स्वयंले ड्रोन बनाएको

प्रमाणिकता जाँच्न आवश्यक थियो। त्यसपछि सहभागीहरूले वास्तविक उडान प्रदर्शन गरेका थिए। चिन्मयी सबै विधामा प्रथम भए । विद्यालयले खुसीसाथ छुट्की र उनका शिक्षक मार्गदर्शकलाई सम्मान गर्न अभिनन्दन कार्यक्रम आयोजना गरेको थियो । उनको शिक्षकलाई दुई वृद्धि र विद्यालयको उप प्रधानाध्यापकको पदोन्नतिको साथ पुरस्कृत गरिएको थियो। उनीहरुले विद्यार्थीहरुलाई गर्वका साथ उडिरहेको ड्रोन पनि देखाए । प्रदेशका गभर्नरले चिन्मयीलाई पच्चीस हजार रुपैयाँ नगद पुरस्कार प्रदान गरेका थिए ।

दोस्रो ड्रोन धेरै उन्नत प्रविधिले सुसज्जित थियो जुन भारत सरकार मार्फत अन्तर्राष्ट्रिय चुनौतीका लागि पठाइएको थियो। सहभागीहरूलाई स्क्रिनिङ राउन्डको साक्षी दिन अनुमति दिइएको थिएन। जसमा एक सय २६ देश सहभागी थिए । उडान चाल र सुरक्षाका आधारमा चिन्मयीले बनाएको ड्रोनसहित २६ ड्रोन मात्र छनोट भयो । यस राउन्डमा, ड्रोनहरू विभिन्न ड्रोन विशेषज्ञहरूले उडाए।

अहिलेसम्म छुट्की छनोट प्रक्रियामा संलग्न थिएनन् । उनले अर्को राउन्डमा व्यक्तिगत रूपमा उपस्थित रहनको लागि सूचना सह निमन्त्रणा प्राप्त गरे। उनले आफ्ना गाइडहरू मध्ये एकलाई साथमा ल्याउन सक्छिन्। उनीहरूले नासामा संयुक्त राज्य अमेरिकामा उपस्थित हुन दुईवटा खुला टिकटहरू पठाए। दाजुभाइ र बहिनी दुवै

सँगै विमानमा चढे । उनीहरुलाई एयरपोर्टबाट ल्याउन र गेस्ट हाउसमा राख्न नासाले कार पठाएको थियो ।

अर्को राउन्ड मानवजातिको लागि ड्रोनको उपयोगिताको आधारमा न्याय गरिनेछ। छुट्की र शान्तिलालले आफ्नो ड्रोनले गर्न सक्ने धेरै कार्यहरू प्रदर्शन गर्नुपरेको थियो। अन्तमा उत्कृष्ट तीन पत्ता लगाउन सात ड्रोन चयन गरियो। अर्को तीन दिनसम्म, सबै सहभागीहरूले आफ्नो प्रतिभा र आफ्नो ड्रोन सिर्जना गर्ने उद्देश्य देखाउँदै थिए।

छुट्की र उनका भाइलाई एक एक गरेर एक विशेष उचाइबाट देखाउन भनियो, तिनीहरूले एक विशेष ठाउँमा सिग्नल पठाउन र डाटा सङ्कलन गर्न सक्थे; अमेरिकी भूगर्भ सर्वेक्षण विभागले फरक प्रकृतिको तथ्याङ्क सङ्कलन गरेको थियो भन्ने कुरा उनीहरूलाई थाहा थिएन। उनीहरुले संकलन गरेको तथ्यांक र छुट्कीले बनाएको ड्रोनबाट संकलन गरिएको तथ्याङ्क असाध्यै मिलेको छ । त्यसपछि जासूस क्यामेराले केही लुकेका वस्तुहरू भेट्टाउन सक्छ, ड्रोनको निगरानी प्रणालीले सुरक्षित रूपमा राखिएका धातु वस्तुहरू सफलतापूर्वक ट्रेस गर्न सक्छ। एक समयमा अमेरिकी एजेन्सीले छुटकीको ड्रोनको जासुसी गर्न ड्रोन पठायो। अचम्मको कुरा, छुट्कीको ड्रोनले तुरुन्तै डिजिटल भ्वाइस सिग्नल पठाएर अर्को ड्रोनलाई चेतावनी दियो। दुई ड्रोन बीचको दूरी धेरै टाढा भए पनि यसले आवश्यक कार्य सफलतापूर्वक गर्न सक्छ। प्वाइन्ट टेबलमा अन्य सहभागीभन्दा छुट्की धेरै अगाडि भए पनि

निर्णायकहरूले यो साँच्चै चिन्मयीको काम हो भनेर विश्वास गरेनन्। त्यसैले उनीहरूले अर्को प्रस्तुतीकरण गर्ने निर्णय गरे जहाँ उनले आफ्नो ड्रोनको डिजाइन र कार्यका बारेमा थप विवरण दिन आवश्यक हुनेछ, यस प्रस्तुतिको क्रममा शान्तिलाललाई अनुमति नदिएपछि, चिन्मयी एक्लैले न्यायाधीशहरूका अगाडि एउटा उदाहरणात्मक र वर्णनात्मक कथा प्रस्तुत गरे। जसमध्ये केही अमेरिकी रक्षा र गुप्तचर विभागका थिए। उनले न्यायाधीशहरूले सोधेका सबै प्रश्नहरूको सन्तोषजनक जवाफ दिए। भारतबाट आएका वैज्ञानिक विज्ञ प्रतिनिधिसहित उपस्थित सबै भारतका युवा प्रतिभा देखेर छक्क परे ।

चिन्मयीको ड्रोनमा धेरै अद्वितीय उपयोगिताहरू भएकाले र सबै उपयोगिताहरू मानवजातिको सेवाका लागि भएकाले उनको ड्रोनले सबै न्यायाधीशहरूबाट अधिकतम अंक प्राप्त गऱ्यो। भारतबाट चिन्मयीले बनाएको ड्रोन सबै अन्तर्राष्ट्रिय सहभागीहरूमध्ये उत्कृष्ट भयो। उनलाई अन्य दुई शीर्ष सहभागीहरूका साथ ह्वाइट हाउसमा संयुक्त राज्य अमेरिकाका राष्ट्रपतिको हातमा पदक लिन निमन्त्रणा गरिएको थियो। शान्तिलाललाई पनि बोलाइयो । भारतका सबै पत्रपत्रिकाले समाचार छापेका छन् । कान्तिलाल परिवारका सबै सदस्यहरू आफ्ना दुवै छोराछोरीप्रति गर्व गर्थे। छुट्की उर्फ चिन्मयीले अमेरिकामा पढ्नका लागि पूर्ण उज्ज्वल छात्रवृत्ति पाएकी थिइन् । उनीहरु दुवैजना उनीहरुका लागि तय भएका धेरै अभिनन्दन कार्यक्रमहरु हेर्न भारत फर्किएका थिए ।

चिन्मयी र शान्तिलाल दुवैलाई भारतका राष्ट्रपतिको हातबाट अभिनन्दन गर्न भारत सरकारले राष्ट्रपति भवनमा विशेष कार्यक्रमको आयोजना गरेको थियो । कार्यक्रममा कान्तिलाल, बन्नो, बिमलादादीलगायत परिवारका सदस्यहरुको उपस्थिति रहेको थियो । बालिका चिन्मयीलाई पाँच लाख नगद पुरस्कार प्रदान गरिएको छ । चिन्मयी मुम्बई आईआईटीमा चर्चित व्यक्तित्व बने। उनी पहिले नै उनको आविष्कारको लागि महाराष्ट्रका गभर्नर, भारत सरकार र संयुक्त राज्य अमेरिकाका राष्ट्रपतिद्वारा सम्मानित भइसकेका छन्। उनले यसअघि नै अमेरिकाको नासासँग सम्बन्धित संस्थामा पढ्नको लागि पूर्ण उज्ज्वल छात्रवृत्ति पाएकी थिइन् । उनको भविष्य पहिले नै सुरक्षित थियो। कान्तिलाल र बन्नो दुवैले छुट्कीले मुम्बईको आईआईटीमा एरोनटिकल इन्जिनियरिङ्मा बीटेक पूरा गरेर अमेरिका जाने निर्णय गरे।

शान्तिलालको करियरको सुरुवात

शान्तिलालले आईआईटीको अन्तिम परीक्षा रेकर्ड ग्रेडका साथ पास गरे। एमआईटी, संयुक्त राज्य अमेरिकाले उनलाई ठूलो आर्थिक लाभको साथ एक रिसर्च फेलोको रूपमा आमन्त्रित गर्यो। अन्ततः, शान्तिलाल आफ्नो बौद्धिक उपलब्धिहरूको लागि संयुक्त राज्य अमेरिका गए। 'प्रिभेन्सन अफ फ्रड्युलन्ट डिजिटल ह्याकिङ' मा पीएचडी पूरा गरेपछि शान्तिलाल नासामा सुपरसोनिक सिग्नलिङ विभागमा वरिष्ठ सल्लाहकारको रूपमा सामेल भए। यो विभाग सबैभन्दा गोप्य र सबैभन्दा उन्नत विभागहरू मध्ये एक थियो जहाँसम्म संकेत अनुसन्धान चिन्तित छ। NASA कम्प्युटर प्रोग्रामिङ अनुसन्धान प्रयोगशालामा प्रवेश गर्ने मौका धेरै कम व्यक्तिले पाउँछन्। शान्तिलालका विचारहरूलाई वास्तविकतामा रूपान्तरण गर्न बीस प्रतिभाशाली र समर्पित कम्प्यूटर प्रोग्रामिङ विशेषज्ञहरूको टोली भएका ती भाग्यशालीहरूमध्ये शान्तिलाल एक थिए। उनको विभागमा कसैले पनि उनीहरूले गरेको अनुसन्धानको प्रकृतिको बारेमा बोल्दैनन्। वास्तवमा, उनीहरूले आफैलाई थाहा थिएन कि उनीहरूले बनाएका मोड्युलहरू अन्य कुनै कार्यक्रममा

कतै कसरी एकीकृत गरियो। विभागीय र अन्तरविभागीय सरुवा बारम्बार हुन्थ्यो । स्पष्ट कारणहरूका लागि लामो समयसम्म कसैलाई विशेष विभागमा बस्न अनुमति दिइएन। लामो समय नासासँग काम गरेपछि शान्तिलालले सिलिकन भ्यालीमा माइक्रोसफ्टमा धेरै उच्च वार्षिक प्याकेजको साथमा लाभान्वित भए।

शान्तिलालले अञ्जनालाई भेटे

एक राम्रो साँझ, शान्तिलालले अञ्जनालाई पारिवारिक जमघटमा भेटे जहाँ उनका केही साथीहरू आफ्ना परिवारका सदस्यहरूसँग उनको जन्मदिन मनाउन आएका थिए। उनी उनका सहकर्मी वेणुगोपाल कट्टमपल्लीकी कान्छी बहिनी थिइन्। कट्टमपल्ली परिवार तीन दशकअघि अमेरिका आएका थिए । अञ्जना अमेरिकाको क्यालिफोर्नियामा जन्मिएकी थिइन् । उनी जन्मजात अमेरिकी नागरिक थिइन् । हाल उनी आफ्नो मास्टर डिग्रीको लागि जातीय अमेरिकीहरूको समकालीन संगीतमा थीसिस लेख्न व्यस्त थिइन्। उनी आफैंमा निकै राम्रो गायिका थिइन् । उनलाई कर्नाटक संगीत र बलिउड हिन्दी गीतहरूमा रुचि थियो। केक काट्ने र जन्म शुभेच्छुक अनुष्ठानपछि अञ्जनालाई गीत गाउन श्रोताबाट अनुरोध गरिएको थियो । शान्तिलालले एउटा कुरा चिन्ह लगाए । उनको भाइ वेणुगोपालले उहाँसँग परिचय गराएको क्षणदेखि नै र दुवैले हात मिलाए; बीच-बीचमा उसलाई नियालिरहेको थियो। शान्तिलाललाई असहज भयो । जीवनमा पहिलो पटक उनले यस्तो अवस्थाको सामना गरे । उनको पढाइ र कार्यस्थलमा धेरै महिला सहपाठी र सहकर्मीहरू थिए, तर उनले कसैप्रति त्यस्तो आकर्षण कहिल्यै महसुस गरेनन्। उसले अन्यत्र हेर्न

खोज्यो । तर जब र जब उसले उसलाई हेर्‍यो, उसले उसलाई हेरिरहेको भेट्टायो। यसले उहाँ भित्र धेरै गर्जनहरू सिर्जना गर्‍यो। उनले गाएको गीतहरू उनले कमै सुनेका थिए र अञ्जनालाई राम्रोसँग थाहा थियो कि उसले सुनिरहेको थिएन। कार्यक्रम सकिएपछि खाजाको व्यवस्था गरिएको थियो । उनी सीधै उहाँकहाँ आइन् र आफ्नो भाइसँग टेबुलमा सामेल हुन अनुरोध गरिन्। उसले ठीक भन्यो र उनको पछिपछि टेबुलमा गयो जहाँ भेणुगोपाल साथीसँग बसिरहेको थियो।

उनले अनुमति मागेर भाइलाई भनिन्, "वेणुदादा, मेरो एउटा अनुरोध छ । श्री शान्तिलाल यहाँ खाजामा सामेल हुनुहुनेछ।

वेणुगोपाल शान्तिलालसँग भेट्दा खुसी भए। त्यो कोठामा रहेका सबैले शान्तिलाललाई सिलिकन भ्यालीका सबैभन्दा बौद्धिक र प्रतिभाशाली प्राविधिक व्यक्तिको रूपमा चिन्थे। वेणुगोपालले पनि आफ्नी बहिनीको बारेमा आफू भित्रबाट संकेत पाएका थिए। उहाँकी बहिनी एकदमै आरक्षित र अन्तर्मुखी हुनुहुन्थ्यो, अञ्जनाले कसैलाई निम्तो दिनुभएको देखेर उहाँलाई अचम्म लाग्यो, जससँग उनको पहिलो पटक परिचय भयो। खाजाको समयमा उनीहरू एकअर्कासँग धेरै सौहार्दपूर्ण थिए। अञ्जनाले शान्तिलाललाई विभिन्न वस्तुहरू परिचय गराइरहेकी थिइन्। तिनले उहाँको सेवा नगर्ने उहाँको बिन्ती सुनिनन्। जब उसले आफूले चाहेको कुरा लिन्छु भन्यो।

उसले आफ्नी आमा र बहिनी दुबैलाई कत्ति माया गर्थे भनेर सम्झे। उसले दुबैलाई धेरै मिस गर्यो । उनी छुट्कीलाई IIT बाट B.Tech पूरा गरेर पूर्ण उज्ज्वल छात्रवृत्ति लिएर USA आउने पर्खाइमा थिए। अर्को वर्ष उनी यहाँ हुनेछिन्। आफ्नी बहिनी छुट्की अमेरिकामा हुँदा सेवा गरिरहेकी छिन् भन्ने कल्पना गर्दै शान्तिलाल मुस्कुराए । अञ्जनाले उसलाई मुस्कुराएको देखे । जिज्ञासु भइन् र कारण सोधिन् । त्यसपछि शान्तिलालले उनलाई र वेणुगोपाललाई आफ्नी बहिनीलाई कत्तिको मिस गरेको बताए। प्रस्थान गर्दा खाजा खाइसकेपछि वेणुगोपालले शान्तिलाललाई अर्को सप्ताहन्तमा आफ्नो घरमा निम्तो दिए। शान्तिलालसँग वेणुगोपालको कार्ड पहिल्यै थियो। उनको सम्पर्क नम्बर थाहा थियो। उसले आफ्ना साथीको निमन्त्रणालाई स्वीकार गर्यो कि परमेश्वरले तिनीहरूका लागि फरक योजनाहरू बनाउनुभएको थियो भनेर थाह थिएन। कट्टमपल्ली परिवारले आफ्नी छोरी र छोरा दुवैलाई क्रमशः दुलहा र दुलही खोजिरहेका थिए।

आइतबार बिहान शान्तिलाललाई अञ्जनाको फोन आयो कि उनी घरमा आउँदैछन् भनी सोधपुछ गर्न। शान्तिलाल अत्यावश्यक कामका लागि अफिसमा थिए । उनले दिउँसो सम्ममा सामेल हुने जवाफ दिए । यो अलि ढिलो हुन सक्छ किनभने उसले काम पूरा नभएसम्म अफिस छोड्न सक्दैन। शान्तिलाल मुक्त भएपछि उसले आफ्नो कार लिए, वेणुगोपालको ठेगाना जीपीएस सिस्टममा राखे, र सोही अनुसार चलाउन थाले।

दिउँसो तीन बजे उनी त्यहाँ पुगे । दाजु र बहिनी दुवै उनको पर्खाइमा थिए । उहाँलाई देखेर तिनीहरू धेरै खुसी भए। शान्तिलालले ढिलाइको लागि माफी माग्नुभयो। सबै बैठक कोठामा बसे । अञ्जनाले उनलाई स्वागत पेय खुवाइन्। यो अनानासको रस थियो। संयोगवश, दुवै परिवारले हार्ड ड्रिंक छोएनन्। भेणुगोपाल र अञ्जनाका अभिभावक बैठक कोठामा आए । अञ्जनाले शान्तिलालसँग परिचय गराएकी थिइन् । शान्तिलाल तुरुन्तै उठे र भारतीय परम्परागत तरिकामा बुढापाकालाई अभिवादन गर्नको लागि उनीहरूको खुट्टा छोए। शान्तिलालको स्वभाव देखेर उनीहरू धेरै खुसी भए र आशीर्वाद दिए । शान्तिलाललाई केही दिनअघि नै पारिवारिक जमघटमा खिचेका शान्तिलालको तस्बिर आमाबुवाले देखिसकेका थिए भन्ने अलिकति पनि थाहा थिएन । अञ्जनाको आमाबुवा र भाइसँग धेरै स्पष्ट सम्बन्ध थियो। उनी अन्तर्मुखी स्वभावकी भए पनि शान्तिलालका लागि किन मिठो शब्द बोलिन् भगवान जान्नुहुन्छ । त्यसैले तिनीहरू सबै त्यो केटालाई हेर्न जिज्ञासु भए। अमेरिकामा जन्मिए पनि उनको कुनै केटासँग मित्रता कायम थिएन । उनी चिन्मयीभन्दा एक–दुई वर्ष जेठी हुन सक्छन् ।

अञ्जनाका बुवाले शान्तिलालसँग कुरा गर्दा एउटा महत्त्वपूर्ण प्रश्न गर्नुभयो। उसले सोध्यो, “आफ्ना आमाबुवाको बारेमा केही भन्नुहोस् ।”

शान्तिलालले जवाफ दिए, "मेरो बुबा थोक किराना व्यापारी हुनुहुन्छ र मेरी आमा एशिया प्रशान्त क्षेत्रको हेरचाह गर्ने टाटा समूहको औद्योगिक रसायन उत्पादन क्षेत्रको महाप्रबन्धक हुनुहुन्छ।"

"तिम्रो कोही दाजुभाइ छ?" अञ्जनाकी आमाले सोधिन् ।

"हो मसँग एक प्यारी सानी बहिनी छ जो धेरै प्रतिभाशाली छिन्। उनको नाम चिन्मयी हो । तर हामी उसलाई छुट्की भनेर बोलाउँछौं। उनले यसअघि नै एउटा ड्रोन विकास गरिसकेकी छिन् जसलाई अन्तर्राष्ट्रिय स्तरमा उत्कृष्ट ड्रोन घोषित गरिएको थियो र उनले भारतका राष्ट्रपति र संयुक्त राज्य अमेरिकाका राष्ट्रपतिबाट मेडल प्राप्त गरेकी थिइन्। उनले यसअघि नै अमेरिकामा पढ्नको लागि पूर्ण उज्ज्वल छात्रवृत्ति प्राप्त गरिसकेकी छिन् । हाल उनी आईआईटी मुम्बईमा एरोनोटिकल इन्जिनियरिङ्मा बीटेकको अन्तिम वर्षमा छिन्। म उसलाई आफुलाई भन्दा धेरै माया गर्छु।"

नजानेर उसले बहिनी छुट्कीको पूरा बायोडाटा दियो ।

"तपाईसँग अद्‌भुत प्रतिभाशाली परिवार छ। यस प्रकारका बौद्धिक व्यक्तिहरू एउटै परिवारमा भेला भएका हामी विरलै भेट्छौं। हामी तिनीहरूलाई भेट्न धेरै उत्सुक छौं। तिनीहरू बाटोमा कहिले आउनेछन्?" वरिष्ठ कट्टमपल्ली, अञ्जनाका बुबा।

"उनीहरू चाँडै यहाँ आउनेछन्। उनीहरु चिन्मयीको अन्तिम परिक्षा पूरा गर्ने प्रतिक्षामा छन् । उनले क्यालिफोर्नियामा नासाको निरीक्षण संस्थामा रिपोर्ट गर्नुपर्छ। उनी सुपरफास्ट ड्रोनको एरोडायनामिक तीव्रतामा आफूलाई विशेषज्ञ बनाउन यहाँ आउनेछिन्। " शान्तिलालले जवाफ दिए ।

अञ्जना र वेणुगोपाल दुवैले शान्तिलाललाई ध्यान दिएर सुनिरहेका थिए। शान्तिलाल अविवाहित थिए भन्ने कुरा उनीहरूलाई थाहा थियो, त्यसैले उहाँप्रतिको चासो धेरै गुणा बढ्यो । कुनै न कुनै रूपमा आफूलाई नियन्त्रणमा राखे । यो समयको लागि शान्त र चिसो हुनु राम्रो थियो।

शान्तिलाल पनि बेचैन थिए । उनी छुट्कीको प्रतिक्रियाको उत्सुकतासाथ पर्खिरहेका थिए । उनी कुनै पनि कुराको लागि राम्रो छिन्। हिजो राति उनले अञ्जनाको जन्मदिन मनाउन पारिवारिक जमघटमा खिचिएका वेणुगोपाल र अञ्जनाको तस्बिर छुट्की पठाएका थिए । तर उसले सायद म्यासेज देखेको थिएन । शान्तिलालले कारण बुझेका थिएनन्, किन आत्तिएर बसेका थिए । उनले आफ्नो जीवनमा धेरै कठिन चुनौतीहरूको सामना गरे। उनले ती सबैलाई मुस्कुराउँदै सामना गरे।

त्यो सत्य थिएन। पहिलो पटक उनको भाइले यस्तो पठाएको थियो जुन छुट्कीले कहिल्यै सोचेको थिएन। दाजुले मोबाइलमा केटीको फोटो राखेका थिए ! असम्भव! त्यसपछि उनले आफैलाई प्रश्न गरिन्, "किन असम्भव?"

उनको भाइ अट्ठाईस वर्षको छ, उनीभन्दा पाँच वर्ष जेठी। केटीप्रति उनको चासो हुनु स्वभाविक हो । अहिलेसम्म उनी आफ्नो क्यारियर बनाउन निकै व्यस्त थिए । उनले यो कुरा आफ्नो आमालाई तुरुन्तै रिपोर्ट गर्ने कि भनेर निर्णय गर्न सकेनन्। उनलाई थाहा छ कि उनका आमाबाबुले उनको विवाहको बारेमा कुरा गरिरहेका थिए। उनले ती विवाह प्रक्रियाहरू रोक्नको लागि व्यवस्थापन गर्नुपर्यो। तत्कालका लागि उनले आफ्नो प्रतिक्रिया दिनु पर्यो । उसलाई जवाफ नदिएकोले भाइ उनीसँग रिसाएको हुन सक्छ।

अन्ततः हिम्मत जुटाउँदै उनले सरल जवाफ दिइन्, “तस्बिरमा देखिएकी केटी सुन्दर छिन् तर मेरो राय दिनु अघि थप जानकारी चाहिन्छ। निम्नको जवाफ "हो" वा "होइन।"

1. तिमीलाई त्यो केटी मन पर्छ?
2. के तपाई उनीसँग बिहे गर्न चाहनुहुन्छ?
3. के तपाई पक्का हुनुहुन्छ, उहाँ तपाईको योग्य जीवन साथी हुनुहुनेछ?
4. के उसले हाम्रा आमाबाबुलाई हाम्रो आमाले सासूको लागि गरे जस्तै हेरचाह गर्छ?
5. तपाईं चाँडै उनको प्रकृति अन्वेषण गर्न तयार

हुनुहुन्छ?

6. के तपाईं मेरो भर्नाको लागि त्यहाँ नपुगेसम्म केही नगरी पर्खनुहुन्छ?

प्रिय भाइ, अहिले सबै कुरा गलीचा मुनि राखौं। हाम्रा आमाबाबुले सबै कुरा निर्णय गर्न दिनुहोस्।

उनी सधैं जस्तै सही थिइन्। केही हप्ता पर्खौं। उनको मसाजले उनलाई राहत मिल्यो। उनले थम्ब अप इमोजी फिर्ता पठाए।

सबैजना शान्तिलालसँगै खाने टेबलमा आए। अञ्जना बाहेक सबै बसे। सबैको सेवा गरेपछि बसिन्। पहिले सेवा गरेपछि शान्तिलालको अगाडि बसिन्। सुरु गर्न सबैलाई आग्रह गरिन्। तिनीहरू सबैले आ-आफ्नो प्रार्थना गाए र खान थाले। खाना खाइसकेपछि एक कप कफी लिएर सबै छलफलमा थिए। साँझ निकै ढिलो भइसकेको थियो। उनीहरुबीच भारत र अमेरिकामा बस्ने भिन्नताबारे छलफल भएको थियो। समयलाई महत्व दिने गम्भीरताको विषय थियो। शान्तिलालले आफ्नो परिवारमा समयको महत्त्व देखेका थिए। कसैले केही नगरी एक सेकेन्ड पनि खेर फाल्दैन। बिमलादादी पनि समयमै व्यस्त रहन्थे। उनले आमा र उनको निस्वार्थ बलिदानका साथै उनको उपलब्धिको वर्णन गर्न थालेपछि उनीहरूले ध्यान दिएर सुने। बन्नोको कथा दृढ संकल्पको कथा थियो। त्यो कोठामा रहेका सबै मन्त्रमुग्ध थिए। नदेखेर उनीहरूले

बन्नोलाई वास्तविक रूपमा कल्पना गर्न सक्थे। साँझपख शान्तिलालले बिदा लिए । यसपटक अञ्जना मात्र उनलाई हेर्न मुख्य गेटमा आइन् ।

उनले व्यवहारिक रूपमा फुसफुसाएर भनिन्, "जीवनमा पहिलो पटक म कसैबाट प्रभावित भएको छु। म यो भेटलाई लामो समयसम्म मन पराउनेछु। फेरि आउनुस्, म तिम्रो पर्खाइमा छु । चिन्मयी, तिम्रा आमाबुवा र ड्याडीलाई मेरो नमस्कार । बहिनीलाई मेरो फोन नम्बर दिनुहोस्। म उनीसँग कुरा गर्न चाहन्छु। म उनको बारेमा साँच्चै उत्सुक छु। उहाँलाई हाम्रा राष्ट्रपतिले सम्मान गर्नुभयो। यो एकदम एक उपलब्धि हो। चाडै भेटौला। बाइ।"

शान्तिलालको गाडी उनको नजरबाट हराएपछि पनि उनी धेरै बेर त्यहीँ उभिरहेकी थिइन् । उनलाई थाहा थिएन, किन यति धेरै बेर उभिरहेकी ? बिस्तारै घर भित्र आइन् । उनले आफ्ना आमाबुवा र भाइलाई पर्खिरहेको देखे। आमाले उनलाई बस्न भन्नुभयो र भनिन्, “मेरी छोरी अञ्जना, केही दिनअघि हामी तिम्रो बिहेको कुरा गर्दै थियौ तर तिमीले टाउको । हामीले तपाईलाई कसैमा रुचि छ कि छैन भनेर सोध्यौं, तपाईले अस्वीकार गर्नुभयो। लामो समयपछि शान्तिलाललाई मन परेको महसुस भयो । हामीबाट केहि लुकाउनु हुँदैन। के तपाई साँच्चै उहाँमा रुचि राख्नुहुन्छ?

यदि हो भने, हामी उहाँको परिवारलाई सम्पर्क गर्न सक्छौं जब तिनीहरू यहाँ छोरीको भर्नाको लागि आउँछन्। के भन्नुहुन्छ ?"

सुरुमा केही बेर शान्त भइन् । त्यसपछि उनले भनिन्, "हो, मलाई त्यो केटा मन पर्यो। भाइ वेणुगोपाल उहाँका सहकर्मी हुनुहुन्छ। उहाँले राम्रो भन्न सक्षम हुनेछ। तर उसको परिवारले हाम्रो प्रस्तावमा सहमति जनायो भने म खुसी हुनेछु। तर म तपाईंलाई हतार नगर्न अनुरोध गर्दछु। हामी निश्चित छैनौं कि उसले पहिले नै अरू कसैलाई मन पराउँछ कि छैन। त्यो सम्भावना कम छ किनकि उसले पनि आफ्नो सूक्ष्म व्यवहारले मप्रति केही चासो देखाएको छ। मेरो छैठौं इन्द्रियले मलाई बताउँछ कि उहाँ ममा चासो राख्नुहुन्छ। अब यो तपाईं मा निर्भर छ। मेरो एउटै अनुरोध छ कि परिस्थितिलाई सावधानीपूर्वक ह्यान्डल गर्नुपर्छ। उनीहरु सबै सहमत भए ।

अञ्जना आफ्नो कोठामा आइन् । उनको फोन बजिरहेको थियो । भारतबाट आएको अज्ञात नम्बरबाट आएको हो । भारतबाट आएका कसैलाई पनि उनी चिन्दिनन् । केही घण्टी पछि त्यो रोकियो। केही समयपछि फेरि घण्टी बज्यो । उनले हिचकिचाउँदै कल स्वीकार गरिन्।

"नमस्कार",

"के म मिस अञ्जनासँग कुरा गर्दैछु?"

"हो, कृपया तपाई को हुनुहुन्छ?"

“म शान्तिलालकी कान्छी बहिनी चिन्मय उर्फ छुट्की हुँ। के म तपाईंसँग एक मिनेट कुरा गर्न सक्छु ?"

"हे भगवान्! चिन्मयी ? ओह! म तपाईंसँग कुरा गर्न पाउँदा खुसी छु। तपाईंले मेरो फोन नम्बर कसरी प्राप्त गर्नुभयो? तिम्रो भाइले दिएको हो ? तर जब, उसले केही बेर अघि मात्र हाम्रो ठाउँ छोड्यो।

"हो मलाई थाहा छ। उसले भर्खरै भन्यो र तिम्रो फोन नम्बर दियो। उहाँले मलाई तपाईंसँग कुरा गर्न भन्नुभयो।

“उसले अरु केही भन्यो ?”

"के तपाईंले उसले भन्नु पर्ने केही आशा गर्नुहुन्छ?"

“छैन। म मात्र सोध्दै छु। तिम्रो भाइले तिम्रो धेरै प्रशंसा गर्यो। उसले तिमीलाई धेरै माया गर्छ।"

"मेरो भाइको नाम छ। तपाईं स्वतन्त्र रूपमा उहाँको नाम द्वारा कल गर्न सक्नुहुन्छ। आधिकारिक रूपमा उहाँ शान्तिलाल हुनुहुन्छ र मेरो परिवारका सदस्यहरूले उहाँलाई फरक नामले बोलाउँछन्।

"ए तेसो पो? यो के हो? म त्यो जान्न उत्सुक छु। कृपया मलाई भन। म कसैलाई खुलासा गर्दिन।"

"वाचा?"

"हो, वाचा।"

यो "चिम्पु" हो।

"के? चिम्पु, साँच्चै? कति प्यारो! चिम्पु"! उनी हाँस्न थालिन्।

"तर तपाईंले मलाई कसैलाई नभन्ने वाचा गर्नुभएको छ। मेरो भाइलाई पनि होइन।"

"ठीक छ, म मेरो वचन पूरा गर्नेछु। तर तिम्रो बारेमा केही भन।"

"मेरो वा मेरो भाइको बारेमा?"

"तपाईको बारेमा इमानदारीपूर्वक। तपाईलाई हाम्रा राष्ट्रपतिले यहाँ सम्मान गर्नुभएको थियो। हामी तपाईको उपलब्धिबाट धेरै प्रभावित छौं। म तपाईहरु सबैलाई भेट्न धेरै उत्सुक छु। मेरा आमाबुवा पनि त्यस्तै छन्। हामीले सुन्यौ कि तपाई एरोनोटिक इन्जिनियर बन्न जाँदै हुनुहुन्छ। तपाईं पहिले नै ड्रोन विशेषज्ञ हुनुहुन्छ।

"त्यसोभए तिमीलाई मेरो बारेमा सबै थाहा छ। यसको मतलब मेरो भाइले मेरो बारेमा लामो विवरण दिनुभएको छ। तर अहिलेसम्म म उहाँलाई चिन्छु उहाँ सबैसँग धेरै बोल्दिनन्। उहाँ धेरै सीमित व्यक्तिहरूसँग कुरा गर्नुहुन्छ। उनी सधैं आफ्नो नजिकको सर्कल राख्छन्। यस्तो देखिन्छ

कि तपाईं पहिले नै तिनीहरू मध्ये एक बन्नुभयो। यो कसरी यति छिटो भयो म अनुमान गर्न सक्छु। " ' छुट्कीले भने ।

"के तपाईं आफ्नो भाइको बारेमा थप केहि साझा गर्न सक्नुहुन्छ? मेरा आमाबाबु उहाँको बारेमा जान्न उत्सुक छन्। के उनको जीवनमा केटी साथी छ? यदि हो भने, उहाँ उनको बारेमा कत्तिको गम्भीर हुनुहुन्छ? उनी कुन ठाउँको हुन् ? हामी उहाँको बारेमा सबै जान्न चाहन्छौं। यो मेरो जीवनको प्रश्न हो?" अनजानमा अञ्जनाले सत्य बताइन् कि उनको जीवन शान्तिलालमा निर्भर छ।

“तपाई समात्नु भयो म्याडम । के तपाईको जीवन मेरो भाइमा निर्भर छ? ठिक छ। अहिले भाइको सबै नाटक बुझें । उसले तपाईको बारेमा अप्रत्यक्ष रूपमा केहि भन्न खोजेको थियो। तर उनी लाजमर्दो भएकाले ठीकसँग बोल्न सकेनन् । उसले भर्खर तपाईको फोन नम्बर दियो र मलाई तुरुन्त सम्पर्क गर्न भन्यो। वास्तवमा दुई मिनेटमै उसले मलाई फेरि फोन गर्यो कि मैले तिमीलाई सम्पर्क गरेको छु कि छैन भनेर। पहिलो पटक मैले उसलाई बेचैन देखें। मलाई तपाईंको प्रश्नको जवाफ दिनुहोस्। जवाफ आयो कि उनको कुनै गर्लफ्रेन्ड छैन यद्यपि आईआईटी, मुम्बईका धेरै केटीहरू उनीसँग मित्रता गर्न चाहन्थे तर उनी यसमा संलग्न हुन चाहँदैनन्। उहाँ आफ्नो संस्थामा जुनियरहरूको आइडल हुनुहुन्थ्यो। त्यसैले महोदया तपाईले चिन्ता गर्नुपर्दैन। यो मेरो शब्द हो। बरु, मेरो भाइलाई प्रभावित

पार्ने महिलालाई देखेर म बेचैन छु। म तपाईलाई आश्वासन दिन्छु सबै कुरा ठीक हुनेछ। मेरो घरमा कसैलाई यसबारे अलिकति पनि जानकारी छैन। यो म र मेरो भाइ बिचको कुरा हो । मेरो आमाबुबा आफ्नो छोराको बारेमा अन्धा छन्। तिनीहरूको छोरा सधैं सही छ। तपाईलाई थाहा हुनु पर्ने समाचार छ। मेरा आमाबुबा मेरो भाइको लागि दुलही खोज्दै हुनुहुन्छ। अब जब तपाईं त्यो क्षेत्र मा प्रवेश गर्नुभएको छ, मैले केहि प्रबन्ध गर्नु पर्छ ताकि तिनीहरूले आफ्नो प्रतिभा खोज कार्यक्रम अमेरिका मा मेरो भर्ना नभए सम्म स्थगित गर्यो। एकचोटि हामी त्यहाँ पुगेपछि, मेरो आमाबाबुलाई प्रभावित गर्ने पालो तपाईंको हुनेछ। उनिहरु धेरै साधारण मान्छे हुन् । उनीहरु आफ्नो छोरा खुसी होस् भन्ने चाहन्छन् । यति नै। हे, मेरो परीक्षा चलिरहेको छ। अब पढाइमा जानुपर्छ । मा तिमी सँग पछि कुरा गर्छु। के त्यो ठीक छ? खैर, के तपाईं मेरो मार्फत मेरो भाइलाई कुनै मसाज पठाउन चाहनुहुन्छ?"

अञ्जना मुस्कुराउदै भनी, “हो। के तपाईले उहाँलाई यो जानकारी दिन सक्नुहुन्छ कि हाम्रो परिवार यहाँ केहि गम्भीर छलफलको लागि तपाइँ सबैको लागि पर्खिरहेको छ?"

"ठीक छ, म त्यो गर्छु। म जानु पर्छ। म तिमीलाई मेरो परीक्षा पछि कल गर्नेछु। बाइ।" छुट्कीले फोन ह्याङ्ग गरेर

घुमायो । उनलाई छक्क पर्दै उनले आमा ढोकामा उभिएकी थिइन् । के उसले सबै कुरा सुन्यो?

बन्नोले छुट्कीको सामना गरिन्

"तिमी सन्चै छौ ? तिमी किन मुस्कुराउछौ र आफैलाई घुमाउछौ? छुट्की केही लुकाउदै हुनुहुन्छ ? तपाईको जीवनमा कोही मानिस छ? हे भगवान्! परीक्षाको बिचमा के गर्दै हुनुहुन्छ ? के तपाईं आफ्नो सपना र वाहक बिगार्न जाँदै हुनुहुन्छ? उ को हो? तिमीले मलाई कहिल्यै भनेनौ ? सबै कुरा भन, के भइरहेको छ ।" बनोले उनलाई प्रश्नहरूको श्रृंखला बोकेर चिच्याइन्।

चुट्की अझै हाँस्दै मम बसिरहेकी थिई । आमालाई समातेर खाटमा बस्न भनिन् । उनी खुट्टाको छेउमा भुइँमा बसिन् । उनले आफ्नो खुट्टा छोएर भनिन्, "मैले मेरो जीवनमा कहिल्यै झुट बोलेको छैन र तपाइँसँग केहि लुकाएको छैन र म भविष्यमा त्यसो नगर्ने वाचा गर्छु। तिमी जान्न चाहन्छौ कि म को संग कुरा गर्दै थिएँ? ठिक छ। यदि तिमीले मेरो भाइलाई चिच्याउने छैनौ भने म तिमीलाई भन्छु।"

"भाइ? मेरो चिम्पु भनेको ? हे भगवान्! के तपाइँ मलाई केहि अन्य चकित पार्ने समाचार संग आश्चर्यचकित गर्न जाँदै हुनुहुन्छ? तर अहिले चिम्पुसँग बोल्नु भएन । तपाईंले आफ्नो भाइसँग कुरा गर्दा म चिन्छु। त्यतिबेला कोसँग कुरा

गरिरहनुभएको थियो ? तपाईंको भाइ यसमा कसरी फिट हुन्छ?" बनोले छोरीलाई सोधिन् ।

"म अमेरिकामा एउटी केटीसँग कुरा गरिरहेको थिएँ। उनको नाम अञ्जना हो र अमेरिकामा हुर्केकी थिइन् । उहाँ कम्प्युटर प्रतिभाको कान्छी बहिनी हुनुहुन्छ जसले तपाईंको मायालु छोरा शान्तिलालसँग काम गर्नुहुन्छ। पर्खनुहोस्, मैले तपाईंलाई कथा पूरा गर्न पर्याप्त संकेत दिएको छु। अब मलाई भन्नुहोस् तपाईलाई के शंका छ?" चुट्कीले मुस्कुराउँदै सोधिन् ।

बन्नोले छोरीलाई ओछ्यानमा छेउमा बस्न सघाइन् र भनिन्, "तिमी र चिम्पुबीच के पकिरहेको छ मलाई अनुमान गर। सिलिकन भ्यालीमा, चिम्पुको सहकर्मीको एक बहिनी छ जसको नाम अञ्जना हो, जो अमेरिकामा हुर्केकी छिन्। तपाईंसँग उनको फोन नम्बर छ र तपाईंले उनीसँग कुरा गर्नुभयो। यसको मतलब चिम्पुले तपाईलाई अञ्जनाको सम्पर्क विवरण दिएको छ। अर्को शब्दमा भन्नुपर्दा, चिम्पुले अन्जनालाई मात्र चिनेको छैन, उनको सम्पर्क नम्बर पनि छ। हे भगवान्! गंगा नदीको पुलमुनि धेरै पानी बग्यो र मलाई केही थाहा भएन। चिम्पु यति अन्तर्मुखी छ कि उसको लागि केटी खोज्नुपर्छ भन्ने लाग्यो । तर उसले मलाई गलत साबित गरेको छ। कति प्यारो। मेरो छोराले अमेरिकामा एउटी केटी मन पराएको छ र त्यो पनि

भारतीय मूलको। म धेरै खुसी छु। आज म चिम्पु र अञ्जना दुवैसँग कुरा गर्छु। मलाई उनको फोन नम्बर दिनुहोस्। " बन्नो बेचैन थियो।

"होइन आमा। मैले तिमीलाई भनेको छु भनी तिनीहरूलाई थाहा नदिने वाचा तपाईंले मलाई दिनुभयो। म मेरो भाइलाई धोका दिन चाहन्न। एक पन्ध्र दिन पछि मेरो परीक्षण पछि हामी संयुक्त राज्य अमेरिका नपुग्दा सम्म तपाईं धैर्य गर्नुपर्छ। यो कुरा कसैलाई नभन्नुहोस्, ड्याडीलाई पनि नभई। छुट्कीले आफ्नी आमालाई आमा बन्न चेतावनी दिइन्।

अञ्जनाको परिवारको वर्णन गर्दा बन्नोले छुट्कीको एक शब्द सुनिन्। अञ्जनाको भाइ कम्प्युटर जीनियस हुनुहुन्थ्यो। उसलाई यो कसरी थाहा छ? चिम्पुले केटाको बारेमा भनेकी थिइन्? दाजुभाइ र दिदीबहिनीबीच के भइरहेको छ? उनी थप सचेत हुनुपर्छ। यो उमेरमा एउटा गलत पाइलाले जीवन बर्बाद गरिदिन्छ। उनले आफ्नी छोरीको निधारमा चुम्बन गरिन् र धेरै प्रश्न चिन्ह लगाएर कोठाबाट बाहिरिइन्।

चुट्कीको जीवन परिवर्तन

छुट्कीले परीक्षा लेखेर सकिन् । एरोडायनामिक प्रक्षेपणमा उनको अन्तिम प्रोजेक्ट थीसिसको आधारमा अघिल्लो परीक्षाहरू जस्तै धेरै उच्च ग्रेड प्राप्त गर्न उनी विश्वस्त थिइन्। उनी आफ्नो भाइसँग निरन्तर सम्पर्कमा थिइन् तर अञ्जनासँग होइन। कुनै पनि कारणले मन नफर्काउन भाइको निर्देशन थियो । उनले उनको निर्देशन पालन गरे। अब सबै कुरा सकिएपछि उनी अञ्जनासँग कुरा गर्न स्वतन्त्र भइन् । उनी आमाकहाँ गइन्, उनको कोठामा आउन आग्रह गरिन् । बन्नो आइपुग्दा उनले ढोका बन्द गरेर आफ्नो नजिक आउन भनिन् । उनले अञ्जनाको नम्बर डायल गरिन् । अञ्जना सायद त्यो कलको आतुरताले पर्खिरहेको थियो ।

"नमस्ते चिन्मयी, कस्तो छ ? म तिम्रो कलको पर्खाइमा थिएँ। सबैभन्दा पहिले मलाई तपाईको परीक्षाको बारेमा जानकारी दिनुहोस्। म पक्का छु, यो सहज रूपमा गयो। आमाबुवा र बुवालाई कस्तो छ ? के तपाईंले आफ्नो भाइलाई भन्नुभयो कि हाम्रो परिवार यहाँ सबैलाई स्वागत गर्न पर्खिरहेको छ? कृपया ड्याडीलाई आमाबुवासँग लिएर आउनुस् । म सबैलाई हेर्न आतुर छु। अब भन्नुहोस्

तपाईहरु सबैलाई कस्तो छ र कहिले आउदै हुनुहुन्छ ?" अञ्जनाले प्रश्न गरिन् ।

"नमस्ते अञ्जना, मैले केही भन्नु अघि, तपाईलाई थाहा दिनुहोस् कि हाम्रो फोन स्पिकरमा छ र अरू कसैले हाम्रो कुराकानी सुनिरहेको छ। के तपाई अनुमान गर्न सक्नुहुन्छ कि को हो?" चिन्मयीले अञ्जनालाई प्रतिप्रश्न गरे ।

"आमा ? मेरो मतलब तिम्रो आमा? मलाई लाग्छ कि म गलत छैन।" अञ्जनाले जवाफ दिइन् ।

"हो। तपाईं ठिक हुनुहुन्छ। अर्को दिन जब हामी कुरा गरिरहेका थियौं, उनले मलाई केटासँग कुरा गर्दैछु भनेर गलत बुझिन्। मैले उसलाई सत्य भन्नु पर्यो। तर ढुक्क हुनुहोस् कि यो म र मेरी आमा बीच थियो। उनी यहाँ छिन्। उनी आशीर्वाद दिन चाहन्छिन्। उनीसँग कुरा गर्नुहोस्। " छुट्कीले बन्नोलाई मोबाइल दिएकी थिइन् ।

"नमस्कार, शान्तिलालकी आमा बोल्दै हुनुहुन्छ। के तिमी मलाई अञ्जना सुन्न सक्छौ?" बनोले कुराकानी सुरु गरिन् ।

"हो दिदी। मेरो हार्दिक प्रणाम र अभिवादन स्वीकार गर्नुहोस्। दिदी हजुरको खुट्टा छुन्छु जस्तो लाग्छ। म तिमीसँग कुरा गर्न पाउँदा धेरै धन्य महसुस गर्दैछु। हजुर हरु र काका बाबा लाई कस्तो छ ? हामीले व्यक्तिगत रूपमा भेट नगरेसम्म थप केही दिनको लागि मात्र हाम्रो

कुराकानी गोप्य राख्नुहोस्। म पक्का छु कि हजुरले मलाई गलत बुझ्नुहुनेछैन ।" अञ्जना अलि नर्भस भइन् ।

"अंजना बेटा, शान्त रहनुहोस्। म तिमीलाई मेरो हृदय देखि आशीर्वाद दिनुहोस्। तपाईलाई केहि थाहा दिनुहोस्। शान्तिलालले मलाई आफ्नो परी साथी भनेर बोलाउँछन्। म पनि तिम्रो परी साथी बन्न चाहन्छु। म भगवानमा विश्वास गर्छु। यदि उहाँले चाहनुहुन्छ भने तिमी मेरो तेस्रो सन्तान हुनेछौ।" बन्नोले आँखाभरी आँसु लिएर जवाफ दिइन् । एक्कासी बनोले छोरीलाई अँगालो हालेर कोठाबाट निस्किन् ।

"आमा कोठाबाट निस्किनुभयो। उनी आँसुमा थिइन् । उनी तिमीसँग कुरा गर्न पाउँदा धेरै खुसी भइन्। तिम्रा पहिलो शब्द 'मा' ले ऊ भित्र आँधी मच्चाएको छ। ऊ मेरो भाइ जस्तै तिम्रो परी साथी हुनेछ। अञ्जना तिमी धेरै भाग्यमानी छौ। तिमीले यो परिवारबाट धेरै माया पाउने छौ। मेरी आमा र विशेष गरी मेरो भाइबाट; बहिनीको लागि जे पनि गर्न सक्ने भाइ पाएकोमा म धन्य छु । अर्को हप्ता हामी क्यालिफोर्निया पुग्दैछौं। हामी चाँडै भेट्नेछौं। भाइले भने, तिमीलाई अहिलेसम्म फोन गरेको छैन । उहाँ लजालु हुनुहुन्छ। यो उनको स्वभाव हो। कृपया उहाँलाई गलत नबुझ्नुहोस्। हे! किन उहाँलाई परिवर्तनको लागि बोलाउनु हुन्न? उहाँको प्रतिक्रिया जान्न चाहन्छु । कृपया उहाँलाई

कल गर्नुहोस् र मलाई थाहा दिनुहोस्। " छुट्कीले सुझाव दिनुभयो ।

"म पनि उत्तिकै लजालु छु। हामीलाई हाम्रा सीमितताहरू थाहा छ। मैले पनि फोन गर्न चाहेर पनि फोन गर्न सकिन । तर अब म आज राति कार्यालय समय पछि प्रयास गर्नेछु। कृपया मेरो फोन कलको लागि प्रतीक्षा गर्नुहोस्। तेसो भए टाटा।"

"हस्त, आफ्नो ख्याल राख।"

शान्तिलाललाई अञ्जनाको फोन आयो । नाम देख्रे बित्तिकै उनी अचम्म र खुसी भए । उसले कल रिसिभ गरी भन्यो, “हेलो अञ्जना, मलाई कल गर्नुभएकोमा धन्यवाद। म तिमीलाई बोलाउन हिचकिचाएँ। तिमीलाई मन पर्छ कि पर्दैन भन्ने पक्का थिएन । अब तिमीले मलाई बोलाएकी छौ, मेरा सबै संकोचहरु हराए । तिमीलाई कस्तो छ? मेरी बहिनी चिन्मयीको फोन आयो ? उसले के भनी?"

"नमस्ते। हो। मैले तिम्रो बहिनी चिन्मयीसँग कुरा गरें। उनी प्रतिभाशाली मात्र नभएर निकै राम्री केटी पनि हुन् । हो, म तिम्रो कलको पर्खाइमा थिएँ। तर जे भए पनि, मलाई कुनै आपत्ति थिएन। म तपाईंलाई अनौठो जानकारीको साथ आश्चर्यचकित गर्न दिनुहोस्। आज तिम्रो आमासँग कुरा गरें।"

"के"! शान्तिलालले चिच्याए ।

"शान्त होउँ। मलाई विस्तृत रूपमा वर्णन गरौं। उसले अर्को दिन म र चिन्मयीको कुरा सुनेको थियो। सुरुमा चिन्मयी कुनै केटासँग कुरा गरिरहेकी थिइन् । त्यो बेला उसलाई सत्य बताउनुपर्छ । आज आन्टीले मसँग कुरा गर्नुभयो। उनी धेरै मीठो छिन् तपाईलाई थाहा छ। तिमि जस्तै मेरो परी साथी बन्छु भनिन् । उनले मलाई आशीर्वाद दिइन्। हामी दुवै एक अर्कालाई हेर्न आतुर छौं। उनी मलाई तेस्रो सन्तानको रूपमा स्वीकार गर्न तयार छिन् । म धेरै खुसी छु र तपाईलाई सम्पूर्ण कुरा बताउन बेचैन छु।"

अञ्जनाले शान्तिलाललाई आमासँगको अचानक चिनजानको कुरा सुनाइन् । शान्तिलालले आफ्नी आमाको बारेमा सोचिरहेका थिए। यो पहिलो पटक थियो कि उसले उनीसँग केहि लुकाएको थियो। उसले माफी माग्नुपर्ने भयो । उसलाई गलत बुझ्नु हुँदैन। मैले छुट्कीलाई आमाको मनस्थितिको बारेमा सोध्नु थियो । त्यही अनुसार उनीसँग कुरा गरिन् । फोनको अर्को छेउमा अञ्जना थिइन् भनेर उसले बिर्सियो ।

उसले अन्जनाको आवाज सुन्यो, “नमस्कार, के तपाई त्यहाँ हुनुहुन्छ मिस्टर शान्तिलाल ? नमस्ते, के तपाई मेरो कुरा सुन्दै हुनुहुन्छ?"

उसको होश आयो । उसले भन्यो, "हो अन्जना, म यहाँ छु र सुन्दै छु। आमालाई सीधै तिम्रो बारेमा नभनेर मैले सहि

गरेँ कि भएन मलाई थाहा छैन। के उसले मलाई गलत बुझ्छ? मलाई थाहा छैन। जबसम्म म मेरी आमासँग माफी माग्दिन, म मेरो काममा ध्यान दिन सक्दिन। म पहिले चिन्मयीसँग कुरा गर्छु अनि आमासँग कुरा गर्छु।"

"मलाई लाग्छ तपाईं सही हुनुहुन्छ। जब तपाईं कुरा गर्नुहुन्छ, मेरो अभिवादन दिनुहोस्। आफैलाई दोष नदिनुहोस्। सबै ठीकै हुनेछ। अर्को हप्ता तिनीहरू सबै आउँदैछन्। मैले तिम्रा दादीलाई पनि ल्याइदिन अनुरोध गरेको छु। यो दुई परिवारको अद्भुत भेला हुनेछ। हामी सप्ताहन्तमा सँगै कतै जान्छौं। ठिक छ। ढिलो हुँदैछ; तपाईं काकीसँग कुरा गर्नुहोस् र सबै गलतफहमीहरू हटाउनुहोस्। अलविदा, शुभ रात्रि र आफ्नो ख्याल राख।" अञ्जनाले फोन काटिन्।

ठूलो हिम्मत गरेर उसले छुट्कीलाई फोन गरेर गाली गर्न थाल्यो। त्यसपछि उसले आमाको मनस्थितिको बारेमा सोध्यो। अञ्जनाले सबै कुरा बताइसकेको छुटकीले थाहा पाएपछि आमालाई आफ्नो कोठामा बोलाउन तयार भइन् र उनीसँग कुरा गर्न भनिन्।

"नमस्कार।" बन्नो थियो।

अर्को तर्फबाट जवाफ आएन।

"नमस्ते, चिम्पु, मलाई थाहा छ तिमी त्यहाँ छौ। आमासँग किन यति डराएको ? के तपाईंले आफ्नो परी साथीलाई प्रकट गर्न नसक्ने कुनै गल्ती गर्नुभएको छ?"

"मलाई माफ गर्नुहोस्, आमा। म तिमीलाई कहिल्यै दुख दिन चाहन्न। मलाई डर लाग्यो त्यसैले पहिले छुट्कीलाई भनें । मैले पनि तिमीलाई भन्नुपर्थ्यो। म साँच्चै माफी चाहन्छु। कृपया मलाई माफ गर्नुहोस्।" शान्तिलाल झन्डै रोइरहेकै थियो । बनोले आफ्नो छोरालाई आफूभन्दा राम्ररी चिनेकी थिइन्।

"चिम्पु, म के भन्दैछु ध्यान दिएर सुन । पहिलो, तपाईंले कुनै गल्ती गर्नुभएको छैन। त्यसैले पश्चात्ताप वा गलतफहमीको प्रश्न नै छैन। दोस्रो, म तिमीमा धेरै खुसी र गर्व गर्छु कि तिमी आफ्नो खोलबाट बाहिर आउन सक्छौ। तेस्रो, अञ्जना एक राम्रो केटी हो, उसले आफूलाई हाम्रो परिवारको लागि योग्य साबित गर्नेछ। चौथो, र धेरै महत्त्वपूर्ण, विवाह एक निर्धारित घटना हो, यसलाई बेवास्ता गर्नु हुँदैन। यो म आफ्नै अनुभवबाट भन्दैछु । मैले तिमीलाई मेरो विगतको जीवन र कसरी तिम्रो बुवाले मलाई मेरो विनाशकारी जीवनबाट छुटकारा दिनुभयो भनेर बताएको छु। हामी मध्ये प्रत्येकलाई एक साथी चाहिन्छ, एक जीवन साथी जो घाम र वर्षाको दिनमा उहाँ वा उनको साथ हुनेछ। यदि अञ्जना तिम्रो जीवनसाथी बन्यो भने, म

ढुक्क छु, तिमी दुवै खुसी हुनेछौ। फेरि पनि म तिमीलाई भन्छु, म तिमीसँग न रिसाएको छु, न रिसाएको छु।"

"आमा तिम्रो कुराले मलाई धेरै राहत मिलेको छ। धेरै धेरै धन्यवाद। यहाँ आउनको लागि मैले सबै व्यवस्था गरेको छु। छुट्कीले टिकट, भिसा, बिमालगायतका औपचारिकताहरू प्राप्त गरिसकेका छन् । म र अञ्जनाको भाइ तिमीलाई लिन हाम्रो गाडी लिएर एयरपोर्ट आउनेछौं। त्यसैले कुनै पनि कुराको लागि चिन्ता नगर्नुहोस्। त्यो लामो उडान भर दादी र पापा आरामदायी छन् कि हेर्नुहोस्। मैले छुट्कीलाई सबैको ख्याल राख्न भनेको छु ।"

"नमस्ते चिम्पु, मैले ह्याङ्ग अप गर्नुअघि अञ्जनाको भाइ वेणुगोपालको बारेमा केही जानकारी दिन सक्नुहुन्छ? कस्तो छ त्यो केटा ? के उहाँ पहिले नै इन्गेजमेन्ट हुनुहुन्छ? छुट्कीलाई कसरी थाहा भयो ऊ जीनियस हो ?" बनोले छोरालाई सोधिन् ।

"किन आमा, मेरो साथी वेणुगोपाललाई किन सोधिरहनुभएको छ ? हो, उहाँ हाम्रो संगठनमा सबैभन्दा उज्यालो कम्प्युटर वैज्ञानिकहरू हुनुहुन्छ। हे भगवान्! छुट्कीको बारेमा तपाईको मनमा केही छ ? वाह! त्यो अद्भुत आमा हुनेछ। वेणुगोपाल साँच्चै प्रतिभाशाली हुनुहुन्छ। उहाँको अगाडि धेरै उज्ज्वल भविष्य छ। सबै ठूला कम्पनीले उनलाई काममा लगाउन पछ्याइरहेका

छन् । अहिलेसम्म मलाई थाहा छ कि उनको कुनै केटी साथी छैन। बरु उनका आमाबाबुले मलाई केटीको खोजीमा रहेको बताए । आमा तपाईको दूरगामी सोचको लागि म सलाम गर्दछु। त्यसैकारण तपाई यति सफल हुनुहुन्छ। यो मनमा आउनु पर्ने थियो तर म आफ्नो बारेमा सोच्न व्यस्त थिएँ। पहिले छुट्कीको बारेमा सोच्नुपर्थ्यो । म फेरि पनि माफी चाहन्छु आमा। कृपया मलाई यो गल्तीको लागि माफ गर्नुहोस्।"

"मेरो छोरालाई कुरै नगर। अब जब तपाइँ मेरो इच्छा थाहा छ, तपाइँ यसको बारेमा सोच्न सक्नुहुन्छ। सकेसम्म धेरै जानकारी सङ्कलन गर्ने प्रयास गर्नुहोस् ताकि हामी पछि पश्चात्ताप नगरौं। यदि सबै कुरा ठीक भयो भने, हामी एकको सट्टा दुई विवाहको बारेमा सोच्न सक्छौं। तर छुट्कीलाई यति चाँडो बिहे गर्न मनाउनु अचम्मको काम हुनेछ । उसले पक्कै प्रतिरोध गर्नेछ, तर उसले तपाईलाई सुन्छ। केवल तपाईंले उसलाई हो भन्न सक्नुहुन्छ। तिमी मेरो चिन्ता बुझ्न सक्छौ। मलाई डर छ, नासाको सहयोगी संस्थाबाट स्नातकोत्तर गरेपछि छुट्कीले एरोनटिकल रिसर्च र डेभलपमेन्टमा आफूलाई समर्पित गरी विभिन्न किसिमका ड्रोन बनाउन थालिन् भने, त्यहाँ उनी यति व्यस्त हुनेछिन् कि उनले निकट भविष्यमा विवाहको बारेमा सोच्दैनन् । म तिमी दुवैलाई राम्ररी चिन्छु। जहाँसम्म कामप्रति समर्पणको कुरा छ, उनी तपाईको नक्कल

प्रतिलिपि हुन्। तिमीले मलाई यसबारे गम्भीरतापूर्वक सोच्ने वचन दिनुहोस्, मेरो छोरा।

“हो आमा, म तिमीलाई यसबारे सोच्ने वचन दिन्छु तर म तिमीलाई उसको मालिकको अगाडि उनको विवाह गर्न दिने छैन। उसले कुनै पनि कुरामा जोडिनु अघि, म उसलाई विवाह गर्न भन्छु र त्यसपछि उसले गर्न चाहेको जस्तोसुकै प्रकारको अनुसन्धान गर्नेछु। के यो तपाइँ संग ठीक छ? ठिक छ, म उसलाई वेणुगोपालसँग इन्गेजमेन्ट गर्न पनि भन्न सक्छु यदि तिनीहरू दुवै सहमत भए र उनको मास्टर्सको लागि पर्खनुहोस् र त्यसपछि विवाह गर्नुहोस्। वेणुगोपाल मभन्दा एक वर्ष जुनियर हुनुहुन्छ, त्यसैले उहाँ पनि पर्खन सक्नुहुन्छ। तर सबै कुरा उनीहरू भेट्दा एकअर्कालाई मन पराउँछन् कि छैनन् भन्नेमा भर पर्छ।" चिम्पु सधैं आफ्नो विचार र बोलीमा स्पष्ट छ। बन्नो बैठकमा जानु पर्ने भएकाले चिम्पुलाई सुत्न भनिन् ।

संयुक्त राज्य अमेरिका मा घटनाहरू

उनीहरु अमेरिकाको क्यालिफोर्निया विमानस्थलमा अवतरण गरेका थिए । दुईवटा गाडी उनीहरुलाई पर्खिरहेका थिए । शान्तिलालसँगै वेणुगोपाल र अञ्जना दुवै जना उनीहरूलाई स्वागत गर्न आएका थिए। दडी, कान्तिलाल र बन्नोको खुट्टा छुन दुवैले झुके। सबैले दाजुभाइ दिदीबहिनीलाई आशीर्वाद दिए । त्यसपछि शान्तिलाल परिवारका सदस्यहरूलाई अभिवादन गर्न अगाडि आए। शान्तिलालले एक एक गरी अँगालो हालेर सबैको खुट्टा छुन निहुरिए । झण्डै डेढ वर्षपछि उनीहरु एक अर्कालाई भेटेका थिए । बन्नोले वेणुगोपाल र उनकी बहिनी अञ्जनालाई देखे। दुवै क्रमशः सुन्दर र सुन्दर थिए। कांतीलाललाई केही थाहा थिएन । दादीले नातिलाई आशीर्वाद दिनुभयो र उनको निधारमा चुम्बन गर्नुभयो। अञ्जना दादीकहाँ गइन् र उनको निधारमा चुम्बन गर्न भनिन् । दादीले आफूलाई नियन्त्रणमा राख्न सकेनन्, काश, तिमीजस्तै नातिनी हुन्थ्यो । अञ्जनाले बन्नोलाई हेरिन्, मानौं दाडीलाई केही थाहा छ भनी सोधेकी थिइन् । तर बनोले आफूलाई केही थाहा नभएको संकेत गरिन् ।

तिनीहरू धेरै अग्लो बहुमंजिला भवनहरूको विशाल उपनिवेशमा पुगे। भवनहरूको पहिचान A, B, C, D... र यस्तै थियो। शान्तिलालको अपार्टमेन्ट 'एच' भवनको ३८ औं तल्ला र फ्ल्याट नम्बर ६ अर्थात ठेगाना एच ३८०६ थियो । त्यस्तै वेणुगोपालको परिवार बी२९०४ मा बस्दै आएको थियो । स्विमिङ पुल, जगिङ ट्र्याक, चिल्ड्रेन पार्क, सामुदायिक केन्द्र, सानो थिएटर, जिम, बलिङ् हल आदि सबै प्रकारका सुविधाहरू थिए। उनीहरूसँग विभिन्न खेलकुद र खेल सुविधाहरू सहितको नियमित खेलकुद परिसर थियो। वेणुगोपाल र अञ्जनाले जाने अनुमति मागे। शान्तिलालको फ्ल्याटभित्र आएनन् । उनीहरुले पछि आउने वाचा गरे । एक्कासी अञ्जना दौडिएर फर्किइन्, बन्नोलाई अँगालो हालेर बन्नोको कानमा 'थ्याङ्क यू' भन्दै गइन् । बन्नो बाहेक सबै छक्क परे ।

जेट ल्याग कम गर्न, सबै छिटो पावर न्याप लिन गए। करिब चार घण्टा पछि, सबै आफ्नो प्याक खोल्न तयार थिए। बन्नो र दादी खाना बनाउन भान्सामा गए तर शान्तिलालले पहिलो दिन केही नगर्न भने । उसले पहिले नै डिनरको अर्डर गरिसकेको थियो जुन साँझ आठ बजे आइपुग्यो। खाना खाइसकेपछि पाँचैजना बगैंचामा करिब एक घन्टा घुम्न आए । लामो दुरीको उडानले सबै थकित थिए । उनीहरू सकेसम्म चाँडो सुत्न चाहन्थे।

छुट्की नासा जान्छिन्

भोलिपल्ट चिन्मयीले भर्ना हुने संस्थाबाट फोन आयो । औपचारिकता पूरा गर्न उनले त्यही दिन नासा मुख्यालय र संस्था दुवैलाई रिपोर्ट गर्नु पर्ने थियो। छुट्कीलाई आमाबुवासँगै लैजाने निर्णय भयो । शान्तिलालले उनीहरुलाई अफिस जाने बाटोमा छोडिदिनेछन् । शान्तिलालले सेकेन्ड हाफ ड्युटी गर्छु भनेर पहिल्यै जानकारी दिएका थिए । उनीहरु नासा पुगे । शान्तिलाललाई यो कार्यालय राम्ररी थाहा थियो। उनीहरूले गेट पास लिनको लागि पत्र देखाए। नासाका अधिकारीहरूले उनीहरूलाई न्यानो स्वागत गरे। उनीहरुले औपचारिकता पूरा गरे । उनीहरूले दुई वर्षसम्म सरकारको सेवा गर्ने बन्डमा हस्ताक्षर गरे, मास्टर्स पूरा गर्ने र बीचमा नछोड्ने घोषणा गर्न अर्को कागजातमा पनि हस्ताक्षर गरे। यसको मतलब उनले चार वर्षसम्म अमेरिकी रक्षा विभागमा रहन हस्ताक्षर गरिन्। बन्नो अधिकारीसँग कुरा गर्न चाहन्थे। उनले विवाहको नियमबारे सोधिन् । तिनीहरूले जवाफ दिए कि विवाहको कुनै कडा र छिटो नियम छैन; उनले आफ्नो शिक्षा पूरा गरी कम्तिमा दुई वर्ष विभागमा सेवा दिनुपर्ने थियो। छुट्की बाहेक सबै खुसी थिए । यो बेला उनीहरुले के कुरा गरिरहेका छन् ? आफ्नो भाइ पनि उनीहरुको छलफलमा भाग लिएको

देखेर उनी छक्क परिन् ? हे भगवान्! उनी शत्रुको क्याम्पमा एक्लै थिइन्। के अञ्जनाले उनको योजनालाई पन्छाउन मद्दत गर्न सक्छ? उनीसँग कुरा गर्ने निर्णय गरिन् । बन्नो निकै तेज महिला थिइन् । उनलाई थाहा थियो कि उनकी छोरीले उनीहरूको योजनालाई खतरामा पार्न र असफल पार्न सक्दो प्रयास गर्नेछिन्। छुट्की अघि अञ्जनालाई फोन गरिन् ।

"नमस्ते दिदी, म तपाईको आवाज सुनेर धेरै खुसी छु। दिदी कस्तो हुनुहुन्छ ? हिजो राती राम्ररी सुत्नुभयो? चिन्मयी जाने ठाउँमा गयौ ?" अञ्जनाले एकैपटक धेरै प्रश्नहरू राखिन्।

"हो। सबै ठीक छ। म तपाईलाई डिस्टर्ब गर्न माफी चाहन्छु। तर यो अत्यावश्यक थियो। मलाई थाहा छ छिट्टै चिन्मयीको फोन आउनेछ। तर उसले तिमीसँग कुरा गर्नु अघि म तिमीसँग कुरा गर्न चाहन्थें। मलाई तपाईंबाट धेरै महत्त्वपूर्ण कुरा थाहा दिनुहोस्। तपाईंको जवाफले शान्तिलालसँगको तपाईंको विवाहलाई कुनै पनि हिसाबले असर गर्ने छैन। त्यसैले कुनै पनि आरक्षण बिना तपाईं मसँग स्वतन्त्र रूपमा कुरा गर्न सक्नुहुन्छ। मलाई एउटा व्यक्तिगत प्रश्न सोध्न दिनुहोस्। के तिमीलाई चिन्मयी मन पर्छ?"

"ओ हो काकी, मलाई उहाँ धेरै मन पर्छ। म चाहान्छु कि उनी मेरी बहिनी हुन्। यो प्रश्न किन सोध्नुहुन्छ दिदी ? केही भयो कि ?" अञ्जना जिज्ञासु भइन् ।

"यदि मैले चिन्मयीलाई आफ्नो भाउजु बनाउन सम्भव छ भने?" बानोले भने । "मैले सुनेको छु कि तिम्रो परिवारले तिम्रो भाइ वेणुगोपालको लागि राम्रो केटी खोजिरहेको छ।" उनले जारी राखिन्।

"राम्रो स्वर्ग! त्यो अद्भुत हुनेछ। चिन्मयीलाई हाम्रो परिवारको सदस्यको रूपमा पाउनु हामी भाग्यशाली हुनेछौं। उनी एक व्यक्तिको रत्न हुन्। तर चिन्मयीको छनोट आन्टीको बारेमा के हो? के उसले मेरो भाइलाई आफ्नो जीवनसाथीको रूपमा स्वीकार गर्नेछ? अञ्जना खासै ढुक्क भएन ।

"त्यसैले मैले तिमीलाई फोन गरें। उसले पहिले नै अनुमान गरिसकेकी थिई कि तिम्रो भाइसँगको विवाहको बारेमा केहि चलिरहेको छ। उनले पक्कै पनि हाम्रो कदम स्थगित गर्नको लागि तपाईंको मद्दत माग्नेछिन्।" बनोले उसलाई भनिन् ।

"किन आन्टी, उसले मेरो भाइ मन पर्दैन भनी भन्यो ? यदि त्यसो हो भने हामी अगाडि बढ्नु हुँदैन। अञ्जना तार्किक रूपमा सही थियो।

"होइन, त्यस्तो होइन। कम्तिमा पनि चार-पाँच वर्ष बिहे गर्ने सोचमा छिन् । तर तपाईं मात्र उनको निर्णय उल्टाउन सक्नुहुन्छ। सायद उसले सोच्छ कि उसको जीवनमा तपाईं मात्र मुक्तिदाता हुनुहुन्छ। त्यसोभए यदि र जब उनी

तपाईसँग कुरा गर्छिन्, तपाईलाई थाहा छ कि तपाई पनि हाम्रो योजनाको एक हिस्सा हुनुहुन्छ भन्ने शंकाको iota नदिई कसरी व्यवस्थापन गर्ने। अब म अञ्जनामा पूर्ण रूपमा निर्भर छु। ख्याल राख्नुस, अलविदा।" उनले फोन काटिन् ।

अञ्जनाले थाहा पाउन नपाउँदै के भयो, फोन बज्यो । अर्कोतिर चिन्मयी थिइन् । उनले भगवानसँग प्रार्थना गरिन् र फोन उठाइन्। "नमस्ते चिन्मयी, तिमी सय वर्ष बाँच्नेछौ; भर्खरै म तिम्रो बारेमा सोच्दै थिए र तिमीलाई फोन गर्न चाहन्थे। तर मेरो एकजना नजिकको आफन्तसँग कुरा गर्नुपर्‍यो, त्यसैले मैले तपाईंलाई फोन गर्न सकिन। मलाई भन्नुहोस्, तपाईको नासा र संस्थाको भ्रमण कस्तो रह्यो?"

"अञ्जना, म तिमीलाई मेरो सबैभन्दा मिल्ने साथीको रूपमा पाउँछु। मलाई लाग्छ म तपाईंसँग स्वतन्त्र रूपमा कुरा गर्न सक्छु। के म तपाईसँग अनुग्रहको लागि सोध्ने स्वतन्त्रता पाउन सक्छु?" चिन्मयी झन्डै आँसुको छेउमा थिए।

अञ्जनाको दुविधा

Anjanaले दोषी महसुस गर्दै हुनुहुन्छ। उसले यस्तो राम्रो प्रतिभाशाली केटीलाई धोका दिई। उनलाई चिन्मयीको लागि नराम्रो लाग्यो। तर एउटा कुरालाई बेवास्ता गर्न सकिँदैन। उनको भाइ एक व्यक्तिको रत्न थियो। उहाँ सुन्दर मात्र होइन, धेरै प्रतिभाशाली हुनुहुन्छ र अचम्मको भविष्यको साथ जीवनलाई पूर्ण रूपमा सुरक्षित गर्नुभएको थियो र एक पूर्ण सज्जन हुनुहुन्थ्यो। उहाँ धेरै पारदर्शी र मिलनसार हुनुहुन्छ। अर्कोतर्फ चिन्मयी पनि उत्तिकै प्रतिभाशाली र धेरै राम्री केटी हुन्। आफ्नो नयाँ साथी चिन्मयीलाई धोका दिनुहुँदैन बन्नो आन्टीको कुरा सुन्नुपर्छ भन्ने उनलाई व्यक्तिगत रूपमा लाग्यो। उनी फिक्समा थिइन्। अहिलेसम्म आफ्नो भविष्यको बारेमा सोचिरहेकी थिइन्, अबदेखि भाइको बारेमा पनि सोच्नुपर्ने थियो। छिट्टै उनको होश आयो र चिन्मयीसँगको कुराकानी फेरि सुरु गरिन्।

"तिमी मेरो सच्चा साथी हौ। मबाट के चाहियो भनी भन। म सक्दो प्रयास गर्नेछु।"

"मेरो परिवारले मेरो विरुद्धमा रचेको षड्यन्त्र असफल भएको छ भनी तपाईंले पक्का गर्नुपर्छ।" चिन्मयी एकदमै तनावमा रहेको देखिन्थ्यो ।

अञ्जना मुस्कुराए पनि फोनमा उनले आफ्नो सच्चा चासो देखाइन्। "के? तपाईको विरुद्ध कसले र किन षड्यन्त्र गरिरहेको छ? तिनीहरू के चाहन्छन्? कृपया चिन्मयीलाई अलिकति विस्तार गर्न सक्नुहुन्छ, म चिन्तित छु।"

"उनीहरूले मलाई फाँसीमा हाल्न खोजिरहेका छन्।" चिन्मयी रिसाए ।

"के? तिमीले भन्न के खोजेको?" अञ्जनाले निर्दोष भएको बहाना गर्दै सोधिन् ।

"तिनीहरूले सम्भव भएमा मलाई तपाईंसँग विवाह गर्न बाध्य पार्नेछन्।" चिन्मयीले आफ्नो चिन्ता प्रकट गरिन् ।

"वाह! त्यो एकदम ठुलो कुरा हो। तिमी खुसी हुनुपर्छ। केटा को हो? उसलाई चिन्नुहुन्छ?" अञ्जनाले प्रश्नको श्रृंखला राखिन् ।

"चुप बस्नुहोस्। तपाईलाई थाहा छ कि अर्को दुई वर्ष म मेरो मास्टर्स पूरा गर्न व्यस्त हुनेछु। त्यसपछि अर्को दुई वर्ष मैले नासाको सेवा गर्नुपर्छ। त्यस पछि मेरो क्यारियरले यसको पाठ्यक्रम लिन्छ। अब भन मेरो बिहे कहाँ मिल्छ ? यो बिल्कुल असम्भव छ र तपाईलाई थाहा छ। तिमी बाहेक

मलाई सहयोग गर्ने कोही छैन। अञ्जना कृपया मलाई मद्दत गर्नुहोस् ताकि तिनीहरू दुर्भावनापूर्ण योजनामा सफल नहोस्। चिन्मयीले अञ्जनालाई प्रार्थना गरे।

"ठिक छ। म तपाईंलाई पक्कै मद्दत गर्नेछु। तर त्यो भन्दा पहिले तपाईले मेरो प्रश्नको जवाफ दिनुपर्छ। तिमिले त्यो केटालाई चिन्छौ जससँग तिनीहरुले तिम्रो बिहे गर्न खोजिरहेका छन् ?" अञ्जनाले चिन्मयीलाई गाह्रो प्रश्न गरिन् ।

त्यो प्रश्नको जवाफ दिन गाह्रो भयो। चिन्मयीले वेणुगोपाललाई देखेका छन् र उनको बारेमा थाहा छ। कुनै पनि केटीले उसलाई आफ्नो जीवन साथीको रूपमा पाएकोमा भाग्यशाली महसुस गर्नेछ। वेणुगोपालभन्दा अञ्जनाका भाइ थिए। अञ्जना उनको भावी भाउजू थिइन् । अञ्जनालाई प्रस्तावित योजना रद्द गर्न चिन्मयीले के औचित्य दिनुपर्छ? चिन्मयीले के जवाफ दिने निर्णय गर्न सकेनन्; केटा उसको भाइ वेणुगोपाल हो भनी साँचो भन्नु होस् वा ट्रिक खेलेर भाइको बारेमा केही नबोल्ने । उनले सुरक्षित खेल्ने निर्णय गरे र भनिन्। "होइन, म केटाको बारेमा धेरै पक्का छैन। तर मेरो परिवारका सदस्यहरूले उहाँलाई राम्ररी चिनेको देखिन्छ, नत्र उनीहरूले किन यति धेरै महत्त्व दिनेछन् ।" उनले सहि जवाफ दिन छाडिदिइन् ।

अञ्जनालाई चिमोयीको अवस्था थाहा थियो। तर उसले कुनै निर्णय गर्नुअघि आफ्नो भाइको बारेमा जान्नै पर्छ। उनी शान्तिलालकी बहिनी चिन्मयीसँग बिहे गर्न चाहन्छन् ।

चिन्मयी र उनका भाइ वेणुगोपाल दुवै प्रस्तावमा सहमत हुनुपर्छ अन्यथा कोही पनि अगाडि बढ्नु हुँदैन। अञ्जनाले यो समयमा समय किन्ने निर्णय गरिन् ।

उनले चिन्मयीलाई भनिन्, "ठीक छ । म तपाईंलाई कसरी मद्दत गर्न सक्छु मलाई सोच्न दिनुहोस्। चिन्ता नगर। जबसम्म तिमी राजी हुँदैनौ, तबसम्म तिमीलाई विवाह गर्न कसैले दबाब दिनेछैन, त्यो मेरो प्रतिज्ञा हो ।"

नयाँ साथीबाट आश्वासन पाएपछि चिन्मयी खुसी भइन् । अञ्जनालाई धन्यवाद दिइन् । परिवारका अन्य सदस्यहरूलाई आफूले चाहेको योजना बनाउन दिनुहोस्। अञ्जना उनको साथमा रहेसम्म केही हुने थिएन। उनले तत्कालका लागि आराम गरे र अन्य सदस्यहरूलाई केही भएको छैन जस्तो गरी बेवास्ता गरिन्। बनो धेरै चलाख थियो। उनले अञ्जनाबाट सबै जानकारी सङ्कलन गरे। उनीहरूले अबदेखि सावधानीपूर्वक योजना बनाउनेछन्।

उत्तम षड्यन्त्र रचियो

अञ्जना र बन्नोबीच तीन दिनपछि कट्टमपल्ली परिवारका सबै सदस्यहरूलाई आफ्नो घरमा खाना खान बोलाउन अञ्जनाको घर जाने निर्णय भयो। त्यसबेलासम्म अन्जनाले वेणुगोपाल र चिन्मयीबीचको गठबन्धनको सम्भावना खोज्ने प्रयास गर्नेछिन्। त्यसबेलासम्म चिन्मयीलाई कसैले एक शब्द पनि नबोल्ने । उनीहरु चिन्मयीसँग सामान्य व्यवहार गर्थे जस्तो कि केही भएको छैन। यसबाहेक शान्तिलालले चार जना सानाका लागि मात्र पिकनिकको प्रबन्ध गर्थे। अञ्जनाले शान्तिलाललाई राम्ररी चिन्ने व्यवस्था मिलाइनेछ। ठूलाहरूद्वारा गठबन्धनको वार्ता हुनु अघि। कान्तिलाल र बन्नोले ठूलाका लागि फरक योजना बनाएका थिए भन्ने उनीहरूलाई थाहा थिएन। उनीहरूले पनि जुनियर बिना दिवाभोज बैठक गर्छन्। भोलिपल्ट आइतवार भएकाले शान्तिलाल र अञ्जनाले घुमफिरको व्यवस्था गरे । शान्तिलालले छुट्कीलाई यात्रामा सामेल हुन आग्रह गरे। अञ्जनाले भाइलाई साथ दिन अनुरोध गरिन्। भोलिपल्ट बिहान शान्तिलाल र छुट्कीले अञ्जना र वेणुगोपाललाई आफ्नो गाडीमा राखे र पिकनिक प्लेस भनेर चिनिने पहाडी वन क्षेत्रतर्फ लागे। धेरै पर्यटकहरू त्यहाँ पुग्छन् र दिनभर रमाइलो गर्छन्। चिन्मयीलाई यात्राको क्रममा कुनै समस्या भएन किनभने वेणुगोपाल गाडी चलाउने शान्तिलालको

छेउमा बसिरहेका थिए र अञ्जना र चिन्मयी पछाडि बसिरहेका थिए।

योजना अनुसार अञ्जना र शान्तिलाल सँगै टहल्ने थिए र अरु दुईजनालाई त्यहाँ छाडेर अलि टाढा जान्छन् । बिहानको खाजा पछि शान्तिलालले अञ्जनालाई आफूसँग छोटो पैदल यात्रा गर्न आग्रह गरे। चिन्मयी त्यसका लागि तयार थिएनन् । अञ्जना हिचकिचाउदै शान्तिलाललाई साथ दिँदा चिन्मयीसँग वेणुगोपालसँग कुरा गर्नुको विकल्प थिएन।

उनी सुरु गर्ने पहिलो थिइन्। “नमस्ते, अर्को दिन मैले तपाईलाई देखेँ जब तपाई हामीलाई एयरपोर्टमा स्वागत गर्न आउनुभयो। तपाईंको इशाराको लागि धेरै धेरै धन्यवाद। म तिम्रो लागि एक कप चिया तयार गरूँ?"

“शान्तिलाल मेरो नजिकको साथी हो। उहाँ एक विशेषज्ञ प्रोग्रामिंग विकासकर्ता पनि हुनुहुन्छ। उहाँको प्रतिभा र सीपलाई हामी सबैले सम्मान गर्छौं । उहाँ समस्याको विश्लेषण गर्न धेरै तेज हुनुहुन्छ। धेरै पटक, हामी उहाँबाट मद्दत लिन्छौं। उहाँसँग सहयोगी स्वभाव छ। त्यसैले म शान्तिलालका परिवारका सदस्यहरूलाई लिन एयरपोर्ट गएँ ।" वेणुगोपालले आफ्नो औचित्य दिए।

“तिम्रो बहिनी अञ्जना धेरै राम्री र प्रतिभाशाली केटी छिन्, मेरो भाइ र अञ्जना एकअर्कालाई मन पराउँछन् भन्ने थाहा पाउँदा हामी धेरै खुसी छौं। हाम्रो परिवार विशेष गरी मेरी

आमा उहाँ सधैं खुसी हुनुहुन्छ भनेर ख्याल गर्नुहुन्थ्यो। हामी सबै दुई परिवारको मिलनको लागि उत्सुकतापूर्वक पर्खिरहेका छौं। " चिन्मयीले भने ।

"तपाईंको आश्वासनको लागि धेरै धेरै धन्यवाद। म मेरो बहिनी र मेरो परिवारलाई पनि माया गर्छु। मेरी बहिनी अमेरिकामा जन्मिएर हुर्केकी भए पनि उनी भारतीय परम्परागत संस्कृतिमा कट्टर विश्वासी छिन् । अब तपाइँको बारेमा केहि भन्नुहोस्। खैर, मलाई अनुमान गर्न दिनुहोस्। तिम्रो नाम मिस चिन्मयी हो। मैले सुनेको छु कि तपाईले पहिले नै अमेरिकी राष्ट्रपतिबाट पदक प्राप्त गर्नुभएको छ जुन सर्वोच्च आदेशको उपलब्धि हो। तपाईं एक राष्ट्रिय प्रतिभा खोज विद्वान हुनुहुन्छ र एक पूर्ण उज्ज्वल फेलोशिप धारक हुनुहुन्छ र एरोडायनामिक इन्जिनियरिङमा आफ्नो मास्टर्स र एक विशेषज्ञ ड्रोन विकासकर्ताको पछि लाग्दै हुनुहुन्छ। र अन्त्यमा तपाई कम्तिमा दुई वर्ष नासासँग आबद्ध हुनुहुनेछ। के म सही छु वा केहि महत्त्वपूर्ण छोडेको छु। मलाई तिम्रो उपनाम पनि थाहा छ तर म त्यो खुलासा गर्दिन।" वेणुगोपालले चिन्मयीको बारेमा राम्रो बयान दिए।

चिन्मयी वेणुगोपालको बारेमा उनको ज्ञानबाट स्तब्ध र प्रभावित दुवै भइन्। उनका भाइ शान्तिलालले उनको उपनाम सहित सबै कुरा बताए। उहाँलाई यो धेरै नराम्रो थियो। उसलाई उनीबाट राम्रो गाली चाहिन्छ। तर जीवनमा पहिलो पटक एक युवकले आफ्नो बारेमा राम्रो कुरा

सुनेपछि उनी खुसी भइन् । अचानक उनले भेणुगोपाल निकै सुन्दर व्यक्ति हुन् भनी महसुस गरिन्। उनको आँखा भेट्न गाह्रो भयो। उसले उसलाई हेरिरहेको महसुस भयो।

वेणुगोपालले मौनता तोडे। "के भयो? तिमी एकदम शान्त भयौ। तपाईले बनाएको ड्रोन बारे केहि सोध्न सक्छु? तपाईंले पछ्याएको प्राविधिकताहरूको प्रोटोकलहरू मलाई वर्णन गर्न सक्नुहुन्छ? के म तपाईंलाई हल्का, बलियो र सुरक्षित मोडेलहरू विकास गर्न मद्दत गर्न सक्छु जसले राष्ट्रहरूलाई उनीहरूको क्षेत्रको रक्षा गर्न मद्दत गर्न सक्छ?

त्यही बेला चिन्मयीले सबै कुरा बिर्सेर ड्रोनको आधारभूत अवधारणाको गतिशीलताबारे छलफल गर्न थाले। दुवैजना आ-आफ्नो छलफलमा यति मग्न थिए कि शान्तिलाल र अञ्जना दुवै फर्केर आएका छन् र उनीहरूको वैज्ञानिक छलफल सुनिरहेका छन् भन्ने पत्तै भएन।

केही बेरपछि वेणुगोपालले उनीहरूलाई देखे र भने, "ओहो, तिमी फर्कियौ। हामीले चिन्मयीको आगामी पुस्ताको ड्रोन बनाउने डिजाइनको स्तरवृद्धि गर्ने सम्बन्धमा उनको भावी योजनाको बारेमा राम्रो छलफल गर्‍यौं।"

उनीहरूले चिन्मयीलाई निकै खुसी पाए। खाना खाएपछि अञ्जनाले चिन्मयीलाई आफूसँगै हिँड्न आग्रह गरिन्। अञ्जना चिन्मयीको मन खोज्न चाहन्थिन्। के वेणुगोपालसँग

कुरा गरेपछि विवाहको बारेमा उनको दृष्टिकोणमा कुनै परिवर्तन भयो?

"मलाई थाहा छ तिमीले अञ्जनालाई के सोध्ने छौ।" चिन्मयीले अञ्जनालाई भने ।

"ठिक छ। मलाई पनि थाहा छ तपाईलाई प्रश्न थाहा छ। त्यसैले समय बर्बाद नगरी, कृपया मलाई भन्नुहोस्, के तपाईलाई अझै पनि विवाहको संस्था साँच्चै खराब छ जस्तो लाग्छ?" अञ्जनाले सिधै चिन्मयीलाई प्रश्न गरिन् ।

“म अञ्जनालाई चिन्दिन। तपाईंको भाइसँग कुरा गरेपछि मलाई महसुस भयो कि यदि तपाईंसँग राम्रो समझदार पार्टनर छ जसले तपाईंलाई तपाईंको सीप विकास गर्न, तपाईंको अपेक्षाहरू पालना गर्न मद्दत गर्दछ भने यो नराम्रो होइन। तर यदि कुनै पनि हिसाबले यो भएन भने, यो पहिले भन्दा खराब छ।

चिन्मयीले आफ्नो अडान बचाउन सक्दो प्रयास गरिन् ।

"के तपाईको मतलब मेरो भाइ जस्तो व्यक्तिले त्यो पद भर्न सक्छ जसले तपाईको सपना र अपेक्षाहरू पूरा गर्न मद्दत गर्दछ?" अञ्जनाले जारी राखिन् ।

“तिम्रो दाजु जस्तो मान्छे पाउन धेरै गाह्रो छ। म कस्तो प्रकारको छलफल गर्न चाहन्छु भनेर उसलाई केही समयमै थाहा भयो। सायद हामी दुबैको वैज्ञानिक तरंग लम्बाइ

एउटै छ। मलाई थाहा छैन, तर, अब म यति मात्र भन्न सक्छु कि म विवाहको विपक्षमा छैन, शर्तहरू लागू गरियो। चिन्मयीले स्पष्ट पारे ।

अचानक, अञ्जनाले चिन्मयीलाई बलियोसँग अँगालो हालिन् र भनिन्, "एक मिनेट पर्खनुहोस्; तिम्रो लागि एउटा आश्चर्य छ।" उनले नम्बर डायल गरिन् । डायल गर्दा उनी नम्बर बोलिरहेकी थिइन् । चिन्मयीले तुरुन्तै अञ्जनाले आफ्नी आमालाई बोलाइरहेकी थिइन् भन्ने कुरा बुझे । आमाले फोन उठाएपछि अञ्जना झन्डै चिच्याइन्, "आन्टी, मिशन पूरा भयो; चिन्मयीलाई विवाहको फोबिया छैन । बाँकी मलाई छोड्नुहोस्, म व्यवस्थापन गर्छु। फोन काटेर चिन्मयीतिर हेरिन् । बनोले माथि हेरे, सर्वशक्तिमानलाई धन्यवाद दिए र अञ्जनालाई धन्यवाद दिए।

हे भगवान्! अञ्जना पनि ठूलो षड्यन्त्रको एक हिस्सा थियो, चिन्मयीले सोचे।

"तिमी पनि ब्रुटस?" चिन्मयीले अन्जनालाई सोधे । त्यसपछि दुवै हाँस्न थाले ।

अञ्जनाले सबै कुरा सुनाइन् । चिन्मयीले बोलाउन खोज्दा उनी आमासँग कुरा गरिरहेकी थिइन् । चिन्मयी र वेणुगोपाल एक्लै कुरा गर्न सकून् भन्ने अवसर सिर्जना गर्ने, पिकनिकमा जाने र शान्तिलालले खाजा खाएपछि अञ्जनासँगै जाने अवसर सिर्जना गर्ने योजना पनि थियो ।

आफ्नी छोरीको जीवनमा खुसी होस् भनेर आफ्नी आमाले पनि यति टाढा जान सक्छिन् भन्ने कुरा चिन्मयलाई पत्यार लागेन। कसलाई धेरै धन्यवाद दिऊँ, थाहा थिएन ।

मिशन पूरा भयो

एक्कासि चिन्मयीले वेणुगोपालका लागि चिया बनाउन बिर्सेकी थिइन् । उसको कुरा सुन्नमा यति तल्लीन भइन् कि सबै कुरा बिर्सिइन् । उनले अञ्जनालाई एकैछिनमा आउने बताइन्। हतारिएर वेणुगोपालकहाँ गएर 'माफ गर्नुहोस्' भने । हतार हतार चिया बनाएर दिईं । वेणुगोपालले 'राम्रो चिया' भने । आधा घन्टा भित्र, किन चिन्मयीले आफूलाई अर्कै विमानमा भेट्टाइन्। उनी भेणुगोपालका लागि चिया पकाएर रमाइलो गरिरहेकी थिइन् । उनीसँग कुरा गर्न मजा आयो। उनी सोच्न थालिन्, 'पहिले सोचेको जस्तो बिहेको अवधारणा त्यति नराम्रो थिएन सायद । केही समयअघि उनको तथाकथित शत्रु मान्नेहरु उनको मनमा शुभचिन्तक बनेका थिए । उनी आमा र अञ्जनाप्रति कृतज्ञता व्यक्त गर्न चाहन्थिन्। कति राम्रो योजना यी व्यक्तिहरूले एक टोलीको रूपमा सँगै कार्यान्वयन गरे। के वेणुगोपाल यो योजनाको एक हिस्सा थिए? सायद यो सत्य होइन। उनी अञ्जनामा जानुपर्ने थियो, तर उही समयमा, उनी वेणुगोपालसँग कुरा गर्न फर्किन चाहन्थिन्।

उनले हिम्मत जुटाएर सोधिन्, “तिमीलाई केही चाहिन्छ ? अञ्जना त्यहाँ ल्यानमा पर्खिरहेकी हुनाले म जानुपर्छ ।” उनले आफ्नो हातले त्यो दिशातर्फ इशारा गरिन्।

उनी अञ्जनाकहाँ फर्केर आइन् र उनीसँग स्वीकार गरिन्, “अहिले म बिहेको विरुद्धमा छैन यदि पार्टनर सही हो भने। र तपाईंले थप मूर्ख प्रश्न सोध्नु अघि, मलाई भन्न दिनुहोस्, सायद तपाईंको भाइ मेरो लागि सही व्यक्ति हो। तर मलाई उनको मनपर्ने थाहा छैन त्यसैले म सम्बन्ध बारे निश्चित छैन। तर म उसको भावना जान्न चाहन्छु। जसरी तिमीले मेरी आमाको काम गर्यौं, अब मेरो पनि गर। जतिसक्दो चाँडो तपाईंले उहाँलाई उहाँको अपेक्षाहरूको बारेमा सोध्नुहोस्।

फर्कने क्रममा अञ्जना अगाडिको सिटमा शान्तिलाल र चिन्मयी र वेणुगोपाल पछाडि बसेकी थिइन् । वेणुगोपालले चिन्मयीलाई आफ्नो नजिकै बस्न भने। त्यसपछि उसले कासफुस्यो,

"मलाई मेरी बहिनीको फोन आयो कि तपाई मबाट केहि जान्न चाहनुहुन्छ। तिमी के जान्न चाहन्छौ?"

उसले अन्जनाको बारेमा सोच्यो, कस्तो खतरनाक केटी! हे भगवान!, उसले आफ्नो जिम्मेवारी सिधै मलाई फर्काइदियो। मैले त्यो प्रश्न सोध्नु पर्छ। अञ्जना अगाडिको

सिटमा बसिरहेकी थिइन्, उसलाई पछाडिबाट कडा चुटकी दिई ।

"ओउ"! अञ्जना रोई । त्यो कसले गरेको हो भन्ने उनलाई थाहा थियो ।

"के भयो?" शान्तिलालले अन्जनालाई सोधे ।

"केही गम्भिर कुरा होइन, कृपया ड्राइभिङ्मा ध्यान दिनुहोस्।" अञ्जनाले जवाफ दिन छाडिदिइन् ।

पछाडिको सिटमा भेणुगोपालले कम स्वरमा फुसफुसाएर भने, “मलाई थाहा छ, तपाई के जान्न चाहनुहुन्छ। म तिमीलाई अप्ठ्यारो परिस्थितिमा हाल्ने छैन। तपाईका सबै प्रश्नको मेरो उत्तर यही छः उसले चिन्मयीको दुवै हात समातेर भन्यो, म यी हातहरू सदाको लागि समात्न चाहन्छु र के तपाई मलाई त्यसो गर्न अनुमति दिनुहुन्छ?

अञ्जना उनको अगाडिको ऐनामा उनीहरूलाई पछ्याउँदै थिइन्। उनी खुसी थिइन्; उनले तुरुन्तै बन्नोलाई टेक्स्ट म्यासेज पठाइन्, "जोडीहरू तयार छन्। अब छिटो कारबाही गर ।”

बन्नोले पाठ पढेपछि कान्तिलाल र बिमलादादीलाई देखाइन् । अञ्जनाले एकै दिनमा यो कसरी सम्भव भयो भन्ने कुरा उनीहरूले बुझ्न सकेनन् । उनीहरुले छुट्कीलाई बाल्यकालदेखि नै चिन्छन् । उनी आफ्नो करियरलाई

लिएर निकै पसेसिभ छिन् । कसरी अञ्जनाले उनलाई विवाह गर्न राजी गरिन्; तर प्रश्न रहन्छ: के वेणुगोपाल छुट्कीसँग विवाह गर्न राजी भए? यो सबैको लागि एक पहेली थियो। जे होस्, बन्नोले भारतमा आफ्ना कार्यालयका सहकर्मीहरूसँग नियमित भिडियो कन्फरेन्सिङ सुरु गर्ने समय आयो। अहिले उनी 'वर्क फ्रम होम' मोडमा छिन् । अञ्जना लगायत सबैलाई थाहा थियो कि अर्को दुई घण्टा उनको फोन 'स्विच अफ' रहनेछ।

उनीहरु पिकनिकबाट फर्किएका थिए । शान्तिलालले अञ्जना र वेणुगोपाललाई उनीहरूको आवासीय भवनमा छाडेर घर आए। उनी निकै खुसी भए । उनलाई दिनभर अञ्जनासँग बस्ने मौका मिल्यो । बहिनी छुट्कीको लागि उनी पनि खुसी थिए । अन्ततः विवाहको बारेमा उनको सोच परिवर्तन भयो। उनले छुट्कीलाई हेरे । उनी शान्त थिइन् र उनको सामान्य रूपमा थिएनन्। केही भएको छ। उनीहरु आफ्नो घर भित्र पसे । उनीहरुलाई देखेर सबै खुसी भए । बनो अझै कोठाबाट बाहिर निस्केकी थिइनन् । योजनाको नतिजा थाहा पाउन कन्तिलाल र बिमलादादी चिन्तित थिए। दुवैले छुट्कीको व्यवहारमा स्पष्ट भिन्नता देखे । चुट्की खासै बोलिनन् । उनले हरेक प्रश्नको जवाफ 'हो' वा 'होइन' मा दिइरहेकी थिइन् । बन्नो कोठामा पस्ने बित्तिकै छुट्कीले उठेर भनिन्, "म धेरै थाकेको छु, मलाई आराम गर्न दिनुहोस् ।" बनोले उनलाई कोठाबाट बाहिर निस्केको हेरे । उनी आफ्नो सामान्य स्वभावमा थिइनन् ।

आमाहरूलाई आफ्ना छोराछोरीको बारेमा राम्रो थाहा छ। उनले आफ्नो कोठा तर्फ जान रोकिनन् । उसलाई मिलाउन दिनुहोस् तब उनी कुरा गर्छिन्। शान्तिलालले उनीहरूलाई भेणुगोपाल र छुट्कीको भेटलगायत सबै कुरा बताए। उनले विवाहको अवधारणाबारे आफ्नो सोचमा परिवर्तन आएको र त्यो अन्तिम लक्ष्य नभए विवाह गर्नु त्यति नराम्रो होइन भनेर छुट्कीले कसरी स्वीकारे भन्ने पनि बताए । जीवनको लक्ष्य मानवजातिको सेवा गर्ने केहि प्राप्त गर्नु हुनुपर्छ।

कबुली

एक घन्टापछि बन्नोले छुटकीको ढोका ढकढकाइन् । छुट्कीले भित्रबाट भनिन्, 'ढोका खुल्ला छ आमा, भित्र आउनुस् । बन्नोले ढोका खोलेर हेर्दा छुट्की ओछ्यानमा घुँडा टेकेर हातमा खुट्टा समातेर बसिरहेकी थिइन् । सामान्यतया, केटीहरू चिन्तित हुँदा यो स्थिति लिन्छन्। बन्नो छोरीको नजिक आएर छुट्कीलाई आफूतिर ताने। उनले छुटकीको आँखामा आँसु देखे। बनोले आँसु पुछिन् र उनको छेउमा बसिन् । छुट्की अझै आमातिर नभई खुट्टातिर हेरिरहेकी थिइन् । बन्नोले बिस्तारै आफ्नो ठोडी उठाई र सोधिन्, "तिमी जे भन्न चाहन्छौ मलाई खुलेर भन। म तिमीलाई प्रतिज्ञा गर्छु, म तिम्रो इच्छा विरुद्ध कहिल्यै जानेछैन। तिमी नचाहेको भए म तिमीलाई बिहे गर्न जबरजस्ती गर्दिन ।"

"म वेणुगोपालसँग विवाह गर्न चाहन्छु।"

"के? फेरी भन।"

"म वेणुगोपालसँग विवाह गर्न चाहन्छु तर मलाई केही समय चाहिन्छ।"

बन्नोले आफूलाई सम्हाल्न नसकेर छोरीलाई अँगालो हालिन् । आमा र छोरी दुवैको लागि यो ठूलो क्षण थियो। बन्नोले उनलाई आश्वस्त गरिन् कि उनी आफैंले आफ्नो स्वीकृति दिनु अघि उनले उनलाई विवाह गर्न नबोलिन्। त्यसपछि बन्नोले उनलाई वेणुगोपालको बारेमा जम्मा गरेको प्रभाव र उनको मन परिवर्तन गर्न केले बाध्य बनायो भनेर सोधे। छुट्कीले आफ्नो परियोजना र धेरै उन्नत सुविधाहरू सहितको ड्रोन विकास गर्ने आफ्नो भावी योजनामा केन्द्रित भएको उनीहरूको कुराकानीको विवरण खोलेर बताइन्। वेणुगोपाल उनीसँग सामेल हुन र दुश्मनको राडार प्रणालीबाट बच्न यसलाई उच्च उचाइमा उडान गर्न उन्नत रोबोटिक प्रविधि विकास गर्न सहयोग गर्न इच्छुक थिए।

छुट्कीले भनिन्, 'आमा, मैले चार वर्ष आइआइटीमा पढैं । मैले धेरै प्रतिभाशाली केटाहरू देखेको छु। तर मैले त्यहाँ कोही भेटिनँ जसको बौद्धिक सोचको तरंगदैर्ध्य मसँग मेल खान्छ। यो पहिलो पटक हो जब वेणुगोपाल मसँग कुरा गर्दै थिए, मैले उहाँलाई कोही भेटें जससँग म सहज हुनेछु। दिनभर म उसको साथमा थिएँ । उहाँ परिपक्क व्यक्तिको रूपमा व्यवहार गर्नुभयो र उहाँ दयालु हुनुहुन्थ्यो। मैले उहाँलाई पारदर्शी र सीधा पाए। तपाईंको योजना बुझ्नको लागि उहाँ पर्याप्त चतुर हुनुहुन्थ्यो। यदि मेरो कुनै आपत्ति छैन भने मेरो जीवनसाथी बन्न पाउँदा खुसी हुने उनले स्वीकार गरे । उसले पनि मेरो मन र मन छोएको कुरा भन्यो । उनले मनलाई मोडेर समय खेर फाल्न नहुने बताए

। मलाई मास्टरको कार्यक्रम पूरा गर्न दिनुहोस् तब मात्र उनी मसँग विवाह गर्न राजी हुनेछन्। म र वेणुगोपालको बीचमा भेटघाटको व्यवस्था गर्ने निर्णय तपाईं सबैले लिनुभएकोमा म खुसी छु। अञ्जना एक राम्रो केटी र तपाईंको अपराधको सबैभन्दा राम्रो साथी हो। उनले ठट्टा गर्दै भनिन्, 'अबदेखि तिमी दुईजनाले मेरो विरुद्ध षड्यन्त्र गर्दा म सजग हुनेछु।

भोलिपल्ट दुवै युवतीलाई शान्तिलाल र वेणुगोपाल दुवैको कार्यालयमा लगियो। आफ्नो कार्यस्थल देखेर धेरै खुसी भए। उनीहरुमा काम र मनोरञ्जनको सबै सुविधा थियो। धेरै चिया/कफी मेसिनहरू जडान गरियो। योग र इनडोर खेलका लागि हल थियो। कर्मचारीहरूलाई यी सुविधाहरू प्रयोग गर्न प्रोत्साहित गरियो। संगठनले आफ्ना कर्मचारीहरू सधैं ताजा रहिरहन चाहन्छ, तब मात्र उनीहरू आफ्नो काममा ध्यान दिन सक्छन्।

निर्णायक कार्य

दुई दिन पछि, दुवै परिवारका वरिष्ठहरू डिनर टेबलमा भेटे। अञ्जना र शान्तिलालका साथै चिन्मयी र वेणुगोपालको सगाई चाँडै शुभ दिनमा गर्ने निर्णय गरियो। एक महिनापछि शान्तिलाल र अञ्जनाको विवाह हुनेछ । करिब डेढ वर्षपछि चिन्मयीले आफ्नो प्रोजेक्टको काम सुरु गरेपछि उनको र वेणुगोपालको विवाह हुनेछ । उनीहरूले चारै जना बालबालिकालाई आफ्ना सुझावहरू सोधे। उक्त प्रस्तावमा उपस्थित सबैले सर्वसम्मतिले सहमति जनाएका थिए । कट्टमपल्ली परिवारले विवाह र विवाहका लागि शुभ दिन खोज्नका लागि पुजारीलाई इमेल पठाए।

चिन्मयी आफ्नो संस्थामा भर्ना भइन् र आफ्नो होस्टेलमा सरिन्। कार्यक्रम प्रयोगात्मक भएकाले समय सीमा थिएन । विद्यार्थीहरू आफूले चाहेअनुसार काम गर्न स्वतन्त्र थिए। एरोनोटिक इन्जिनियरिङ विभागको क्याम्पस धेरै ठूलो थियो किनकि उनीहरूलाई कम्प्युटर सहायता प्राप्त साना विमान र ड्रोनहरू उडान गर्न खुला ठाउँ चाहिन्छ। चिन्मयी आफू बन्न चाहने ठाउँमा पुगिन् । त्यो उनको बाल्यकालको सपना थियो । न आर्थिक समस्या, न समयसीमा, उनले चाहेको खण्डमा दिनरात काम गर्न सक्थिन् । उनी आफ्नो सपनाको प्रोजेक्टको डिजाइन बनाउन घण्टौंसम्म आफ्नो कोठामा डेस्कमा बस्न सक्थे। वेणुगोपाल र उनका भाइ

सधैं उनीहरूको मार्गदर्शनको लागि उपलब्ध थिए। उनले आफूलाई निकै भाग्यमानी महसुस गरिन्। उनको प्रोजेक्ट गाइड एक वरिष्ठ एरोनोटिक इन्जिनियर थियो। यो प्रतिभा र समर्पण को एक उत्तम संयोजन थियो। फेरि तिनीहरू मापन रूपमा असफल भए तर त्यो आविष्कारको अंश थियो। उनीहरूलाई थाहा थियो कि यो हुनेछ। तिनीहरू सबैले त्यसको लागि अलिकति दुःखी महसुस गरे तर त्यो क्षणिक थियो। अर्को क्षण तिनीहरू कठिनाइहरू पार गर्न नयाँ जोशका साथ आफ्नो खुट्टामा थिए र कठिन परियोजनाको लागि गए। चिन्मयी उत्साहको वातावरणमा काम गरिरहेकी थिइन्। त्यहाँका मानिसहरूलाई 'फेल्युर' शब्द थाहा थिएन। उनीहरूले यसलाई 'दुर्घटना' भनेका छन्।

दुई जोडी चिन्मयी, वेणुगोपाल र शान्तिलाल र अञ्जनाको विवाह समारोह हेर्न बन्द ढोका भेलामा करिब एक सय पचास जनाको उपस्थिति थियो। श्री कट्टमपल्ली आफैंले पुजारीको जिम्मेवारी लिएका थिए जसको सहायक कान्तिलालले काम गरेका थिए। दुवै रिंग समारोह र माला आदानप्रदान भयो। एल्डरहरूले दम्पतीहरूलाई आशीर्वाद दिए र खाजामा सामेल भए। त्यो छोटो र मीठो कार्यक्रम थियो। सबै खुसी थिए।

भारतमा

आकाशमा माथि, एयर इन्डियाको उडानमा, बन्नो आफ्नो छोरा र छोरीको विवाह समारोहको फोटोहरू हेर्दै थिइन्। आँसु अविरल बगिरहेको थियो ।

कान्तिलालले हात समात्दै भने, “तिमी चिन्ता नगर । यस्तो अद्‌भुत सन्तान दिनु भएकोमा परमेश्वरलाई धन्यवाद दिऔं। तिमीलाई मेरो जीवनमा पाउँदा म भाग्यमानी छु। यो तिनीहरूलाई उडान र आफ्नो जीवन अन्वेषण गर्न दिने समय हो। केही समयको लागि हाम्रो आमाले उनीहरूको हेरचाह गर्नुहुन्थ्यो। नरुनुहोस् र सुत्ने प्रयास गर्नुहोस्। यो लामो दुरीको यात्रा हो। तपाईंसँग तपाईंको व्यस्त तालिकाहरू तपाईंको आगमनको लागि पर्खिरहेको हुनुपर्छ। मलाई थाहा छ, सबै ब्याकलग असाइनमेन्टहरूले तपाईंलाई आराम गर्न अनुमति दिँदैन। यसबाहेक, तपाईं workaholic हुनुहुन्छ। म आफ्नो व्यवसायमा व्यस्त हुनेछु। तिम्रा आमाबाबु सधैं तिम्रो हेरचाह गर्न त्यहाँ थिए। म आउँदा हप्ताको अन्त्यसम्म तिमी एक्लै हुनेछौ। म साँच्चै चिन्तित छु।"

बन्नोले कान्तिलालको हात थिचेर आफूले आफ्नो ख्याल गर्ने आश्वासन दिइन् । फेरि उसलाई त्यो दिन याद आयो, जब चिम्पु दौडिएर आयो र भन्यो,

"मेरो बाबाले भनेझैं तिमी मेरो परी साथी बन्ने?"

अनि छुट्की आएर उनीहरुको खुसी दोब्बर भयो । उनले बिमलादादीले कसरी परिवार चलाउन सघाएको सम्झिन् । र कान्तिलाल संसारको सबैभन्दा राम्रो पति थिए। उनी सधैं यी वर्षहरूमा उनीसँगै थिए।

आधा घण्टाभित्र मुम्बई एयरपोर्ट अवतरण गर्ने घोषणा सुनेर उनी ब्युँझिएकी थिइन् । उनले कान्तिलाललाई थप पन्ध्र मिनेट सुत्न दिइन् । ऊ शारीरिक र मानसिक दुवै रूपमा धेरै थकित हुनुपर्छ। उनले आफ्नो कम्बल राम्रोसँग मिलाइन्। सिट बेल्ट लगाउन अर्को घोषणा भयो। उनले कान्तिलाललाई सिट बेल्ट लगाउन मद्दत गरिन् । उनी आफ्नै लागि र घर फर्कन तयार भइन्। उनीहरू छक्क पर्दै उनले कृष्ण आफ्नी पत्नी र छोरीसँग बाहिर उनीहरूलाई पर्खिरहेका भेट्टाइन्। उसले ओम्नी ल्याएको थियो। उनीहरु सबै घर पुगे । कृष्णा र उनकी श्रीमती एक दिन मुम्बईमा बसेका थिए। भोलिपल्ट उनीहरु कान्तिलाललाई लिएर गए । छोरीको हेरचाह गर्न उनका आमाबाबु आइपुगिसके पनि पहिलो पटक उनले एक्लो महसुस गरे। उनीहरुलाई देखेर कान्तिलाल निकै खुसी भए ।

उनलाई देखेर बन्नोका कार्यालयका कर्मचारीहरु हर्षित भए । उनीहरू आ-आफ्नो कार्यभारको रिपोर्ट दिन

उत्सुकतासाथ पर्खिरहेका थिए। छोराछोरीले आफ्नी आमालाई आफ्नो घटना दिनु जस्तै थियो। बन्नो आमाजस्तै हुनुहुन्थ्यो । उनी दुवैलाई गाली र आफ्नो स्टाफलाई माया गर्थे। उनको कार्यालय जीवन उनको कनिष्ठ कर्मचारीहरु र उनको वरिष्ठहरु संग बैठकहरु को एक श्रृंखला संग शुरू भयो। धेरै चीजहरूलाई उनको स्वीकृति चाहिन्छ।

कृष्णले राम्रोसँग व्यापार गरेको देखेर कान्तिलाल खुसी भए । उहाँको अनुपस्थितिमा तिनीहरू निरन्तर सम्पर्कमा थिए। कान्तिलाल तुलसीभाभीलाई भेट्न गए । उनले आफ्ना छोराछोरीको उपलब्धि र उनीहरूको विवाहलाई अन्तिम रूप दिएका बारेमा विस्तृत विवरण दिए। तुलसीभाभी पनि विवाहप्रति छुट्कीको दृष्टिकोणमा आएको परिवर्तनको बारेमा थाहा पाएर छक्क परिन् । उनीहरुको विवाहको तस्विर र भिडियो हेरेर उनी निकै खुसी भइन् । कान्तिलालले अमेरिकामा आफ्नो विवाहमा परिवारका सबै सदस्य आउने प्रतिबद्धता जनाएका छन् ।

एक वर्ष भित्र, चिन्मयी आफ्नो प्रोटोटाइपको साथ लगभग तयार भइन्। उनको फ्लाइङ मेसिनमा धेरै सुधारहरू समावेश गर्न उनीसँग थप एक वर्ष थियो। उनको संस्थामा एक हप्ताको ब्रेक थियो। उनी घर आइन् । शान्तिलाल र अञ्जनाको विवाह सोही हप्तामा मात्रै गर्ने निर्णय भयो । उनी आइपुग्दा कृष्ण मामालाई देखेर रोमाञ्चित भइन् र मामी उनको स्वागत गर्न दौडिए। त्यसपछि उनले तुलसीभाभी आफ्नी नातिनीसँग देखे, उनका मामा हजुरआमा पनि उनको पर्खाइमा थिए र अन्तमा विमलादीसहित उनका

आमाबुवा उनलाई स्वागत गर्न बाहिर आए। उनी ट्याक्सीबाट ओर्लिएर दौडिन थालिन् र आफूलाई जन्मदेखि नै माया गर्ने र हेरचाह गर्ने मानिसहरूको बीचमा भेट्टाइन्।

यो एक भव्य विवाह उत्सव थियो। यस पटक शान्तिलाल र वेणुगोपालका सबै सहकर्मीहरूलाई निम्तो दिइएको थियो। चिन्मयीले आफ्ना सबै सहपाठी र अफिसर गाइडलाई विवाह समारोहमा उपस्थित हुन आमन्त्रित गरिन्। क्यालिफोर्नियाको एउटा पाँचतारे होटलमा सम्पूर्ण समारोहको व्यवस्था गरिएको थियो। कार्यक्रममा शान्तिलालका अघिल्ला कार्यालयका धेरै अधिकृतहरुको उपस्थिति थियो। चिन्मयीले अञ्जनालाई भारतीय दुलहीको रूपमा सजाउने जिम्मेवारी लिए। डिजाइनर अञ्जनाको विवाहको पोशाक मुम्बईबाट बन्नोले ल्याएको थियो। छुट्कीको समुन्द्र परिवर्तन देखेर बन्नो छक्क परे। उनको हिजोको सानो केटी छिट्टै एरोनोटिकल इन्जिनियर बन्न गइरहेको थियो। यसबाहेक उनले सबैको रोजाइको केटासँग बिहे गर्ने सहमति जनाएकी थिइन्। यो एक भव्य उत्सव थियो। उपस्थित सबैले दम्पतीलाई आशीर्वाद दिए, रात्रिभोजमा सहभागी भए, अन्य कार्यक्रममा भाग लिएर होटलबाट निस्किए।

अञ्जना शान्तिलालको घरमा आइन्। त्यसपछि देखि, त्यो उनको स्थायी ठेगाना हुनेछ। उनले फेरि एकपल्ट प्रणाम गरि ठूलाहरूको खुट्टा छुइन् र उनीहरूबाट आशीर्वाद लिइन्। परिवारका अधिकांश सदस्य नजिकैको होटलमा

बसेका थिए । सबैले बिदा लिएर नवविवाहित जोडीलाई आराम गर्न भने ।

शान्तिलाल आफ्नो सुत्ने कोठामा गए । अञ्जना र छुट्की कुरा गरिरहेका थिए । "यहाँ आउनुभयो पर्सियाको राजकुमार अञ्जना म्याडम। कृपया हेर्नुहोस् कि उहाँ खुसी हुनुहुन्छ।" उनले अञ्जनालाई आँखा चिम्लेर कोठाबाट बाहिर निस्किन् जसको ढोका भित्रबाट स्वतः बन्द भयो। अञ्जना ओछ्यानबाट उठ्नै लागेको थियो, त्यतिकैमा शान्तिलाल उनको नजिक आएर भने,

"ठिकै छ। जस्तो छ त्यस्तै बस। उसले उसको चिनलाई अलिकति माथि उठायो र भन्यो, "तिमी सुन्दर छौ तर आज तिमी अचम्मको देखिन्छौ।"

शान्तिलाल उनको छेउमा बसे । उसले उनको हात समातेर भन्यो, "मैले तिमीलाई पहिले नै भनिसकेको छु कि मेरी आमा मेरी जैविक आमा होइनन्। मलाई उनको अनुहार पनि याद छैन। उनको मृत्यु हुँदा म सानै थिएँ । तर मैले मेरो परी साथी भएकोले शून्यता महसुस गरिन। उसले मलाई यो संसारमा सबै भन्दा धेरै माया गर्छ। तिमीलाई मेरो एउटै बिन्ती छ, कृपया ध्यान दिनुहोस् कि उनी कुनै पनि कारणले कहिल्यै दुखी नहोस्। कसैको मन कति ठुलो हुन सक्छ भन्ने उदाहरण दिएर देखाउनेछु। म बाह्र वर्षको हुँदा मेरो बाबाले मलाई बोलाएर सत्य कुरा बताउनुभयो। मेरी आमा बनेर हाम्रो घरमा आउँदा दादीले उहाँलाई मेरी

जैविक आमाको गहनाले भरिएको गहनाको बक्स दिनुभयो। उनले यो बाकसको संरक्षक आफू रहने र मेरो छोराको बिहे भएपछि बुहारीलाई सुम्पिदिन्छु भनी सर्त राखेर बक्स स्वीकार गरिन् । छिट्टै उनी बक्स लिएर तिमीलाई दिन आउनेछिन्। "

ढोकामा ढकढक भयो । अञ्जनाले उनलाई पर्खन भनिन् र उनी ढोका खोल्न गइन् । त्यहाँ उनी हातमा बक्स लिएर लक्ष्मीको मूर्ति जस्तै उभिएकी थिइन् । अञ्जनाले उनका दुवै हात समातेर भनिन्, "हामी तपाईकै पर्खाइमा थियौं आमा । भित्र आउनुहोस् र हामीसँग बस्नुहोस्। हामी दुबैलाई तपाई सबैभन्दा बढी चाहिन्छ। "

बनोले एक शब्द पनि बोलेनन् । अञ्जनाको एउटा शब्द 'मा' उनको आँखाको बाढी खोल्न पर्याप्त थियो। उनले अञ्जनालाई गहनाको बक्स दिएर भनिन्, "यो मेरो जीवनको सबैभन्दा बहुमूल्य चीज हो। अहिलेसम्म म संरक्षक थिएँ । यो क्षण देखि यो तपाइँको हो। भोलि बिहान खाजाको टेबलमा बाहिर आउँदा सबै गहना लगाएर आउनुस् । स्वर्गबाट सबै आशीर्वाद प्राप्त हुनेछ। बुहारीले आफ्नो वचन पूरा गरेको देखेर तिम्रो बिमलादादी पनि सबैभन्दा खुसी हुनेछन् ।"

अञ्जनाले उनलाई बलियो अँगालो हालेर भनिन्, "तर म तिम्रो बुहारी होइन, म तिम्रो असली छोरी बन्न चाहन्छु।" केहि समय पछि, उनी छाडिन्। ढोका फेरि बन्द भयो।

अञ्जनाले गहनाको बाकस अलमारीमा राखिन् । शान्तिलालतिर फर्किंदा उनी उपहार लिएर तयार भइन् । यो रोलेक्स घडीको साथ हीराको चुरा थियो। उसले अञ्जनाको देब्रे हातमा चुडी राख्यो । धेरै बेर कुरा गरे र त्यसपछि शान्तिलालले उनलाई आफ्नो नजिक ताने ।

भोलिपल्ट बिहान सबै पाहुनाहरू खाजाको लागि खाने टेबल नजिक भेला हुँदा अञ्जना आफ्नो शरीरमा सबै गहना लगाएर देखा पऱ्यो। उनी दयाको प्रतिक थिइन्। बिमलादादी उनीकहाँ आएर भनिन्, "तिमी यी गहनाहरूले सुन्दर देखिन्छौ। विगत २४ वर्षदेखि मेरी छोरी बन्नोले उनीहरूलाई जोगाइरहेकी थिइन् । तिनीहरूले आफ्नो वास्तविक मालिक भेट्टाए। छुट्की अञ्जनाको नजिक आइन् र भनिन्, "भाभीलाई थाहा छ मैले यी पहिलो पटक देखेको छु ? मेरी आमालाई टोपी छ।" चिन्मयीले अञ्जनालाई भाभी भनेर बोलाउन थालिसकेका थिए ।

एक सातापछि बिमलादादी बाहेक सबै भारत प्रस्थान गरे । फेरि बिमलादादी फर्किए । छुट्कीको बिहे हेर्न फर्केर नआउने अनुभूति भयो । सबैले उनको इच्छालाई सम्मान गर्दै ठीक भने। अञ्जना र शान्तिलाल दुवै बिमलादादीलाई घरमा पाउँदा खुसी थिए। चाँडै दम्पती नियाग्रा फल्स भ्रमण गर्न पूर्वी तट तिर यात्रा गर्नेछन्। उनीहरुले त्यहीँ हनिमुन मनाउँथे । चिन्मयी आफ्नो पढाइ सुचारु गर्न होस्टेलमा जानुपर्ने थियो । वेणुगोपालले बिमलादादीको हेरचाहको जिम्मेवारी लिए। बिहान बेलुका उनको घरबाट कोही न कोही उनलाई भेट्न आउने गर्थे र भारतमा रहेको अञ्जना

र उनकी सासुलाई खबर गर्थे । वैकल्पिक सप्ताहन्तमा चिन्मयी आएर उनीसँगै बस्ने गर्थे । चिन्मयी स्पष्ट कारणले हरेक हप्ताको अन्त्यमा आउन चाहन्थे तर उनको संस्थाले पन्ध्र दिनमा एक पटक उनलाई अनुमति दियो। वेणुगोपाल खुसी भए । कम्तिमा पन्ध्र दिनमा एक पटक उसले उनको संगत पाउन्थ्यो। वेणुगोपालका आमाबाबु पनि चिन्मयी घर आउँदा भेट्न उत्सुक थिए। चिन्मयीको पन्ध्र दिनको भ्रमणको लागि सुन्दर समय तालिका बनाइएको थियो। उनी हरेक पन्ध्र दिनमा घर आइन् । शनिबार राति उनी घर पुग्नेछिन् । बिमलादादीसँग केही समय बिताएपछि वेणुगोपाल आएर उनलाई डिनरको लागि बाहिर लैजानेछन्। त्यसपछि उनलाई घरमा छोडिनेछ। भोलिपल्ट वेणुगोपाल चिन्मयीकहाँ बिहानको खाजा खान आउनेछन्, त्यहाँ एक घन्टा बसेर तीनैजना कट्टमपल्लीको घरमा गएर खाजा खान्छन् । खाजा पछि, दुबै छोटो घुम्न जान्छन् र बेलुका फर्कन सक्छन्। घरमा खाना खाएपछि तीनै जना चिन्मयीको घर फर्किने थिए । बिहान सबेरै, वेणुगोपालले चिन्मयीलाई उनको संस्थामा जानको लागि रेलवे स्टेशनमा छाड्नेछन्। निस्सन्देह, दोस्रो पन्ध्र दिन आइपुग्दा, शान्तिलाल र अञ्जना आफ्नो हनिमूनबाट फर्केका थिए। बिमलादादी घरमै बसिन् ।

चिन्मयीले तेस्रो सेमेस्टर पूरा गरिन् । उनको एक पाक्षिक भ्रमणको क्रममा वेणुगोपालले चिन्मयीलाई उनको विवाहको योजना बारे सोधे। उनले भेणुगोपाललाई अन्वेषण गर्न प्रस्ताव गरिन्।

सुखद अन्त्य

उनले भनिन्, "सबै साथीभाइ र चिनेजानेकाहरू भाइ र अञ्जनाको विवाहमा सामेल भइसकेका थिए । उनीहरूलाई फेरि बोलाउनुको कुनै अर्थ छैन। भारत गएर त्यहाँ बिहे भयो भने के हुन्छ ?"

यो शानदार विचार थियो। बुवा र मामा दुबै पक्षबाट उनका धेरै आफन्तहरू भेणुगोपालको विवाह हेर्न चाहन्थे। उनीहरूले कट्टमपल्ली परिवारलाई धेरै वर्ष देखेका थिएनन्। उनीहरु भारत गएर त्यहाँ विवाह गर्न पाउँछन् भने गजब हुनेछ । साथै, चिन्मयीका हजुरबा हजुरआमा पनि ठीक थिएनन्। उनीहरुका लागि पनि यो समारोह भारतमा भएको भए राम्रो हुन्छ ।

जब कट्टमपल्लीले चिन्मयीको प्रस्ताव सुने, उनीहरूले तुरुन्तै स्वीकार गरे। बरु, गाउँमा ठूलो जनशक्ति भएकाले व्यवस्था गर्न सजिलो हुन्छ । त्यस समारोहमा सहभागी हुन सबै उत्सुक हुनेछन्। वेणुगोपाल परिवारको आश्वासन पाएपछि चिन्मयीले खबर सुनाउन आमालाई फोन गरिन् । बनो एकदमै खुसी थियो । अब बिमलादादीले आफ्नो इच्छा अनुसार सम्पूर्ण कारवाहीको नेतृत्व गर्नेछिन्। उनले कान्तिलाल र बन्नोका अभिभावकसँग कुरा गरिन् । चिन्मयीको विवाह भारतमा गर्न सबै उत्साहित र राजी भए ।

वेणुगोपालका अभिभावक विवाहको एक महिनाअघि भारत पुगेका थिए । वेणुगोपालको गाउँबाट मुम्बईमा दुलहा पक्षबाट करिब पचास जना आउने निर्णय भयो। बिहे मुम्बईमा गरिने र तेस्रो दिन नयाँ दुलही लिएर फर्कनेछन् । परिवार त्यहाँ तीन दिन बसेर प्रसिद्ध तिरुपति मन्दिर जाने र त्यहाँबाट दुई दिन मुम्बई आउने र त्यसपछि सबै संयुक्त राज्य अमेरिका जानेछन् । वेणुगोपाल र परिवार चिन्मयीसँगै अमेरिका जानेछन् तर अञ्जना र शान्तिलाल अमेरिका जानु अघि एक हप्ता थप बस्नेछन्।

बिहेको एक साताअघि शान्तिलाल, चिन्मयी, बिमलादादी, अञ्जना र वेणुगोपाल भारत पुगेका थिए । मुम्बई एयरपोर्टबाट नै वेणुगोपालले आफ्नो गाउँबाट नजिकैको एयरपोर्ट जान कनेक्टिङ फ्लाइट लिए। वेणुगोपाललाई लिन आफन्तका दुईवटा गाडी आए । मद्रास आईआईटीमा पढ्दा उनी उनीहरूको नायक थिए।

दुलहाको पार्टी मुम्बई आइपुग्यो। तिनीहरू नजिकैको एउटा ठूलो भोज हल भएको राम्रो होटलमा बसे। बेहुली पनि साँझ मेहेन्दी कार्यक्रममा गएका थिए । बन्नोले अञ्जनालाई एक टोलीको नेता बनायो जसले सहज प्रदर्शनको लागि सबै अनुष्ठानहरूको निरीक्षण गर्नेछ। मेहेन्दी लगाउन इच्छुक महिलाहरु धेरै थिए । अञ्जनाले दुई जना मेहेन्दी विशेषज्ञलाई कामको लागि व्यवस्था गरिन्। संगीत कार्यक्रम पनि निकै सफल भयो । भोलिपल्ट पहिले बेहुली र बेहुलीलाई बेसार लगाउने कार्यक्रम थियो । अन्य सबै आफन्तहरूले पनि एकअर्काको अनुहारमा बेसारको

पेस्ट लगाउँछन्। यो एक रमाइलो कार्यक्रम थियो। त्यसपछि सबै आफन्तहरू बिहानको खाजा खान गए । पारिवारिक देवताको पूजा गरेपछि दुलहा र दुलहीलाई मुम्बईको प्रसिद्ध महालक्ष्मी मन्दिरमा लगिएको थियो। दिउँसोको खाना खानुअघि नै उनीहरू अर्को पूजा गर्न फर्किए। विवाहको मुख्य समारोह साँझ सात बजे सुरु भएको थियो । यस पटक अञ्जना चिन्मयीको ड्रेसअपको इन्चार्ज थिइन् । शुद्ध जरीबाट बनेको विवाह सारी बनारसबाट आएको थियो। यो अञ्जनाको रोजाइ थियो, अमेरिकाबाट बनारसबाट मुम्बईमा पठाइने आदेश।

विमलादी र वेणुगोपालका हजुरबुवा दुवैको निर्देशनअनुसार माला आदानप्रदान, मङ्गलसूत्र बाँध्ने र अन्य अनुष्ठान गरिएको थियो। कट्टमपल्लीका कम्तीमा एक सन्तानको विवाहमा सहभागी हुन पाएकोले उनीहरू सबै सन्तुष्ट थिए। चिन्मयीले यो चमत्कार गर्न सक्थे। भोलिपल्ट साँझ कट्टमपल्ली बाहेक सबै मुम्बई छोडे। वेणुगोपालका बाबुआमा र उनका छोरा र बुहारीले आफ्नो गाउँ फर्कन उडान गरे जहाँ मुम्बई आउन नसकेका धेरै मानिसहरू दुलहा र दुलहीको पर्खाइमा थिए। गत एक महिना कट्टमपल्लीले आफ्ना सबै आफन्त र पुराना साथीहरूलाई ठूलो पार्टी दिने योजना बनाएका थिए। त्यसका लागि ठूलो समियाना बनाइयो । ससुराको लोकप्रियता देखेर चिन्मयी छक्क परिन् ।

डिनर पछि वेणुगोपाल आफ्नो कोठामा गए । चिन्मयी उनलाई पर्खिरहेका थिए । वेणुगोपाल उनको नजिक आए

। चिन्मयीले निकै मन्द स्वरमा भने, "मैले आफ्नो वाचा पूरा गरेको छु। तपाईंले मेरो लागि गर्नुभएको सबै कुराको लागि म तपाईंलाई धन्यवाद दिन्छु। म मेरो लागि कहिल्यै पछुताउनु नपरोस् भनेर म मेरो सक्दो प्रयास गर्नेछु। तिमीलाई मेरो एउटा मात्र अनुरोध छ।" चिन्मयी केही भन्न चाहन्थे तर भेणुगोपालले आफ्नो दाहिने हातको पहिलो औंला उनको ओठमा राखेर भने। "पर्खनुहोस् मलाई अनुमान गर्न दिनुहोस्। अनुरोध सायद धेरै सरल छ। हामीले आफ्नो सन्तान जन्माउने सोच्नु भन्दा पहिले तपाईं आफ्नो मास्टर्स पछि NASA सँग आफ्नो दुई वर्षको असाइनमेन्ट पूरा गर्न चाहनुहुन्छ। के म सहि छु?" चिन्मयीले टाउको हल्लायो। वेणुगोपालले भने, "यो एउटा शर्तमा सम्भव हुनेछ। यदि तपाईं सहमत हुनुहुन्छ भने, हो हामी पर्खनेछौं, यदि सहमत हुनुहुन्न भने हामी पर्खने छैनौं।

"म तिम्रा सबै शर्तहरु मान्छु।" चिन्मयीले हतारमा जवाफ दिए।

"त्यसो भए अबदेखि म तिमीलाई छुट्की भनेर बोलाउनेछु र तिमीले मलाई भेणु भनेर बोलाउनेछौ। के त्यो ठीक छ?" उसले सोध्यो।

"के मसँग कुनै बिकल्प छ भेनु? तिमीलाई जुन नाम मनपर्छ, मलाई त्यही नामले बोलाउनुहुन्छ।"

उनले वेणुगोपाल तर्फ हात फैलाए। वेणुगोपालले आफ्नो लामो शर्टबाट एउटा बक्स निकाले, खोले । एउटा ठूलो हीराको औंठी थियो। उसले त्यो औंठी उनको देब्रे हातको औंठीमा राख्यो, औंठीले उनको हातमा चुम्बन गर्यो। उनीहरु नजिक आए ।

बिमलादादीले जीवनमा धेरै दुःख भोग्नुपरेको थियो । जब उनी जवान छिन्, उनले आफ्नो श्रीमान गुमाए। उनका एक मात्र छोरा कान्तिलालले पढाइ अघि बढाउन नसकेर आमालाई रोटी र माखन कमाउन सघाउन थाले। जब उनीहरूको किराना पसल चल्न थाल्यो, उनले सोचे कि सबै ठीक हुनेछ। उनले छोरालाई विवाह गर्न आग्रह गरे । उनका छोराले प्रमिलालाई गाउँकी केटीसँग विवाह गरे जो धेरै राम्रो र आज्ञाकारी थिइन्। शान्तिलालको जन्म भयो र परिवार पूरा भयो। तर त्यो बन्नु भएन । कान्तिलालले श्रीमती गुमाए र शान्तिलाल टुहुरा भए । तुलसीभाभी मुक्तिदाताको रूपमा आएपछि बिमलादादीलाई लगभग नर्भस ब्रेकडाउन भयो। बन्नो उनको जीवनमा गेम चेन्जर साबित भयो। उनी विवाहअघि शान्तिलालको परी साथी र आमा बनिन्। बिहे पछि कुराहरु छिट्टै बदलिन थाले । तिनीहरूको व्यापार धेरै गुणा बढ्यो। त्यसपछि छुट्की आइपुग्यो । उनीहरुको संसार बदलियो । बनोले आफ्नो करियरको बारेमा फेरि सोच्न थालिन्। उनी सफल भइन् ।

उपसंहार

बिमलादादीले सपना देख्ने अधिकार कमाएकी थिइन् । उनले कान्तिलालको ठूलो व्यापारको सपना देखेकी थिइन् ।

उनले बन्नोको सफल करियरको सपना देखेकी थिइन् ।

उनले शान्तिलालको उत्कृष्ट शैक्षिक करियरका उपलब्धिहरूबारे सपना देखिन्।

उनले छुट्कीको शैक्षिक र करियरमा उत्तिकै उत्कृष्ट उपलब्धिको सपना देखेकी थिइन् ।

शान्तिलालको विवाह एउटी राम्री केटीसँग हुने सपना देख्न थालिन् ।

अन्ततः उनले आफ्नो सानो छुटकीको एक प्रतिभासँग विवाहको सपना देखे।

के विमलादीले कहिल्यै सोचेकी थिइन् कि आफ्नो हरेक सपना पूरा हुनको लागि सर्वशक्तिमानको दरबारमा दर्ता हुनेछ र उनी साक्षी हुनेछन्?

लेखक को बारेमा

अरविन्द घोष

अरविन्द घोष एक बहुमुखी व्यक्तित्व छ।

B.Sc, M.Sc, M.Phil, तथ्याङ्कमा Ph.D र अर्थशास्त्रमा Ph.D पूरा गरेपछि, डा. अरविन्दो घोषले लगभग ३५ वर्षसम्म महाराष्ट्रको सरकारी कलेजमा तथ्याङ्कका अन्डर ग्रेजुएट र पोस्ट ग्रेजुएट विद्यार्थीहरूलाई पढाउनुभयो। सेवानिवृत्त भएपछि उनी भारतभरका विभिन्न व्यवस्थापन संस्थाहरूमा प्रिन्सिपलका रूपमा आबद्ध भए। एक प्रेरक वक्ता, व्यक्तित्व विकास विशेषताहरु को एक राष्ट्रिय प्रशिक्षक, डा. अरविन्दो घोषले विभिन्न गैरसरकारी संस्थाहरु र शैक्षिक संस्थाहरु र विश्वविद्यालयहरु मार्फत हजारौं विद्यार्थीहरुलाई तालिम दिए। ६५ वर्षको उमेरमा, उनले आफ्ना सम्झनाहरूलाई छोटो नोटको रूपमा लेख्ने सोचेका थिए, ती स्क्रिब्लिङको नतिजाको बारेमा केही पनि थाहा थिएन। तीन वर्षको

कठोर लेखन पछि, 121 कविताहरूको संकलन, उनको पहिलो कविता पुस्तक "उत्तरी आकाशमा लिली" नोशन प्रेस द्वारा प्रकाशित भयो; जसले अन्तत: फ्रान्सेली, जर्मन, स्पेनिस र अरबी भाषाहरूमा अनुवाद गर्ने जिम्मेवारी लिएको उकियोटो प्रकाशनबाट अवार्ड जित्यो। उहाँ उकियोटो प्रकाशकको सङ्ग्रहका नियमित योगदानकर्ता हुनुहुन्छ। सँगसँगै उनले एक्रिलिक, वारली र मधुबनी चित्रहरू सिर्जना गर्ने काम पनि गरे। यदि उसले शास्त्रीय संगीत सुन्नको लागि समय पाएको छ भने, उसले भारतीय संस्कृतिलाई चित्रण गर्ने केही अद्भुत कलाकृतिहरू सिर्जना गर्दछ।

अरविन्द घोषले विभिन्न भाषाहरूमा विशेष गरी अंग्रेजी, बंगाली, हिन्दी, गुजराती र मराठीमा कविता, लघुकथा लेख्छन्। Lily on the Northern sky बाहेक अंग्रेजीमा कविताहरूको संग्रह उनका अन्य साहित्यिक रचनाहरू इनसाइट आउटसाइट हुन्; अंग्रेजीमा छोटो कथाहरूको संग्रह, Mejoder golpo, बंगालीमा लघुकथाहरूको संग्रह र छोन्दो होले मोन्डो की; बंगालीमा कविताहरूको संग्रह। उकियोटो पब्लिशिङ हाउस मार्फत इनसाइट आउटसाइटको अडियो संस्करण र हिन्दीमा कविता संग्रह छिट्टै प्रकाशित हुने गरी थप दुई परियोजनाहरू हातमा छन्। अब ७५ वर्षको उमेरमा, डा. अरविन्द घोष सबैभन्दा व्यस्त व्यक्ति हुन्, सधैं रचनात्मक मोडमा। पीएचडी विद्यार्थीहरूलाई मार्गदर्शन गर्नुका साथै उहाँले राष्ट्रिय तथा अन्तर्राष्ट्रिय अनुसन्धान पत्रिकाहरूमा धेरै शोधपत्रहरू प्रकाशित गर्नुभएको छ।

www.ingramcontent.com/pod-product-compliance
Lightning Source LLC
LaVergne TN
LVHW041703070526
838199LV00045B/1179
* 9 7 8 9 3 6 4 9 4 9 0 5 7 *